JN108103

南総里見八犬伝 4

南総騒乱

文・松尾清貴
（曲亭馬琴の原作による）

静山社

南総里見八犬伝

南総騒乱

南総里見八犬伝④ 南総騒乱 目次

八章 罪と罰

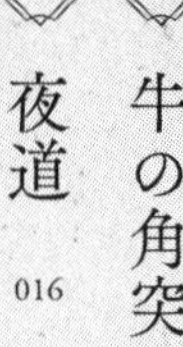

九章 水のほとりの物語

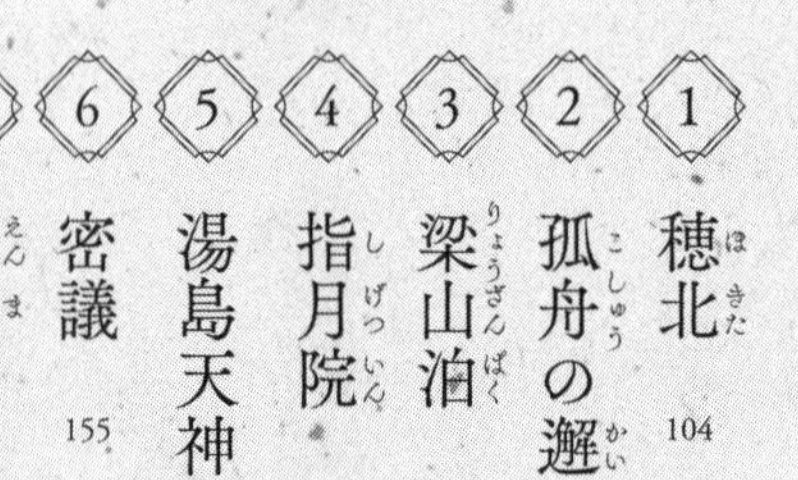

十章 出世素藤

南総里見八犬伝④ 南総騒乱　主な登場人物

犬田小文吾（いぬたこぶんご）
下総国行徳村生まれの大男、悌の珠を持つ犬士

石亀屋次団太（いしかめやじだんだ）
越後国小千谷村にある旅籠屋の主人

酒顛二（しゅてんじ）
小千谷近くの山に住む、山賊の頭領

船虫（ふなむし）
酒顛二の妻

簸大刀自（えびらのおおとじ）
越後国の領主・長尾景春の母

稲戸由充（いなとよりみつ）
長尾家の重臣

荻野井三郎（おぎのいさぶろう）
長尾家の家臣、由充の副使

犬川荘助（いぬかわそうすけ）
武蔵国大塚村の村長に仕えていた額蔵、義の珠を持つ犬士

犬飼現八（いぬかいげんぱち）
古河公方家臣の養子、小文吾とは乳兄弟、信の珠を持つ犬士

氷垣夏行（ひがきなつゆき）
武蔵国千住村穂北の郷士

重戸（おもと）
夏行の娘

落鮎有種（おちあゆありたね）
夏行の娘婿

犬山道節（いぬやまどうせつ）
武蔵国豊島・練馬家重臣の子、忠の珠を持つ犬士

扇谷定正（おうぎがやつさだまさ）
関東管領

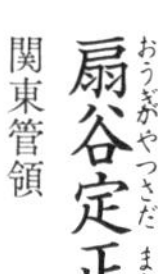
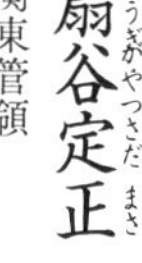

龍山縁連（たつやまよりつら）
定正の重臣、もとは越後国長尾家・武蔵国千葉家などの家臣・籠山（こみやま）縁連

犬阪毛野（いぬさかけの）
千葉家重臣の子、女田楽師などに扮する、智の珠を持つ犬士

犬村大角（いぬむらだいかく）
下野国赤岩村の郷士、礼の珠を持つ犬士

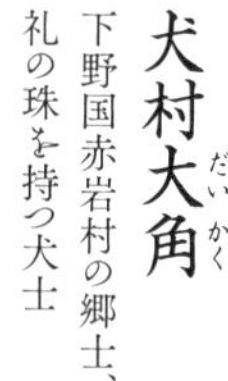

蟹目前（かなめのまえ）
定正の正妻、長尾景春の妹

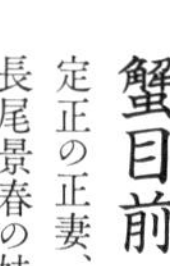

河鯉守如（かわこいもりゆき）
定正の重臣

犬塚信乃（いぬづかしの）
武蔵国大塚村の郷士、孝の珠を持つ犬士

但鳥素藤（ただとりもとふじ）
近江国伊吹山に住む山賊

妙椿（みょうちん）
諸国を旅する比丘尼（びくに）

里見義成（さとみよしなり）
安房国主、父は里見義実（よしざね）

丶大法師（ちゅだいほうし）
里見家の忠臣・金碗大輔（かなまりだいすけ）、八犬士を探して遍歴する

物語の主な舞台
小千谷
越後国
庚申山
下野国
荒芽山（荒船山）
信濃国
上野国
結城
常陸国
古河
下諏訪
諏訪湖
武蔵国
穂北
猿石
甲斐国
石浜
行徳
下総国
相模国
上総国
鎌倉
駿河国
富山
瀧田城
安房国
館山城
（夷隅郡）
洲崎
館山城
（安房郡）
伊豆国

八章　罪と罰

1 牛の角突

犬田小文吾は市川の犬江屋を発った後、犬阪毛野の手掛かりを求めて鎌倉へ向かった。幼い頃、母や女田楽師たちと鎌倉ですごしたと、毛野本人から聞いていた。苗字に犬の一字があることからも犬士ではないかと考えた。そうであって欲しかった。曳手、単節を見失っては義兄弟に合わせる顔がない。せめて仲間を見つけたかった。

しかし、鎌倉に毛野を知る人はいなかった。

次は伊豆を探そうと下田船に乗船したが、海上で暴風に見舞われた。船の破損を修理するため、伊豆大島に三ヶ月間滞在した。やっと出航できたと思ったのも束の間、再び悪風に流された。今度は難破し、ひとり三宅島に漂着した。そのときは、そこがどこの島なのかすら分からなかった。

流刑に処された気持ちだった。満月を仰いでも慰めにならず、小文吾はひたすら孤独に耐えた。波音以外に音のない離島から自力で帰る術はなかった。

難波へ向かう高瀬船が暴風を避けて三宅島へ避難してきたのは、遭難から一年後だった。船人の驚きようは言うまでもない。こうして、小文吾は難波津へ渡った。

帰還できた安心からか、疲労に襲われ動けなくなった。有馬で湯治し、奈良、堺で保養するだけで、その年はなにもしなかった。翌春、北陸道へ向かった。

それからまた一年がすぎた。

文明十四年（一四八二）三月下旬、犬田小文吾は越後国魚沼郡小千谷村にいた。

宿の主人は、昔、鯛聟源八の醜名で知られた小兵の相撲取りだった。引退してから石亀屋次団太と改名し、旅籠屋を経営していた。小千谷の顔役でもあった。

石亀屋次団太は小文吾を気に入った。ふたりで相撲について話しだすと止まらない。おかげで思わぬ長逗留となった。そろそろ本当に出発せねばと小文吾が持ちかけても、「そう急がずともよかろう」次団太は言う。「毎年四月頃の丑か寅の日に闘牛神事を催す。今年の興行は明後日だ。これを見ずして余所へ行くものではないぞ」

小文吾は興味を惹かれ、「もともと闘牛は胡国の遊びで、相撲の原型にもなったとか」

次団太は扇で膝を打った。「越後国古志郡二十村とは東山辺の総称だが、枝村を加えれば五十村にもなる。うち荒屋、逃入、虚木の三村の神社の祭礼として雪解けの吉日に興行する。地元では、牛の角突と呼ぶ。三月になれば牛の飼料に籾を混ぜ、おりおり餅も食わせる。蝋や油雑巾でぬぐって毛艶をよくする。四月までによう肥えるのだ。力士と呼ばれる牛飼いは七、八十人も参加する。風流を尽くして着飾った屈強な若者たちだ」だんだん調子を上げ、「塩谷と木澤の村境に、逃入、荒屋、虚木の三村が共同で土地を借りた。茶屋や酒屋も出店し、黒麦、団子、煮〆、餅、駄菓子も売られる。遠方の見物客も見守るなかで、体高四尺五寸（約一七一センチメートル）の牛が、待ちかねて高々と吠える。獣、雲に吠ゆる、だ」小柄な身を震わせ、次団太は誇らしげに笑った。

さて祭の当日、小文吾は夜明け前に目が醒めた。宿の者に出発時刻を問い合わせると、すぐに次団太が部屋を訪れた。次団太は藪から棒に謝った。「本当にすまない、犬田殿。わしが案内するつもりだったが、昨夜、若衆が川口者と喧嘩になった。和睦させに行かねばならず、お供できない。我が弟子に鮫守磯九郎というのがいる。ここに住んでいるから知っているかもしれんが、これに案内させたい。ご了承願えようか」

「喧嘩の仲裁は某も覚えがあります。早く片付き、主人も祭に来られればよいですが」

次団太は礼を言い、忙しく出ていった。朝飯が済んだ頃、提子と花筵を持った鮫守磯九郎が迎えにきた。

磯九郎に連れられ、塩谷と木澤の村境めざして急いだ。途中、千曲川を渡った。信濃川ともいう北国随一の大河だ。それから数町先の相川村をすぎると、後はずっと山道だった。二里余りも休みなく歩き通し、盆地に着いた。すでに大勢が集まっていた。女衆の装いが咲き誇る花のようだった。融け残った白雪が春景色に彩りを添えた。

雲はなく、風もなく、青空が広がっていた。見物に最適な丘はもう混雑していた。磯九郎は丘近くに花筵を敷いた。小文吾は早くも興奮し、磯九郎を質問攻めにした。

やがて力士が牛を曳いてきて、「東方、何村何右衛門。西方、何村何兵衛」と牛裁判に呼び込まれた。牛は、主人の名で呼ばれるという。まずは大きくない牛どうしの取組だった。しばらくして前頭どうしのぶつかり合いになった。そして、満を持して大関や小結の猛牛が登場する。

見合った牛たちは、力士が綱を放つや勢いよく角を突き合わす。または用心深く近づきつつ、いきなり額をぶつけて角を絡める。あるいは、片方の角で田を鋤くように掘り進んで角を合わせる。取組ごとにさまざまだった。

押され、押し戻し、突き、突き返される。牛たちの目は充血している。全身から汗がこぼれている。角四つの激突音は山肌に反響した。

圧巻はやはり、大牛どうしの勝負だった。巨獣が相手の角に角を掛け、同じくらい巨大な牛を投げ倒す。倒れた相手を突き殺そうとする猛牛を、力士たちが群がって止める。

角の鋭さは鉾のようだし、勢いは矢のようだが、七、八十人の力士たちは臆さなかった。牛が逃げれば、力士たちが追いかけた。捕らえた力士は大立者として持て囃された。暴れ牛は野原、田畑、山林と手当たり次第荒らすのだそうだ。興奮した勝ち牛が逃げると最も厄介だという。力士は横から身を寄せて角を握る。牛の前足に自分の足を絡ませて飛び乗る。後ろ足にしがみつき、尻尾をつかむ。なお止まらなければ、睾丸をガッとつかんで怯ませた隙に、鼻の穴に綱を通す。それを端綱につないで曳けば従順になるという。

磯九郎が言う。「牛主は、前月から神棚に灯火を献り、我が牛が勝てば酒と餅を村人全員にもてなすそうで。後日、米粟や薪を背負うた牛どうし行き合うたときには、負けたほうが必ず頭を縮こめて道を譲るとか。負けた牛は相手を見忘れんのですな」

結びの一番の呼び込みが始まった。東は、逃入村の角連次。四尺六寸の黒牛で、骨逞しく脂が乗り、磨かれた毛艶は天鵞絨さながらに美しかった。

西は、虫亀村の須本太牛。体高四尺八寸、連銭葦毛の斑が鱗のように見えた。象やラクダさえ踏みつけそうだ。

磯九郎が身を寄せ、「須本太牛は龍種と言われております。ある夏、牛主が雌牛を連れて山に入りました。柴を刈っている間に、牛をつないだ沢辺りが濃い霧に包まれた。

その霧が晴れたとき雌牛に変わりはなかったが、よだれのような滴が牛の近くに垂れていたそうです。龍の精液だと噂になった。その後産まれたのが須本太牛です。あの巨体に面構え、それに斑が鱗のようでしょう。領主様の耳にも届いて所望なさったが、牛主は献上を拒んだとか。大一番ですな。見逃されるな」

力士が綱を放した。見物が押し合い身を乗り出した。歓声が湧く。小文吾も目を凝らした。

須本太と角連次は隙をうかがうのか睨み合ったままでいた――と、突進して角を突き合わせる。押しつ押されつ、流れる汗が四足を伝う。蹄を踏みしめる。眼が血走っている。頸骨が折れそうなほど互いに角を押し込み、振りほどき、また組み合わせる。牛どうしが押し、押し返す勢いに合わせて力士たちも奔走し、腕を広げて自陣の士気を煽った。

角連次に疲れが見え、態勢が危うくなった。大力士たちが割り込み、「勝負あり！引き離せ！」大声で叫ぶと、力士数十人が駈け寄り、角をつかんで引き分けようとした。

そのとき、角連次が逃げだした。須本太が猛然と追った。力士たちを角で投げ飛ばし、撥ね倒す。屈強な若者たちが後じさり、龍種の凶暴な突進をとっさに避けた。

止める者がいなくなった。暴れ牛は人混みへ駈け込んでゆく。阿鼻叫喚となった。牛は見境なく体当たりする。出店の床几、葭簀、なにもかもを踏みつぶした。

逃げまどう見物衆に巻き込まれ、小文吾は磯九郎を見失っていた。小松のそばで待とうとすると、そこへ須本太牛が襲ってきた。小文吾は腰を低くし、両手を突き出して待ち構えた。真正面から両の角をつかんだ。暴れ牛は蹄を地面に食い込ませ、押し切ろうとする。小文吾は渾身の力を込めて押し返す。人と牛の力比べだ。力士たちが固唾を飲んで見守っていた。いつしか悲鳴が収まり、辺りはシンと静まり返った。

小文吾の掛け声だけが轟いていた。角をつかんで「えい！」と左へ振り、「や！」と右へねじる。休まず仕掛けて牛の体力を奪ってゆく。やがてどうと地響きを立てて、大牛がひっくり返った。

今日一番の歓声が沸いた。

力士たちが牛の足を固め、睾丸をつかみ、数人がかりで鼻綱を通した。力任せに引き起こされた須本太牛は、見違えるように大人しくなった。小文吾を見て二、三歩後じさった。

磯九郎が駈け寄り、「犬田殿、お見事でした！」と、目を輝かせる。

大力士や牛裁判が連れてきた牛主たちが、小文吾の前でうやうやしくひざまずいた。

「我ら、虫亀村の須本太郎、逃入村の角連次でござる。力士たちにも手に負えず、あわや大惨事となるところでした。治めてくださったご恩は忘れません。この場に豪傑がいらした幸運がありがたい。先々まで語り草にしとうございます。素性を教えてくださいませんか」

「親方たちは知らぬのか」磯九郎が割って入った。「こちらは東国から武者修行にこられた、犬田小文吾なる無双の猛者だ。小千谷の石亀屋次団太の得意客だぞ。今日は次団太の名代として、鮫守の磯九郎が案内を仰せつかっている。案内人を差し置いて直接尋ねるのは無礼であろう」

牛裁判が詫び、「磯九殿、あなたの噂もよく耳にする。礼を失したことをお許しくだされ」

「そう大げさになさいますな」と、小文吾。「戦ならば武功も誇れましょうが、牛を制して誇る武士はおりません。某など放っておかれて構いません」

須本太郎が神妙に言う。「それでは、こちらの面目が立ちません。神事の成功は、ひとえに犬田殿のおかげです。どうぞ、今夜は当家にお泊まりくだされ」

「お言葉に甘えましょう」磯九郎は勝手に答え、小文吾を振り返った。「犬田殿、いまから小千谷へ帰ろうとすれば日が暮れる。今夜は泊まってゆきましょう」

小文吾が口を挟む余地はなかった。もてなしは要らないとだけ念を押した。

2 夜道

日暮れ前に虫亀村に着いた。豪勢な屋敷で、須本太郎の妻子や奉公人たちが出迎えてくれた。小文吾は客間へ通され、上座を勧められた。すでに酒肴が並べられていた。

「祭の恒例でしてな。今夜はどの家も酒宴の用意がしてあります」

主人みずから酌をし、同席した牛裁判たちもそれに倣った。磯九郎は末席で思うさま呑み喰いして笑い興じ、真っ先に酔いつぶれた。

やがて須本太郎が改まって酒を勧め、「今日のお礼というわけではないですが、これをお納めくだされ」

縮麻織五、六反と永楽銭十貫文が運ばれてきた。小文吾は眉をひそめた。

牛裁判が代弁するように、「縮は汗取りになさいませ。銭は恒例のこと。暴れ牛を押さえた力士には、牛主が三貫文を贈る決まりです。今回は大力士すら難儀した暴れ牛、須本太郎殿が少し肴代を足されました。納めてもらわねば面目が立たない。ご承諾を」

小文吾は頭を振り、「我が身を守っただけです。力士扱いはなさいますな」

不意に磯九郎が進み出た。贈り物を手に取って笑い、「犬田殿も了見が狭かろう。人を助けて礼を拒んではいかん。小千谷へ持ち帰って小父を羨ましがらせよう」

「口出しなさるな、磯九殿。これは相撲の祝儀とは違う」

磯九郎は脈絡のない奇声を上げた。泥酔していた。小文吾がなだめても話にならない。

須本太郎が申し訳なげに、「無礼があったならお許しください。裏にささやかな庭があります。桃、桜、八重紅梅が爛漫と咲き、夕月夜によく映えます。離れへご案内します。湯漬けなど召し上がりください」

磯九郎は客間に残って牛裁判たちを罵っていた。呂律も回らず喚き散らした。

「小千谷の次団太と言えば、一、二を争う相撲巧者だった。暴れ牛など簡単に押さえ込める人だぞ。その客人を損させることは許されん。担ぎ棒を一本貸せ。土産は俺が持って帰る。犬田殿のいないいまが好機だ。銭と縮を分けて包め。急げ！」

乱暴に畳を叩いて催促する。牛裁判たちは酔っ払いをなだめようと、「いや、小千谷までは一里二里の距離ではない。重荷を担いで夜通し走るなど正気の沙汰ではなかろう。明日、馬を雇いなされ。我らが準備しておくから、もう寝なされ」

「牛の賜物を馬で運べるか。相撲取りには重荷ではない。さっさと荷造りせえ！」

牛裁判たちは相談し、「祭りの夜に騒ぎなど起こせば裁判人失格だ。主人にも恨まれよう。望み通り発たせてやるか」

その後も磯九郎は小者たちに罵声を浴びせていた。やがて牛裁判は辟易しながら戻り、「銭と縮を荷造りした。草鞋もここにある。もう行きなされ」

小者が庭先へ走り出、萩の折戸を押し開ける。磯九郎は縁側で草鞋を履きつつ、邪魔になる脇差を荷に押し込んだ。小者二人が担ぎ棒を持ち上げ、磯九郎の肩に乗せた。天秤を担いだ酔っ払いは、よろめきながら出ていった。

牛裁判たちは不安げに見送った。酔っ払いから逃げていた女中や小者が客間に戻ってきた。牛裁判らは改めて酒を酌み直したが、やはり磯九郎が心配になってくる。

「あれほど酔うた者に十貫文も預けるものではない。だれかが後をつけたほうがよかろう」

須本太郎に報告するよう言いつけ、離れへ小者を遣わした。しかし小者たちは磯九郎の態度に憤り、二度と会いたくなかった。だから、主人にはなにも伝えなかった。

小文吾は、離れで須本太郎と語らっていた。初更（午後八時）の鐘を機に客間へ戻ったとき、磯九郎の出立を知った。

「千曲川もあるのに、重荷を抱えて夜道は行けまい。……すぐに追いかけます」

「いや、こちらで若いのを走らせましょう」須本太郎が止めた。「裁判たちもあらかじめ小者をつけるくらいできたろうに」

「そのつもりでしたが……。我らは、とっくに小者が追うているものとばかり」

須本太郎は嘆息し、「さっさと人を集めろ。提灯はあるだけ用意せよ！」

「お待ちくだされ」小文吾が制し、「大勢で追うても、磯九郎は強情を張るだけです。某が行かねば収まらぬでしょう。今夜のおもてなしに感謝いたします。急ですが、ここで暇を賜りたい」

「遠路の夜道ですぞ。どうしても行かれるというなら箯を用意しましょう」

「ありがたい申し出ですが、時が惜しい。無礼をお許しくだされ」

小文吾が出発すると、主人はすぐに小者たちを呼び、「犬田殿を護衛しろ」と三人ほど遣わした。「裁判からもひとり送りなされ。我々は箯を担がせ、後から追いかける」

磯九郎は帰路を急いでいた。千鳥足で二里（約八キロメートル）ほど進んだところで、二更（午後十時）をすぎた。酔いは醒めていた。腹立たしいほど荷が重かった。

荷を下ろして地べたに座り、諸肌脱いで月を見上げた。びっしょり汗で濡れた胸元をぬぐった。相川の村はずれだった。樹下の藪にまだ雪が残るその一帯は、耳鳴りがするほど静かだった。

「人にも遭わん」磯九郎はため息を吐いた。「俺はなぜ、はるばるこんな重荷を抱えてきたのだ。持ち帰っても俺のものにはならんぞ。頼まれもせんのに運搬し、馬鹿かと笑われるだけだ。ああ、酒のせいだ。いまさら捨てては行けんし、……なんてざまだ」

立ち上がり、再び荷を担ごうと気合を入れたとき、女の叫び声が聞こえた。

見回すが、人影はなかった。「狐か狸が誑かそうとしてやがる。ふざけやがって」腕を袖に通し、担ぎ棒を肩に乗せた。勢いつけて持ち上げようとすると、また声がした。

「――助けてください！」

磯九郎は戸惑った。月明かりを頼りになごり雪を見た。あの藪から聞こえる気がする。だが、人影はない。さては……。猟師が雪下に穴を掘って隠れ、鳥を狙い撃つことがある。大樹や藪近くには、雪が小山となって残っていた。誤って猟師の雪穴に落ちたか。足元に気を付けながら藪へ近づくと、案の定、雪穴があった。雪が固まって足元が滑りやすかった。

「だれか落ちたか。ひとりで山道を通っていたのか。返事せえ！」

暗い底からすすり泣きが聞こえてくる。「私は千曲川近くに住む百姓の妻です。角突を見物にきて黄昏には帰るはずでしたが、マムシに遭うて逃げようとして穴に落ちて……。もう二時（四時間）も助けを呼んでいました。手を貸してください。家に帰れたらお礼をします」

手をすり合わせて拝む姿こそ見えないが、涙ながらの訴えに磯九郎の胸も詰まった。

「よう頑張ったな。待っていろ」声をかけて引き返し、担ぎ棒を抜いて持ってきた。

「いまから棒を下ろす。手探りしてつかめ。引っ張り上げてやるからな。行くぞ」

棒をゆっくり手繰り下ろす。なおも礼を言う声がするが、棒をつかもうとしない。

「なにをうじうじしている。つかめ！」穴を覗こうと身を乗り出したとき、不意に棒を引っ張られた。磯九郎は踏ん張りがきかず、真っ逆さまに穴へ落ちた。底まで滑落すると、突如腹の上に女が飛び乗ってきた。その手に持つ短刀が月光に煌めいた。磯九郎は慌てて蹴り飛ばした。

「なんだ、騙し討ちか。女の刀を恐れる俺と思うか。だれだと思っていやがる！」

磯九郎は刀を奪おうとするが、相手は怯える素振りなどまるで見せず、手や肘で殴り返してきた。狭い穴底で身動きが取れず、磯九郎は焦った。なにより、暗くて敵が見定めにくかった。

男がひとり、竹藪から現れる。彼は竹槍を手にしていた。雪穴の底では、磯九郎が女を組み敷いたところだった。ついに奪った短刀で女を刺そうとしたそのとき、男が穴の上から呼びかけた。

「おい、首尾はどうだ！」

女が声を荒らげ、「遅い。組み伏せられたのが見えんか！」

すると男はためらいもなく、穴底に向かって思い切り竹槍を突き立てた。

その穂先が、磯九郎の右肋を貫いた。悲鳴を上げて仰け反った磯九郎を、女が両手で押し上げた。短刀を奪い返すや間髪入れず、その刃で磯九郎の咽喉笛を貫いた。春すぎまでも残った雪よりもろく、磯九郎の命は奈落の底ではかなく消えた。

「首尾はどうだ！」男が槍を押し込みながら問うた。

「いま、とどめを刺した。この竹槍にすがって穴から出る」

男は一旦、竹槍を引き抜き、改めてゆっくりと下ろした。そして、竹槍につかまった女を引き上げる。女は雪の上に這い出て汚れた袖を払い、鬢を掻きあげた。「合図を忘れたのか。殺されるところだったぞ。なにをしていた」愚痴りながら刃の血をぬぐい、鞘に納めて帯に差す。

「なに、用心していただけだ。焦って悟られては元も子もなかろう。無事だったのだ、ぐちぐち恨み言を言うな。それより成果だ。お前も中身が気になろう。確かめるぞ」

男は足早に荷へ近づいた。女はため息を吐いて、従った。包みはふたつあった。ひとつずつほどき、二人は互いの中身を覗き合う。

「永楽銭が十貫と地細の縮が五反だ。脇差もある」男は高笑いして刀を取った。「このまま担いでゆけば怪しまれる。荷を分けるぞ。銭は俺が背負うから、お前は反物だ」

風呂敷ひとつに銭をまとめ、男が抱えた。女も荷を担ぎ、「縮は軽い」と満足げだ。

二人は手ぬぐいで顔を隠し、楽しげに千曲川の渡し場へ向かった。その途中、道の先に明かりが見えた。


暴れ牛の噂は小千谷にも届いた。そこで次団太は心配し、単身、夜道を歩いてきた。人気のない畷で、男女の二人連れに出くわした。相手は明かりも持っていない。挨拶もなかった。うつむいた顔は手ぬぐいで隠していた。まず、女とすれ違った。

「止まれ、怪しい奴らめ」次団太は提灯を持ち上げ声をかけると、とっさに後をゆく男の背負った風呂敷包みをつかんだ。相手は駈けだして次団太の手を振りほどき、振り返った。殴りかかってきた。次団太は不意を突かれ、勢いよく胸を殴られた。二歩三歩たじろいで倒れ、地面に激しく後頭部を打ち付けた。

3 悪女、みたび

三年前、信濃国沓掛で籠山逸東太縁連を騙して木天蓼の短刀と三十金を盗んで逃げた後、越後へ走った。越後半国が籠山縁連の主君、長尾景春の所領とは知らず、米や魚が豊富に獲れる越後なら暮らしやすそうだと考えたのだ。現実はそう甘くなかった。

越後国内をさすらっていたとき、古志郡金倉山の麓で追い剝ぎに襲われた。賊は男ひとりだった。命より大事な金を守ろうと懐刀を抜いたが打ち落とされ、結局、すべてを奪われた。

ただ、命は助かった。山賊はその場に居座り、独り旅をしている理由を尋ねた。

「故郷は武蔵ですが、近頃夫を失いまして。わずかな縁を頼ってここまできましたが、縁ある人も世を去っていて進退窮したところでした。陸奥に親族がありますが、路銀がなくては行けません。三分の一でいいので返してくだされ」

デタラメ並べて同情を惹こうとしたが、無駄だった。「よい考えがある。ちょうど俺も女房を失い、針仕事や飯炊きをする者がない。俺は四十二歳だ。お前も四十ほどだろう。俺と夫婦になれば贅沢させてやる。寵愛しよう。乗らんかね」と口説きだした。

ズレたことを言うと呆れたが、困窮していたのは事実だった。突っぱねて怒りを買い、殺されるのも勘弁だった。

「陸奥へ連れていってくださいますか。きっとお見捨てなさいませんか」

そう答えると強盗は無邪気に喜び、仲人もなく妻を娶ったぞ、と軽口を言った。「では、我が住処へ案内しよう」と手を取り、小千谷のほうへ歩きだした。

童子格子酒顚二という名の山賊だった。小千谷と塚の山の境にあった山寺は、乱妨取りに遭って無住だった。庫裡のみ残ったその廃寺に酒顚二は住み着き、ここで賭場も開いていた。

こうして、船虫は新たな夫を助けて悪事を働いてきた。相川畷で磯九郎を殺したときには、もう慣れたものだった。彼にとどめを刺した木天蓼丸は、いまや守り刀だった。

小文吾たちは磯九郎から一時（二時間）遅れで後を追った。相川の畷道で倒れた人を見つけ、ギョッとした。月光を頼りに近づいたが、磯九郎ではない。小千谷村の次団太だった。

「主人、どうなさった！」

小文吾は慌てて抱き寄せ、語りかけた。呼び続けると、次団太は息を吹き返した。

「……犬田殿か。こんな夜更けにどうした」

「磯九郎を追うて」経緯を次団太に聞かせ、「それより、あなたこそどうされたのか」

「磯九郎め。酒癖の悪さは今朝も戒めたのに。面目ないことをした。わしは暴れ牛の噂を聞き、犬田殿の安否が気がかりで来てみたのだ。それで亥中（午後十時）頃か、包みを背負うた男女と行き違うた。提灯で照らすとひとりが血まみれだった。男のほうの包みをつかんだまでは覚えているが、殴られて気絶していたらしい。月の傾きからして、一時ほど経ったようだ」

次団太の危難に驚いたが、小文吾の脳裏をよぎったのは別の災厄だった。

「道中で磯九郎には会わなかった、と。……曲者らの包みが何色か覚えていますか」

次団太は自分の袖をつまみ、「こんな色だった。縹に見えた」

牛裁判が割って入り、「贈り物を包んだ風呂敷も縹色です。その袖の色と似ています」

小文吾は立ち上がり、辺りを見回した。「その曲者に磯九郎は襲われたのだ！　ここで次団太殿が出くわしたのなら、痕跡があるかもしれん」

彼らは左右に分かれて捜索を始めた。すぐに細引きの麻縄が見つかった。雪のなかに竹槍が捨てられていた。その槍が血に染まっているのを見て息を呑んだ。

「雪の上の足跡が樹の下まで続いている」小文吾が指摘した。

雪穴を見つけたのは次団太だった。「ここだ、犬田殿。担ぎ棒が突き立っている。だれか、提灯を底まで下ろせるか」

須本太郎の小者が麻縄につないだ提灯を六、七尺下ろしたところで、底に横たわる死骸が照らされた。

「……磯九郎だ」次団太がつぶやいた。

麻縄で縄梯子を組み、小者が底まで降りた。別の縄を亡骸に結び、全員で引き上げた。すぐに追わなかったからだと己を責める小文吾を、次団太は慰めた。

「磯九郎は身寄りがない。我が菩提寺で葬ろう。わしは相川村へ変死の報告に行ってくる。犬田殿は二人ばかり供を連れて先に小千谷へ帰っていてくれ。他は亡骸を守って我が帰りを待ってくれ」

そこへ箯が着き、須本太郎が降りてきた。小文吾がねぎらって次団太と引き合わせた。みな磯九郎の亡骸を見、最悪の結果に肝をつぶした。

次団太が言う。「磯九郎が忠告を聞かなかったからです。あなた方のせいではない。村長に報告してきますので、ここで失礼します」

「待ちなされ」須本太郎が引き止めた。「行かずともよい。相川の村長は我が親戚だ。

当主が幼いため、某が後見として差配しています。この件も明日手配いたす」

次団太は白い息をつき、「そういうことならあなたに伝えておきたい。強盗は男女二人であった。わしが目撃した。女は顔が見えなんだが、男のほうはつぶら眼で鼻は高く、背は六尺もあったか。磯九郎の傷は背中から突かれた竹槍の傷と、咽喉を貫かれたとどめの二箇所。別々の傷ですな」

「二人組か」須本太郎も死体を覗き込み、「磯九殿の非命は我が牛が発端です。心苦しい」

「だれもあなたを恨みますまい」と、小文吾。

次団太が須本太郎に尋ねた。「亡骸を運ぶのに棺を用意できましょうか」

「ちょうど箯があります。犬田殿に使うてもらおうと担いできたが、ここからなら小千谷までそう遠くない。犬田殿は歩いてもらい、亡骸を積んで送らせましょう」

駕籠かきに事情を告げ、死骸を箯に収めた。須本太郎は小者三人を随行させると申し出たが、次団太も小文吾も断り、提灯ひと張りだけを借りた。須本太郎たちは千曲川の渡し口まで送ってくれた。夜は舟を出さない決まりだが、須本太郎の口利きで川を渡ることができた。

小千谷には明け方に着いた。次団太は駕籠かきたちに酒をふるまい、飯を食わせ、銭を払って虫亀村に帰した。磯九郎の亡骸は、次団太の菩提院に葬った。

小千谷に留まる理由はもうないが、小文吾は次団太の心労を案じてしばし滞在を延ばした。そうするうち目の奥が痛みだした。日に日にひどくなり、ついに見えなくなった。

「島で潮風に打たれすぎたか。慣れぬ魚肉で臓腑を痛めたからか。湯治で快癒したと思うたのに毒が残っていたらしい。このまま目が見えなくなれば、宿望も遂げられん」

気落ちする小文吾に、次団太は毎日違う薬を勧めた。医師にも診せた。ひと月がすぎた頃、痛みは治まり、まぶたも少し開くようにはなった。それでも目を凝らすと、痛みがぶり返した。小文吾は引きこもったままだった。

ある夕刻、次団太が言った。「眼病は肩凝りから起こるという。近頃、黄昏時に瞽女がここらを通りかかる。余所者だろうが、その女按摩の評判は悪うない。うちの客にも施療してもろうた人がいる。犬田殿も揉んでもらわんか。効く効かぬとは別に、退屈しのぎになろう」

「按摩は好きではありませんが、療治になるなら一度試してみましょう」

夕膳を終え、部屋に灯りがともされた。女中が訪れ、「按摩殿をお連れしました」

「俺も目が見えん。背のほうに按摩殿を座らせてくれるか」

女中は瞽女を案内して退出した。日没後の寝室に盲目どうし残された。瞽女は短い問診を行ってから、「肩から揉み和らげ、鍼を打ちましょう」と、言葉少なに説明した。言われるまま、小文吾はうつ伏せに横たわった。光が痛みを誘発するので行灯も近くに置かなかった。

瞽女は無口だった。黙って肩を揉みほぐし、それから背中を押し始めた。

「もう少し緩くしてくれんかね。そう力任せに押されると、痛うてかなわん」

「人体は経絡でつながっておりますから、痛いのは効いている証です」

女の息遣いだけが聞こえる。その合間合間に「咽喉を、咽喉を」と声がした。なにか言ったかと小文吾は問いただそうとしたが、背後から聞こえるようではない。しかし、他にはだれもいないはずだ。いつの間にか寝入って夢を見たか、とため息を吐いた。やはり指圧は痛く、小文吾は苛立ってきた。

「すまんが、もういい。やめてくれ。明日の夜、また改めて頼むから、今日はここまででいい。ご苦労様さま――」と言いつつ、片肘突いて振り返ろうとした。

そのときだ。後ろ襟をつかまれ、引っ張られた。咽喉が詰まった。驚いて上体をひねると、ぼやけた視界に咽喉を掻っ切ろうとする刃が映った。小文吾はとっさに女の手をつかんだ。

「……見えずとも、容易（たやす）く討たれはせんぞ！」

つかんだほうの腕を自分の肩に乗せ、背負い投げを食（く）わせた。女はもんどり打って小文吾（こぶんご）の頭の先で倒れた。物音を聞いて次団太（じだんだ）が訪れたとき、小文吾（こぶんご）は相手を組み敷いていた。女の手から短刀が落ちた。

「賊め！」次団太（じだんだ）が壁に掛かった荷縄を取り、偽瞽女（にせごぜ）をきつく縛り上げた。

4 神慮任し

あれは、牛の角突を見に行ったときだった。犬田小文吾を見つけた。私はギョッとした。でも、逃げなかった。あの男がいつからこの土地にいるのか見物に訊いて回り、小千谷の石亀屋に逗留していることが分かった。居場所が知れれば、もう恐れることはない。こちらから仕掛ければいい。

それから、瞽女に扮して小千谷をうろついて回った。実際に按摩も行った。石亀屋にも二、三度呼ばれ、小文吾が眼病を患っていると知った。すべてがよい方向に進んでいる気がした。やっとだ、やっと並四郎の仇が討てる。夫を殺した男に復讐できると、私は強く、強く思った。

今日、石亀屋の主人から小文吾の施療を頼まれた。二人きりになると、あっさり背後を取れた。私は木天蓼丸を取り出した。背中から刺し貫くか、押さえ込んで首を掻くか、自問自答していると、小文吾が指圧が痛いと不平を言いだした。早くケリをつけなければと焦ったとき、小文吾が身じろぎした。上体を起こそうとした。私はとっさに後ろ襟

をつかんだ。向かい合えば勝ち目がない。慌てて刃を振り下ろした。手首をつかまれた。わずかな、しかし致命的な遅れだった。

次団太は縁側の柱に賊婦を縛った。短刀を拾い上げ、小文吾の前に腰を下ろした。

「偽瞽女とは知らず危険な目に遭わせた。我が不注意でした。お詫びのしようもない。犬田殿よ、この短刀は刃に曇りがある。近頃人を斬っている。この女、空き巣や枕探しではない。強盗でなければ、あなたを狙うた刺客ではなかろうか。思い当たる節はありますか」

「声に聞き覚えがあるようです。おそらくだが、数年前、武蔵で出くわした並四郎の妻、船虫ではないか。いささか因縁がありまして」と小文吾は、四年前の秋、並四郎を返り討ちにした一件を語った。「船虫は連行される途中に逃亡したと聞いた。それが越後へ流れ着き、俺が眼病を患うたと嗅ぎつけたのではなかろうか。己に仇なす女の心当たりは他にありません」

「その船虫に間違いなかろう」次団太は立ち上がり、露払いの小竹杖を柱から取って賊婦と向き合った。「聞いていたな。いつこの地にきた？　どこに住んでいる？　仲間がいよう。お前は人殺しだな。訊かれたことにはすべて答えろ。言わぬなら、どうなっても知らんぞ」

次団太が打擲すると、船虫は悲鳴を上げて身を縮こませた。苦しげに声を震わせ、

「隠し立てはいたしません。答えますから聞いてください」

「さっさと言え」

「人違いです。私の故郷は下野です。夫は赤岩一角武遠という郷士でした。一角は、籠山某という弟子に闇討ちされました。私は籠山を捜し仇を討とうと、毎日毎夜祈っていました。ある夜、仇は越後魚沼にいると夢で告げられ、故郷を出立したのです。越後には親戚も友人もございません。女按摩を装えば、里人にも旅人にも近づけましょう。やがて、この宿に呼んでもらえ、かの人を見たのです。面影も年格好も声まで籠山そっくり。仇を見つけたと挑みかかり、投げ伏せられました。そうなってよかった。いま目を凝らせば、かの人は籠山ではございません。私の仇は鬢の内側に一寸ばかり古傷があったのです。粗忽をお許しください。……短刀をお返し願えませんか。数少ない夫の形見です。私は犬村儀清の娘、窓井といいます。縄を解いてください。これをご縁と思われたなら、仇討の加勢をしてはくださいませんか。情けをお掛けください」

泣き崩れる女に次団太は同情し、慰めようとしたとき、急に小文吾が笑いだした。

「信じなさるな。夫の仇を討たんとする烈女なら、刃を奪われ、投げ飛ばされようと怯

えはしない。そんな生半可な覚悟で臨むものか。この女は己だけが大事なのです。その言葉、信じがたい」

次団太は生唾を飲み、何度もうなずいた。「やり方が手ぬるかったようだな。舐められたものだ」

女は泣いて次団太を睨み、「どうしてお疑いになられますか。強情を張られますな」

そこへ、次団太の弟子の泥海土丈二、百堀鮒三が訪れた。「隣室で聞いていました。泣き叫ばれて近所を驚かすより、庚申堂へ連れてゆき、神慮任しで諮ってはどうでしょうか」

「よい考えだ。用意しろ」次団太が命じると、家内が俄然忙しく動きだした。

小文吾は眉根を寄せ、「神慮任しとは、以前聞きましたが、この地方の私刑でしたな。後難はありますまいか。素直に、領主の沙汰に任すべきではありませんか」

「犬田殿には分かるまいが、複雑な土地柄ゆえ領主を頼りにできんのだ。ご領主長尾判官景春殿は、いま上野国においでだ。そもそも越後の政庁たる春日山は遠すぎて、行き来だけで数日かかる」次団太は有無を言わさぬ口調だった。「より近場でなら、三島郡の片貝に別館がある。領主の母君、箙大刀自がそこで政治を執っておいでだ。片貝は遠くはないが、贔屓の沙汰が少なくないと噂されている。我らも血なまぐさい行いを好むのではない。だが、銭と日数を費やし、無駄骨と知りながら訴えるより、神慮任しにしたほうが理に叶うている。昔からそうしてきた。領主にも知られているゆえ、後難の気遣いはない。あなたは養生なさり、後は我らに任せてくれ」

弟子たちが泣きわめく罪人を引っ立ててきた。一行は提灯を提げて出発した。

亥中（午後十時）頃に次団太は戻り、小文吾の居室を訪ねた。

「梁に吊って土丈二、鮒三に鞭で打たせたが、しぶとい女だ。叫ぶだけで白状せん。これから三夜の間、出向いて懲らしめる。弱ってくれば白状しよう。土丈二らも今夜は帰したが、明夜また来る」

「船虫は、荒れ堂に吊るしたままひとり残してきたのですか」

「人里離れた端山の麓で、行き来は稀だ。仮に見られたとて助ける者はない。みな神慮任しを知っている。また悪人かと思うだけだ。庚申堂は戦で荒れてから参詣人もない。壊さないのは、神慮任しのためなのだ。この私刑が見せしめとなり、この地には悪人が入らない。犬田殿、正義をなすのだ。たとえ悪人が真実を吐かずに命が残ろうとも、その罪は許されてはならぬ。そのときは、千曲川に沈めて村の禍を取り除くまでだ。村人の安全のため、だれかがやらねばならないことなのだ」

船虫との諍いは小文吾の手を離れ、今後は村の異物として機械的に処理されるようだった。この私刑の是非について次団太たちは悩まなかった。神慮任しだからだ。己の意思を放棄し、神仏に判断を任せた。だから、彼らは人殺しの責任すら背負わない。

小文吾は落ち着かず、「偽瞽女が強盗なのか刺客なのか未だ推量の域を出ません。白状しないうちは食事を与え、苦痛を緩め、なだめすかして尋問するのもひとつの手でしょう。なまじ三夜と期限を切るから焦ってしまう。これは無慈悲に思えます。顔さえ見えれば疑念は晴れように。……そうだ、短刀。あなたは人を斬ったものだと疑われた。明日はあの短刀を持参なさって尋問に用いては如何か」

「そうですな、出所を問えば観念するかもしれん。もう夜が更けた。お休みなされ」

だが、小文吾は寝付けなかった。ふと思い立ち、枕を押しやって身を起こした。守り袋から珠を出し、まぶたを撫でてみた。以前、石浜で毒殺されかけたとき、霊玉を口に含んで助かったことを思い出したのだ。だんだん目の奥の熱が引くようだった。ひんやりとして清々しかった。

行灯を引き寄せて戸蓋を開けた。光が当たるだけで痛みに苦しんだのに、いまは眩しくさえなかった。小文吾は自嘲した。「どうして最初に霊玉を思い出さなかったのか」

なおも珠でまぶたを撫で続けた。徐々に物が見えだし、やがて枕の埃まで鮮やかに見えるようになった。

「明朝荒れ堂へ行って偽瞽女を確認しよう。船虫かどうか見定め、いずれにせよ、私刑はやめさせる。当て推量で殺すわけにはいかん。人任せにするのはなお間違っている」

丑三つの鐘が聞こえた頃、小文吾ははやる心を抑えて眠りについた。

歩きながら、犬川荘助は思い出していた。指月院に犬山道節を残して行徳へ赴き、犬田父子のことを村人に問うて回った。

——文五兵衛は住み慣れた家を売って安房の親族のもとに身を寄せたが、その翌春に世を去った。小文吾は未だ帰ってこない。

それから荘助は、真間、国府台へ引き返して常陸へ向かい、秋頃から陸奥に入った。奥州五十四郡を巡ったが犬士は見つからず、越後へ向かう間に春がすぎて五月半ばになった。道中、神隠しに遭った犬江親兵衛を捜して山に登り、絶壁の際まで行った。闇雲に探しても見当たらなかった。

越後国魚沼郡に着いてからも、端山や繁山を見れば登った。今日は、その下山途中で日が暮れた。小千谷が近いようだが、夜道を進むべきかどうか。ここ数日は五月雨が続いたが、今夜は晴れていた。山峡から昇った十八日の月が小山を照らした。もう五つ時

（午後八時）だろう。前方に古びた仏堂が見えた。

「屋根があればありがたい。あそこで休ませてもらおう」

荘助は荒れ堂に立ち寄ることにした。縁台に腰を下ろし、両膝をさすりながら振り返ると、蜘蛛の巣が掛かった扁額に『庚申堂』の文字がかすれて見えた。風雨のせいで壁は朽ち、とても人の住む場所ではなかった。神像もなかった。腐った床板に密生するキノコが狐か兎に齧られていた。

「嘉吉応仁から戦続きで、多くの神社仏閣が焼かれて跡形もない。以前、俺が刑死から救われた場所が庚申塚だったが、夜道ですがったのが庚申堂とはなにかの縁か。明日は信濃へ向かおう。それから甲斐に戻って犬山と交代だ。犬士の手がかりなしでは会わす顔がないな」

ため息を洩らして縁台に上ったとき、呻き声が聞こえた。荘助は思わず身構えた。

「こんな荒れた堂舎に人がいるものか。鬼、妖怪が俺の度胸を試そうと声を上げたか」

腰刀に手を掛け、すり足で堂内に踏み込んだ。朽ちた床は足の踏み場が少なかった。用心しつつ、荘助は梯子に手を置いた。声は楼上から聞こえてくるようだった。

梯子を登る。月光が格子窓から射し込み、階下よりも明るかった。人影があった。四十歳ばかりの女が縛られ、梁から吊るされていた。思いがけない無残な光景に息が詰まった。ついさっき、庚申塚で吊るされた己の姿を思い浮かべたばかりだった。

「……西遊記の紅孩児よろしく哀れな姿で騙す腹ならやめておけ。愚かだぞ」

女は涙をこぼし、「妖怪ではございません。私は小千谷の旅籠屋で働いていただけです。夫に先立たれた後、貧しい兄の家で世話になるのが心苦しくて、奉公しだしたのが今年の三月でした。主人が私に懸想なさり、口説きなさるのを拒んで恨まれました。今日、粒銀が失せたと大騒ぎになり、濡れ衣を着せられました。打たれ敲かれ、言い訳などさせてもらえず、黄昏時、男どもに連れてこられて楼上の梁に吊るされ、また情け容赦なく鞭打たれました。明日も明後日も鞭打ちにくる、死なければ簀巻きにして千曲川へ沈めてやると言い捨てて立ち去ったのが半時前。このままでは羊のように殺されます。あなたを見て御光を拝むような思いでした。偽りあれば弥彦の神の天罰を受けましょう。どうか縄を解き、兄の家まで送ってください。いつ小千谷の人が戻ってくるかしれません。助けてください」ガタガタと震えながら彼女は、目を血走らせ懇願した。

「むごいことをする。兄御の家はどちらですか。なんと言う人ですか」

「半里ほど先の山小屋で、兄の名は酒顛二です。貧しい暮らしですが俠気があり、子分は多うございます。送ってもらえればお礼をします。どうか、お慈悲を」

「いま降ろすからじっとしていなされ」

荘助は左手で女を抱き寄せ、小刀で縄を切った。捕縄をほどいてやると女は自由になった手をさすり、足をさすって乱れ髪をまとめた。涙を流して荘助を拝んだ。

「ご恩は忘れません。……手足が痛い。送ってもらえましょうか。道中が恐ろしうて」

「痛みはどうにもできんが、もちろん送り届けます。あ、梯子はゆっくり降りなされ」

「優しい方に巡り会えてよかった。今夜は泊まってください。兄も必ずそう言います」

荘助は手を貸し、ともに梯子を降りた。荒れ堂の壁から覗く太竹を折り、杖代わりとして女に渡した。二人は夜の山道を半里ほど歩いた。

童子格子酒顛二の隠れ家は、捨てられた山寺だった。辺りは松柏が茂り、人家はなかった。荒れた庫裡に座敷が三間あり、うち一間で山賊十五、六人が酒を呑んでいた。

船虫が帰ると、酒顛二は言った。「遅かったな。なにかあったかと話していたところだ」

片手を挙げ、船虫は無言で外を示す。酒顛二の脇に座り、表に旅人を待たせていること、そして企みを小声で告げた。子分たちは酒盛りを中断し、奥に身を隠した。残った子分が肴の盆を片付け、来客用の席を作った。

荘助は門前から廃寺を眺めていた。月が隠れてよく分からないが、こんな辺鄙なところには猟師でも住むまいと己の悪念を恥じたとき、だれかが呼びにきた。

　案内され、客間に敷かれた筵に腰を下ろすと、主人が懇ろにねぎらった。

「僕は酒顛二と申す。妹を助けていただいたと、本人から聞きました。感謝のしようもございません。ご自分の家と思うてくつろいでくだされ。それとも、武家のご用でお急ぎですか」

「某、東国浪人で犬川荘助といいます。人探しの旅を続けて一年になります。荒れ堂で休もうとした折に妹御を見つけたのです。無実の罪を着せられ、不憫なことでした。夜が明ければ立ち去りますので、某のことは構わず妹御をいたわってくだされ」

「妹は寝床へ入れました。膏薬も塗らせたから心配なさいますな。奉公先のあるまじき残忍さよ。満たせぬ欲の腹いせに妹を殺そうとしたなどはらわたが煮え返る。必ず村長に訴え、報いを受けさせます」酒顛二は苦々しく吐き捨てたが、すぐに強いて笑みをこしらえ、「これはどうも。我を忘れ、おもてなしが遅れた。夕膳を召し上がりくだされ。おい、用意せえ」

　荘助は立ち上がる子分を制し、「食事は結構です。弁当の残りを食べたのが黄昏で、腹は減っていません。寝床を借りられればありがたい」

「ならば、せめて肴でも。せっかくのご縁です。盃を勧めたい。だれか器を替えてこい」

「いやいや。某、生来の下戸でして。旅の疲れがなければ喜んで馳走になりますが、今夜は寝させてください。それが一番ありがたい」

酒顚二は苦笑し、「無理に勧めてはかえって無礼ですな。しばらく留まって旧跡など巡られてはどうでしょう。案内しますよ。それでは、お休みなさってください。蚊も蝿も稀だが、梅雨時はときどき蛭が落ちてくる。蚊帳を使いなされ。……おい、南の八畳間に寝床を設けてこい」

5 童子格子酒顚二

用意された寝床に座り、荘助は手をこまねいた。酒顚二なるあの主人は、どうも一癖ありそうだった。子分も猟師には見えなかった。あの場に出ていた盃と盆、碗、皿がそろっていないのもいぶかしかった。皿は舶来の宣徳製なのに、盆は塗りの剝げた会津盆ととりとめがなく、生活の匂いがしなかった。柱が傾いで壁は破れ、月光の洩れる座敷で酒肉に溺れるのもちぐはぐだった。

この寝床も同様だ。蚊帳は萌葱の紗、裾縁に紅絹まで使った高価な品だ。布団も四布の絹だった。それなのに、茣蓙は安物、枕は古木の切り株だった。これでは趣味が分からない。つまり、酒顚二が買いそろえたものでないのだ。連中は、間違いなく山賊だった。荘助に飛脚かどうか尋ねたのも、用金の有無を確かめたかったのだろう。すると、あの女も本当に罪を犯して生け捕られ、つながれていたのかもしれない。うっかり悪人を逃してしまったのか？

長押に手槍、竹槍、桿棒が掛かり、同じ壁に裂織りの草鞋がいくつも吊るしてあった。

とにかく用心に越したことはない。月明かりで障子が仄かに明るかった。庭でミミズクが鳴いていた。荘助は漏れ聞こえる声に耳をそばだてた。監視されているかもしれない。熟睡を装うべくまずは寝床に横になった。

酒顚二は奥の間で子分たちと合流すると、船虫に酒を勧めて詳しく話させた。

「この頃、外出していたのは仇討のためだった」船虫は声をひそめて小文吾との因縁を語り起こした。今夜暗殺に失敗し、神慮任しと称する私刑を加えられた。煽動者は石亀屋次団太だと糾弾した。「小千谷の顔役だ。この隠れ家を嗅ぎつけられれば危うい。用心なされ」

酒顚二は拳をさすりながら、「石亀屋の評判はよく聞くが、里でどれほど威勢がよかろうと山でなにができる。先んずれば人を制し、遅れるときは制せらる。媼内こそ塚の山へ遣わしたが、他は全員ここにいるぞ。今夜、小千谷へ押しかけ、小文吾も次団太も石亀屋の連中も皆殺しにし、お前の恨みを返そう。者ども、夜討ちの支度だ！」

船虫が押しとどめた。「愉快だが、抜かりがある。あの旅侍に気付かれれば、面倒なことになりかねん」

子分たちが思い出したように、「あの男に貸した一間に得物も草鞋も置いています。

取りに行けば鉢合わせますな」

酒顚二は嘲笑った。「あの侍は上物だ。一年も旅寝できるならたんまり路銀を持っていよう。血祭に上げれば憂いも除けて一挙両得。寝込みを襲うて結果けよ」

子分たちは尻込みし、「武者修行の侍でしょう。ひとりふたりで行くべきか」

「情けない。相手はひとりだぞ。俺がやるのをよく見ていろ」酒顚二は段平を取った。

ぞろぞろと子分を従え、客間の障子を勢いよく開けた。が、蚊帳の内に人影がない。

子分たちが騒ぎだした。「盗み聞きされた。逃げられたか。いや、隠れているかもしれん。庭木の陰から簀子の下までくまなく探せ。全員出てこい！」

酒顚二が制し、「よせよせ、しょせん旅人だ。討ち漏らしても構わん。それより石亀屋へ密告されると面倒だ。探して時を費やすより、さっさと夜討ちに出向くぞ！」

次々と長押から得物を取り、暗夜の庭へ降りた。襲撃の準備が進むなか、酒顚二は船虫に呼び止められた。

「みなが出払うた後、犬川が戻ってきたらどうする。欺かれた恨みで私を殺すかもしれん。ひとりふたり留守に残してくれ。我が命が危ういのだ」

そう詰め寄るところへ、媼内が帰ってきた。酒顚二はすぐに呼びつけ、「俺たちは小千谷へ夜討ちに行く。その隙をうかがう敵があるかもしれん。お前は目端が利くから留守を委ねる。事情は船虫に訊け」と告げ、懐から出した小鉄炮を差し出した。「敵がくれば撃ち殺せ」

媼内はわけが分からなかったようだが、ともかく承諾した。「何人来ようと敷居を跨がせやしませんや。安心して行ってらっしゃいませ」


その少し前――。犬川荘助は寝床で密談を聞いていた。酒顛二らの声は胸に響くほど鮮明に聞こえた。我知らず、荘助は守り袋を胸に押し付けていた。

……やはり山賊だった。船虫はその女房か。見事に欺かれた。だが、それより小文吾だ。まさか小千谷に逗留し、しかも眼病とは。目が見えなければ襲撃から逃れがたかろう。俺がこの場で酒顛二、船虫を討てば、手下も逃げ失せて厄難を避けられるかもしれんが、ここは連中の巣だ。間取りすら分かっていない。それより一味に紛れ込めば、だれに問わずとも石亀屋の場所が知れる。石亀屋の前で酒顛二を討てば、次団太や若衆が加勢し、山賊を一網打尽にできよう。小文吾の危難を救うだけでなく、賊を殲滅してこの地の害を取り除ける。よしよし、これで行こう。

荘助は草鞋を盗んで履いた。長押から九尺の手槍を選び取った。雪篠の両刀を腰に差し身支度を整えると、縁側から庭へ降りて程よい竹藪に身を隠し、賊を待ち構えた。

酒顛二は鎖帷子、手甲、脛当て、鋲を打ったる鉢巻を締め、大刀を腰に、手槍は右の脇に挟んでいた。十四、五人の子分を先に立たせ、「急げ、急げ」と走らせた。その群れに荘助は紛れ、いっしょになって走った。叢雲が月を隠して夜道を暗くし、互いの顔は見定め得ない。酒顛二も子分たちもついに荘助に気づかなかった。

石亀屋の門前に山賊は押し寄せ、激しく戸を叩いて猛々しく叫んだ。

「次団太、出てこい。犬田小文吾に恨みあって訪れた。命が惜しくば、小文吾に縄かけて押し出せ。拒めばひとり残さず斬り尽くす。ここを開けろ！」

門近くに寝ていた下男は、怯えきって返答しない。そのとき次団太が奥座敷から走り出、節穴を覗き込んだ。門の向こうにいたのは、面構えも凶暴な曲者十六、七人だった。

「偽瞽女の仲間か。先に犬田殿を逃がしてしまおう」次団太は踵を返した。

酒顛二が苛立ち、「蹴破って討ち入るぞ。手ぬるくするな！」と喝を入れると、子分たちが丸太槌を振り下ろした。砕いた門から押し入ろうとした。

そこへ、背後から大喝一声。稲妻のように閃く穂先が、賊の脇腹を刺し貫いた。「俺は犬川荘助だ。犬田、それに主人よ、表の賊は俺が皆殺しにする。裏門を用心せよ！」

二度、三度繰り返し、荘助は山賊どもの真っ只中へ踏み込んだ。手始めに三人を突き倒した。猛虎が羊の群れを屠るように、士気を折られた山賊は後じさる者から討たれた。

酒顚二は怒声を振り絞り、「旅侍は回し者か！　不意打ちの槍先などに惑わされるな。囲い込んで討ち取れ！」

子分たちが雄叫びで応えた。一方で何人かが門へ飛び込んだ。ちょうどその門から駈け出してきた小文吾、次団太がそれらを斬り捨て、薙ぎ伏せた。逃げる者を追い立てて門前の戦いが激してゆく。

荘助は、酒顚二と槍を合わせていた。一上一下、互いに技を尽くしたが、先に酒顚二の穂先が乱れだした。ひるんだ隙を見逃さず、荘助が槍を絡めて跳ね上げる。手放した槍をつい目で追ったのが、酒顚二の運の尽きだった。瞬間、荘助の穂先が彼の咽喉を貫いた。

酒顚二が息絶えると、賊徒の足並みはそろわなくなった。小文吾、次団太に荘助も加わり、もはや逃げの一手しかない残党を追い回した。

ひと段落し、山賊の死骸を漫然と眺めながら小文吾は呼吸を整えた。「久しぶりだな、犬川。驚かされたぞ。なにより助かった。どうして我が危難を知った？」

「一言では説明しにくいが、……そっちこそどうした。眼病と聞いていたが？」

「それよそれ。今日まで薬も効かんでいたが、宵に思い立って秘蔵の珠でまぶたを撫でてみると、半時もせず治ったのだ。主人にも告げぬままだったから驚かしたか」

次団太も荘助に礼を述べた。「あなたのおかげで助かった。どうお礼を申すべきか」

「ひとまず置きましょう。あなたに伝えるべきことがあります。今宵、庚申堂で船虫なる賊婦が吊られているのを見つけました。某、騙されてその縛めを解き、請われるまま送り届けました。この山賊の妻でした」

荘助は、庚申堂でのやりとりと、廃寺で聞いた船虫と小文吾の因縁のことを語った。

「酒顚二の夜討ちは妻の恨みを返すためだったようです。船虫は媼内という賊と留守番していいます。酒顚二が討たれたと知れば、船虫は逃げだすでしょう。いくつも罪を重ねた女です。犬田殺害を試みたのも二度めだという。山賊の巣までは半里ばかりです。逃げられる前に仕留めましょう」

小文吾が応じ、「大罪人を逃すものか。犬川、案内してくれ」

土丈二、鮒三が現れた。石亀屋に強盗が入ったと聞き、若衆を十人ほど叩き起こして、六尺棒を手に駈けつけたようだった。次団太が手短に説明した。

「村長に報告し、指図に従うて死骸を片付けよ。わしらは山賊の根を絶ってくる」

隠れ家まで逃げ延びたのは、濁六と穴八だけだった。酒顚二も仲間も討ち果たされたと聞くや、船虫、媼内は眉に火がついたように騒ぎ立ち、大慌てで身支度を整えた。銭や衣装を持てるだけ身につけると、船虫は二人に言い残した。

「犬田、犬川が押し寄せてくるぞ。石亀屋次団太が片貝へ訴えれば、領主の捕り手も向けられよう。捕縛されたくなければ逃げろ。寺に火を放ち、煙に紛れて姿を隠せ」

船虫は笠を深くかぶり、東へ走り去った。同行する媼内は大風呂敷を背負い、小鉄炮を握りしめて「追っ手は撃ち殺す」と何度もつぶやいては背後へ目を配った。


日が昇り始めた。賊の巣まで二町と迫ったところで、荘助は小文吾を振り返った。

「媼内という男が、酒顛二から鉄炮を預かっていた。筒先に立たんように気を付けよ」

前方で煙が上がっていた。ガラガラと轟音が響いた。「しまった、船虫が隠れ家を燃やしたぞ。逃げられる」二人は息が切れるのも構わず、猛火の方角へ駈けだした。

炎上する山寺のほとりに、溷六と穴八がいた。荷造りした後で火を放ったらしい。欲張って重くしすぎて担ぎ棒が折れ、荷縄も切れていた。散らばった荷に火が燃え移っていた。

荘助と小文吾は、燃え残りを掻き集めている惨めな山賊に躊躇しなかった。四つん這いの溷六、穴八は這いながら逃げ出すが、行く手は猛火にさえぎられた。「お許しくだされ」とひざまずく二人を、荘助は落ちていた荷縄で数珠つなぎに縛り上げ、船虫と媼内の行方を問うた。

「先に東へ逃げました。我らは後始末を命じられたので」

ちょうど次団太が若衆と訪れた。手分けして捜索を開始した。

荘助はその場に留まり、溷六と穴八の尋問を続けた。船虫は信濃路からきて酒顛二と夫婦になったそうだ。媼内は主の路銀を盗んで逃げてきたという。船虫と酒顛二が磯九郎を殺したことも彼らは白状した。

枝道、獣道が多い山中では、船虫らの行方を辿れなかった。捜索を切り上げた小文吾らに、荘助は賊の証言を伝えた。小文吾も次団太も磯九郎殺しの犯人を知り、絶句した。

次団太は荘助に頭を垂れ、「磯九郎の仇たる酒顛二を、犬川殿が討ってくれた。追悼になりました。ありがたいことでした」

正午頃、山賊を小千谷へ連行した。彼らは二十二、三歳。溷六は背が高くて肌が白い。小文吾に似ていた。穴八の肌は浅黒く、背は高くないが筋骨逞しく、荘助に似ていた。

「外見が似ていようと中身はまるで違う。顔貌で判断すれば、聖人とて見誤ろう」

次団太が商売人らしく、それとも俠者の親分らしくそんなことを言った。

荘助に酒を勧め、若衆にもふるまわれるなか、次団太は留守番の土丈二から報告を受けた。

「村長から陣屋へ上申があり、役人が死体検分に参りました。酒顛二どもは晒し首にするそうです。賊を討った犬川、犬田が帰れば、御沙汰あるから申し出よと仰せでした」

次団太はさっそく村長屋敷へ赴き、荘助と小文吾の帰着を告げた。小悪党二人を生け捕った彼らの手柄も、陣屋へ伝えてもらえるように頼んだ。

その頃、小文吾は湯浴みし髪を整え、改めて荘助と語り合っていた。

荘助もまた会わぬ間の苦労を話し、「ようやく犬田とも会えた。ともに石和へ帰って道節を喜ばせてやろう。それから信乃たちを探しに行かねばならん」

「俺の気がかりは犬阪毛野だ。痣、珠を問う暇がなかった。縁があればまた会えるか」

そこへ次団太が駈け込み、「片貝の御別館から執事稲戸津衛由充殿の使者が参られた。お二人を出迎えにおいでだ。支度をなされ」と浮かれるが、二人の反応は薄かった。

荘助が座ったまま、「執事と対面しても仕方ござらぬ。お断りしてくださいませんか」

当の使者、荻野井三郎が客間へ姿を現した。二犬士は丁重に執事との面会を辞したが、荻野井三郎は聞く耳を持たず、「執事由充の使いで来たのではない。領主の母君、箙大刀自御前の内命により、そなたらの饗応を承ったのだ。辞退は受け入れられぬ」

当惑する小文吾を尻目に、荘助が言う。「旅の途中で、礼服の持ち合わせもございません。どうしてもと仰せなら、明日、衣装を整えて推参いたします」

「由充から袴を贈られている」

従者が、精好織りの袴を二着、柳箱の蓋に乗せて持ってきた。丁重な招待だけに拒めなかった。二人は袴を受け取って部屋を出、履き替えた。刀を手に戻ると駕籠を勧められた。歩けると断っても荻野井が認めなかった。罪人二人を箯に乗せ、荻野井もまた駕籠に乗って出発した。

三台の駕籠は片貝村の領主別館の門前で止まった。荘助、小文吾は、まず老臣稲戸津衛由充の屋敷へ案内された。津衛由充は長尾家の家宰で権勢高く、屋敷も広かった。老僕、若党が三、四人、手燭を掲げて玄関で出迎えた。それから書院へ通された。

しばらくして、稲戸津衛由充が荻野井を従えて現れた。山賊退治の功を褒め、二人の武勇をたたえて盃を勧めてきた。まず毒味を、と由充みずから碗を取り上げると、いきなりその碗を壁に投げつけた。

「寄れや、兵ども！」

部屋の外で雄叫びが上がった。廊下に張られた幕の陰から、捕手の力士が二、三十人も飛び出した。荘助、小文吾は唖然とし驚きつつも、襲いかかる相手を投げ退けた。しばし応戦したが多勢に押さえつけられ、ついに縄を掛けられた。

6 刑場襲撃、その後

「卑怯だぞ、執事由充！　我々に罪があるなら、詮議を行うのが筋であろう。騙しておびき寄せ、多勢で手籠めにするなど武士の振る舞いではない。なんのつもりか！」

小文吾が巨体を震わせて怒鳴った。荘助も縄を千切って襲いかかりかねない目つきで睨みつけた。押さえる力士たちは気後れがし、必要以上に縄を締めつけた。

稲戸津衛由充は五十代だった。暗い面もちで若者二人を見下ろしていた。

「恨むのは道理だ。わしも本意ではないが、主君長尾景春のおん母君たる箙殿のご意向なのだ。まず怒りを抑えて聞きたまえ」

「長尾判官景春には、妹君が三人あられる。箙大刀自はいずれもご寵愛なさっておいでだ。上の妹君は武蔵国豊島郡大塚、大石左衛門尉憲儀殿の妻で、大塚殿と称えられる。長尾、白石、大石、小幡は、関東管領上杉憲実公の四家老と称されたお家柄だ。下の妹君は同国同郡石浜城主、千葉介自胤殿に嫁がれ、船場殿と称えられる。先年、長尾家が両管領家と不和となった後も、大石と千葉はお味方された。無二の同盟者なのだ」

荘助と小文吾は身をこわばらせた。心当たりがあった。

「四年前、大塚で刑場破りが起きた。大石家の軍木五倍二、簸上社平、卒川菴八はじめ討たれた兵は数知れぬ。戸田河原では陣代丁田町進も討死した。同じ河原で仁田山晋五が討ち取ったのが偽首であったことは、大石殿の報せで大刀自御前もご存じである。翌年、石浜城で、犬田という男が旦開野なる偽少女と密会した。犬田は、千葉の重臣馬加大記親子と一族郎党皆殺しにした旦開野を助け、ともに逐電したと船場殿から報せがあった。さて、お二方が酒顛二一味を討ち取ったと村長から上申があると、大刀自御前はその訴状をご覧になられて仰せられた」

――犬田小文吾は、武蔵大塚で大石の陣代らを殺して罪人額蔵を奪い去った咎人のひとりだ。石浜では馬加大記を討った悪少年とともに逃走した。以前、仁田山が片貝へ来た折、犬士と唱える悪党らについて語ったことがある。件の額蔵は犬川荘助と名を改め、諸国を遍歴しているという。咎人らの痕跡は途絶えて捕縛できずにいるのが悔しいと、仁田山は告白した。

――強盗を討った手柄など小事である。片貝から捕手を送れば、いつでも山賊は搦め捕れた。対して、五逆の罪は許されるものではない。速やかに二人を召し捕り、犬田は石浜へ、犬川は大塚へ引き渡して処断させ、婿たちの家風を正し、武威を隣国に示させるのだ。法に従うて正義をなせ。くれぐれもなおざりにすな。

「法を正すためだと御前の仰せであった」由充は少し間を置き、噛んで含めるように続けた。「某は諫め申した」

荘助も小文吾もハッとして由充を見た。有無を言わせず縄をかけた由充が、主命に抗するなど信じられなかった。しかし、事実、彼は箙大刀自に反論したのだ。

――御前の仰せではございますが、額蔵は主人夫婦の仇を討ちましたのに、軍木が己の利となるように事実を捻じ曲げ、簸上社平、卒川菴八らと示し合わせて額蔵を陥れました。陣代丁田町進も簸上、軍木を贔屓し、虚実をうやむやにしました。額蔵は無実の罪で死刑と定まり、だからこそ犬塚、犬飼、犬田が刑場を襲うて救いだしたとは、世間も知るところ。簸上、軍木、丁田が討たれたのは自業自得ではござるまいか。また、旦開野なる女田楽師は、犬阪毛野胤智なる知勇優れた少年でした。千葉の老臣粟飯原首胤度の子で、胤度一家は馬加のために惨死せられました。犬阪が馬加を討ったのは親兄弟の復讐です。当時は馬加が逆臣とは知られず、その死後に知られるようになりましたが、自胤殿のお耳にはなお届いていないようです。そもそも犬田が石浜に抑留せられたのも馬加大記の奸計でした。犬田は我が身を守るために逃げたのであり、謀叛などとんでもない。これらは、大塚、石浜に四、五日逗留した折、志ある人々から某自身が聞いた事柄で、信憑性がございます。その二犬士が、領内の山賊を討ち果たしたのです。まさに一人当千の豪傑たちです。礼を尽くし高禄を宛てがうて家臣にすれば、彼らも恩を感じ、死をも辞さずに軍功を立てるでしょう。重宝すべき逸材と思し召され、穏便な沙汰を願い奉ります。

由充がそう意見すると、箙大刀自は腹を立てた。

――女の主と侮るか！　その程度をわしが知らぬと思うたか。そのようなことは大事でないのだ。事実は、犬川、犬田が法を破り、役人を殺し、刑場を襲ったことだ。これを許せばどうなる。下克上の乱世が訪れるぞ。法は廃れ、国は二度と治まらぬ。いまや東北まで武威を響かせ、両管領家にはばかられる長尾景春の母が、領主の留守を預かりながら罪人を捕らえずんば民も侮ろう。景春の勢いは衰えよう。お前は高禄を得ながら主君に逆らい、罪人を惜しむのか。かような不忠をなすならば、お前を誅さねばならぬ。いま一度問う。なおわしを諌めるか。すぐ答えよ、由充！

箙大刀自は太刀を取り、いまにも抜かんとばかりに息巻いた。由充は平伏した顔を少しもたげ、罪人を捕縛して参ります、と返答した。

「あなた方を救う術がない。命運と思うてあきらめてもらう他ないのだ」そう言うと、由充はみずから捕縛した罪人に向かって深く頭を垂れた。

荘助と小文吾は力が抜け、由充を恨むことはできなかった。

「箙殿の決断は婦人にまれな勇敢さ。将来を見通された卓見です。それにもます執事の忠信。武士は己を知る者のために死ぬ。我らは執事由充殿に知ってもらえた。法を犯した理由もご理解いただけている。これぞ天命。見苦しく争わず、甘んじて死を待とう」

荘助が言うと、小文吾はうなずいた。「旅に出てから悪人ばかりと出くわし、そのたび命を危うくしてきた。安心できたためしがなかった。犬阪毛野を除けば、我らの志を汲んでもらえた相手はこの執事だけだった。善人の手で死ぬのならよい生涯だ。犬塚、犬飼と会えなかったのは残念ではある。親兵衛と曳手、単節、犬山に再会できず冥土の鬼となるが、いまさら嘆いても愚痴になる。俺も覚悟を決めた」

荘助が改めて、「執事は危険を顧みず、見知らぬ我らの無実を説いてくださった。首を刎ねてくだされ。会えてよろしうござった」そう言い、小文吾ともどもまぶたを閉じた。

由充は顔をしかめ、「だれもがこうありたいと願うであろう。おふたりの振る舞いこそ勇士のご覚悟である」咳払いして荻野井三郎を振り返り、「犬川、犬田を閉じ込めておけ。明け方、わしが牢屋まで送る。お前が兵を率いて警護しろ」と、厳命した。

稲戸津衛由充は箙大刀自と面会し、二犬士を禁獄したことを報告した。

大刀自は速やかな手配を褒め、「大塚、石浜へ引き渡そうと思うたが遠路でもあり、途中で奪われては目も当てられん。当地で誅戮して生首を遣わす。即刻、首を刎ねよ」

「承りました。ただ、一月、五月、九月は仏説により屠殺を禁じ、先代の頃から死刑を執行しておりません。もう五月も半ばすぎです。来月までお待ちください。逃がす気遣いはございません」

「そうであったな。しばらく待とう。執事みずから獄舎を巡って警戒を怠るな」

命令どおり、由充みずから獄舎を巡回した。病を患う罪人には薬を与えるよう獄卒に言いつけた。二犬士には特に目を配り、獄卒も理不尽な暴力をふるわなかった。三度の食事も十分与えられた。死刑囚用の牢に入り、他の罪人から隔離された二人ともが咽喉を嗄らし、言葉を発しにくそうだった。獄卒は重病を疑って由充に相談した。由充の手配で医者を招き、薬を処方した。しかし治る気配はなく、やがて声が出なくなった。

そうこうするうち、五月はすぎた。六月の暑苦しい日に、武蔵から暑中見舞いが訪れた。大塚からは亡き丁田町進の弟丁田畔五郎豊実、石浜からは亡き馬加常武の妻戸牧の甥馬加蝿六郎郷武が遣わされた。

箙大刀自は、東使たちに犬川荘助と犬田小文吾を捕縛したことを知らせた。

「額蔵なる名の恐るべき悪人だ。畔五郎も知っていよう。小文吾はその仲間で刑場を騒がして額蔵を奪い、偽少女を助けて馬加親子と家来を討たせた。蝿六郎が詳しかろう。悪人らが連れ立って当地に来たのは天罰を受けるためであった。六月になれば首を刎ねて引き渡すつもりだったが、お前たちが同日に参るとは日延べした甲斐があった」

「武蔵の両君はお喜びになりましょう。我らにとっては先代の仇でございます。よいときに参りました。首級を賜れば千万金よりありがたい。めでとうございます」

「お前たちは首を持ち、明朝出立せよ。すでに稲戸津衛に処刑を言いつけてある。間もなく首実検を行おう」

しばらく茶や菓子でもてなされていると、女官が由充の来訪を報せた。千鳥をあしらった襖が開き、礼服の稲戸津衛由充が腰を下ろした。大刀自は招き寄せ、「誅したか。折よく婿の使いが到着している。首級を土産に持たせたい。首実検を始めよ」

小姓三人が二つの首桶と袱紗包みを携えてきた。首桶が由充の左側に置かれると、箙大刀自が言った。「わしは面相を知らぬ。畔五郎と蝿六郎がよく知っていよう」

丁田豊実が由充に、「兄が拷問した折、額蔵の顔を垣間見ました。見知っております」

同じく馬加郷武も、「偽少女が舞を披露した夜に見ました。間遠でしたが忘れません」

「よい証人である。ぜひとも真偽を申されよ」由充が首桶を押し出すと、豊実は犬川荘助と札がある桶を、郷武は小文吾のほうを引き寄せ、蓋をとって覗き込んだ。

豊実　まことにこれは覚えがあるぞ。かの荘助に疑いはなし。
郷武　これはまさしく犬田小文吾。眉毛、鼻筋、年のほどまで、
豊実　以前に見たのとちっとも違わず、
郷武　貴殿も。
豊実　我らも。
郷武　鑑定に、
豊実　間違いはなけれども、証拠となるべき所持品あらば、国へ帰りて披露の折にもいよいよ便宜となろうものを。

「稲戸殿。罪人の旅包みに素性が分かるものはありませんでしたか」

豊実が尋ねると、由充は袱紗包みを開き、「彼らの両刀を持参した。確かめられよ」

豊実、郷武は刀を受け取り、紙札を見て交換しかけた。そのとき、郷武が膝を打った。

「犬川荘助の札がついたこの両刀は、千葉家秘蔵の小篠・落葉の拵えと瓜二つ、いや、微塵も違わぬ。十七、八年前に粟飯原首胤度が討たれた折、家宝の尺八と両刀が奪い去られた。某は十四、五歳の童小姓でしたが、この二振りは何度も目にし、手に取ったこともあります。人を斬れば、季節にかかわらず木の葉が落ちることから、銘を小篠・落葉と名付けられました。間違いなく当家の宝刀です。首とともに参らせば、我が君はお喜びになられましょう」

郷武は上座の大刀自へ向き直り、うやうやしく両刀を押しいただいた。一方の豊実は、郷武が床に置いた小文吾の大刀を手にとり、顔をほころばせて由充へ目を向けた。

「執事はご存知だったのか。大刀自御前、この刀もご覧くだされ。これは、以前、小文吾らに刑場で討たれた簸上社平の大刀です。目貫は銀の巴蛇、鍔に上の字の透かしがあります。某、社平とは同役で、毎日これを見ていました。小文吾が盗んでいたのです。主君に披露いたせば、お喜びこの上ないでしょう」

簸大刀自は満足げに、「思いがけずよい贈り物となったようだ。特に荘助の両刀が自胤殿秘蔵の品であったとは、不思議な邂逅ではないか。むろん刀も遣わす。津衛も構うまいな」

「承りました」と由充はぬかずき、「首級は酒を満たした小甕に納めてお渡しします。

そうしておけば腐らずに済みましょう。道中、罪人の仲間が奪いに来ぬとも知れませんので、用心を怠りなきよう」

「ご安心なされ。我ら両人が心を合わせ、指一本も触れさせますまい」

「愚案ではござるが、首級の小甕を具足櫃に入れておけば、首を持参と傍目には知られますまい。未然の禍を防ぐ用心になろうと思うが、如何？」

「……うむ、そうするつもりでしたぞ。言わなかったから、執事に助言を受けたようになりましたな。しかし、そう大げさに言われることでもあるまい」

由充は無表情で応対し、改めて大刀自へ向いた。「当家からも副使をひとり武蔵へ遣わせば、婿殿方のご返答を早う聞けて便宜となりましょう」

「それはよい思案だ」大刀自は即答した。「だれを遣わす？」

「荻野井三郎は如何でしょう。今回の顛末を知っています。婿殿方に問われても答えられます」

「津衛の妻の弟だったな。文句はない。荻野井三郎を副使として遣わせ。明日、未明の出立だぞ」

7 雪篠奇譚

「犬田と犬川は、たいそうな褒美をもろうてくるだろうな」

石亀屋次団太は我が事のように嬉しげだった。懸念など露ほども抱かなかったが、一日二日とすぎるうち、二犬士が執事屋敷で捕縛され禁獄されたという噂が流れてきた。

本当とは思えず、次団太はみずから片貝へ赴いた。

「その者たちは大塚、石浜に讐なした悪人だ。片貝殿は婿君のために処刑なさるらしい」

片貝ではもっぱらの噂だった。次団太は狼狽し、憂えた。小千谷へ帰ると土丈二、鮒三ら若衆を集め、救出の手立てを話し合った。荻野井三郎に贈り物をし、罰が軽くなるよう頼みもした。しかし、稲戸由充は賄賂を拒んで叱責し、贈った品々も突き返してきた。せめて牢屋へ食事を送ろうとしたが、死囚牢という厳重な牢獄に隔離されたとかで、差し入れも面会も許されなかった。次団太は苛立ちだけを募らせた。そして――

――犬川、犬田は首を刎ねられ、大塚、石浜の使者にその首級は贈られた。両東使は帰途についた。

六月半ばにそう報せを受け、次団太は崩れ落ちて己の無力を責めた。

「あの二人は、並ぶ者なき俊傑だったではないか。手柄を立てたのに領主の面目のために殺された。かようなことが許されてたまるか。使者を追って首級を奪うのだ。この恥辱を雪がねば、俺は俠者と呼ばれまい！」


使者たちが出発した日の夜、稲戸津衛由充はひとり持仏堂に籠って経を唱えていた。仏壇の前には、縦横一間（約一・八メートル）の板畳があった。その下は、火災時に仏具を納める穴蔵になっていた。だが実際に使ったことはなく、穴があること自体、使用人のほとんどは知らなかった。

丑三つすぎ、由充は板畳を上げた。縁を叩いて合図すると、若者が梯子を登ってきた。

「かたじけない、執事殿」よろめく身を由充に支えられながら、犬川荘助が言った。

山賊を討った義心と胆力、また対面時の振る舞いからも、由充には彼らが非道を行う者たちとは考えられなかった。法を犯したのは事実でも、情状酌量の余地がある。しかし箙大刀自は諫めを聞き入れなかった。由充は荘助と小文吾をおびき出して捕縛したが獄舎へは送らず、自邸に閉じ込めた。

幸運もあった。ともに連行されてきた濁六と穴八は、面影、背丈、年齢など小文吾と荘助に似ていた。由充はこの賊たちに薬を飲ませて咽喉を嗄らせ、二犬士の着物を着せて死囚牢へ送った。獄卒は二犬士の顔を知らなかった。咽喉をつぶした濁六、穴八は別人だと主張できなかった。やがて獄卒は大病と疑い、由充に相談した。医者を送ってより強い薬を飲ませると、露見する心配はもう失せた。機密を知るのは、荻野井三郎と腹心の老兵のみだった。彼らには誓書を書かせ、口外を禁じた。

六月になり、武蔵から使者が訪れた。同日、箙大刀自から二犬士の処刑を命じられ、由充は濁六と穴八の首を刎ねた。

豊実、郷武の来訪は想定外ではあった。二犬士と関わりの深い大塚、千葉の家来だけに、荘助と小文吾の顔を覚えているかもしれなかった。そこで由充は証とすべき彼らの両刀を携えて首実検に臨んだのだが、思いがけず豊実と郷武はその刀に興味を示した。

計画が進行していた間、荘助と小文吾は持仏堂の穴蔵にいた。仏前に供える飯や果物を穴へ下ろし、信頼できる老兵に世話させた。土中は乾燥して、外界より涼しかった。

荘助、小文吾は匿われた恩と再生の礼を何度も述べた。由充は今日までの経緯を告げ、すべて成功したことを伝えた。

「今朝、大石、千葉の使いが出発した。信濃路を行くだろうから、そこを避けて逃げなされ」

「因果応報でしたのに、助けていただけるとは思いも寄らず――」

由充(よりみつ)は頭を振り、「あなた方のためではない。罪なき人を殺せば国に禍(わざわい)が下る。今回、御前(ごぜん)は過ちを下された。執事としてその過ちを補い、無実の人を殺させなかった。主命に従うだけが忠義ではない。主(あるじ)の過ちを補うてこそ忠であり、義なのだ。それが我が職分だ」

薄暗い灯の下、由充(よりみつ)は頭を垂れる二犬士を見つめた。その潔白を疑ってはいないが、ひとつ疑問が残った。千葉家の重宝たる両刀を、どうして荘助(そうすけ)が持ち歩いていたのか。

「亡き父、犬川衛士則任(いぬかわえじのりとう)の形見なのです」尋ねると、荘助(そうすけ)はよどみなく答えた。

その返答は、犬川荘助(いぬかわそうすけ)という男の人生の軌跡でもあった。父の死後、母と武蔵(むさし)国をさすらった。母が横死してからは大塚の村長(むらおさ)に仕えた。村長(むらおさ)の仇(かたき)簸上宮六(ひかみきゅうろく)を討ったことで処刑されかけたときに、小文吾(こぶんご)たち義兄弟に救われた。その折、犬塚信乃(いぬづかしの)から譲られたのがかの両刀だった。

小文吾(こぶんご)が言い添えた。「某(それがし)が購入したものを、縁あって犬塚(いぬづか)に贈っていたのです」

「父の遺刀は堀越御所(ほりごえごしょ)に没収され、御所(ごしょ)滅亡の折、何者かが持ち出したのだと思われます。それを鎌倉で粟飯原首が購入して千葉殿に献上なさった。首の死後、それを盗んだ賊が人に売り、行徳に到って犬田が買うたのです。伝え伝えて旧主に還ったのを怪しむことはないかと存じます」

由充は聞き入っていたが、やがて威儀を正し、「奇事であるな」と言った。「我が郷国は伊豆なのだ。親は堀越公方政知に仕え、犬川衛士殿とは親しかった。某も衛士殿に学問、武芸を習うて師弟の恩を感じていた。十七、八歳頃、継母の讒言で家を逐われ、親族宅に居候したことがあるが、そのときも衛士殿が父を諫め、母をなだめて、某を呼び戻してくださった。お優しい方だった。暴君の非法に従うのをよしとせず刃に伏されたとき、某は親の喪に服して屋敷に籠っており事件を知らずにいた。妻子が旅立たれたことさえ、後年人伝てに聞くまで知らなかった。衛士殿の教えは我が胸に生きている。諫言こそ忠臣の役目と心得るのも、衛士殿の魂に恥じぬ武士でありたいと願うからだ。堀越公方は過ちを犯し、衛士殿は命がけで諫められた。身を以て忠義を証し立てられた。ほどなく堀越公方は滅んだ。正しかったのは衛士殿だった」

荘助は目をしばたたいていた。声を絞り出し、「執事が父の教え子でしたとは、まさに奇事です。当時、某は幼うて父の知人を知ることはありませんでした。亡き親に会えた心地がしました。今後もしも長尾殿と矛を交えることがあれば、某は敬意を払うて戦場から退きましょう。伊豆の三島、箱根権現、越後の弥彦の神よ、ご照覧あれ。我、この約定に背くべからず」

小文吾も感激し、「執事こそ豪傑です。なんとも頼もしう感じられました」

「分にすぎる称賛だ。あなた方の刀は、首級とともに豊実、郷武が持ち帰った。残ったのは犬田殿の脇差のみ。犬川殿も父御の形見が惜しいだろうが、宝は身の差替ともいう。名刀が命を救うたとあきらめよ」由充は四振りの刀を差し出し、「この三本は新刀だが、切れ味鋭い。これを腰に帯び、越後から退きなされ。心ばかりだが十金を包んだ。路銀とされよ。旅包みは元のままだ。夜が白む前に発ちなさい。夜は城門を通れぬが、明け七つ以降はこの鑑札があれば出入り自由になる。さあ、別れの盃を用意した」

荘助は刀を受け取り、「形見の刀を取り返すことがあれば、必ずお返しに参ります」

金子の受け取りは拒んだが由充も譲らず、結局、ありがたく頂戴した。盃を交わすうちに鶏が暁を告げた。由充が保管していた菅笠、草鞋を渡し、二犬士は礼を言って別れを告げた。鑑札と菅笠を手に庭口から道へ出た。由充は無事を祈って見送った。

鑑札を見せ、支障なく城門を抜けた。城外の空はほのかに明るく、籠を離れる野鳥の心地で二犬士は由充の恩と人徳を噛み締めながら先を進んだ。

「執事のおかげで助かったが、武士たる者が両刀を奪われ、盗品とされたままでは恥辱だ。丁田、馬加が発ったのは昨日と聞く。夜を日に継いで追えば出くわすだろう」

目的を信濃路に定め、暑さに弛まず強行した。その日は十五、六里を走りきった。


——信濃路。

木曾の高嶺を眺めながら旅人は行き交う。だが、どこにも行かない者もいた。

諏訪湖を渡る風も二人の浮浪者には肌寒い。土手の麓だった。枝で葺いたあばら屋、そのひとつ屋根の下で寝起きする二人の居場所は、間に筵を垂らして区切ってあった。

ひとりは四十歳ほどで、足が不自由な男だった。鎌倉蹇児と呼ばれた。もうひとりは少年だった。ぼろぼろな夏衣が汗で肌に張り付いていた。肌は汚れているが、醜くはない。相模小僧と呼ばれた。

いつもは諏訪神社の参詣人から施しを賜るが、真夏の日盛りで人気も絶えていた。横になっていた鎌倉蹇児は寝くたびれ、仕切りの筵を指先で叩いた。

「おい相模小僧。もう午だが腹は減らんか。手持ちが七、八文ある。里で餅を買うてきてくれんか」

「あと五、六文稼がねば、昼飯代には足りんだろう。あんたは肥えてなさるからな。病気には見えんのに腰が立たんのはどうしてだい。相撲の怪我かい？」

鎌倉蹇児は自嘲し、「俺も昔は鎌倉米町にある大店の若旦那で、乳母もいて、日傘の下で育った口さ。そんな幼少の癖が抜けなんだか、商売ってのが精進料理より嫌いでよ、十六歳から遊郭通い、賭けでは親の金を使いきり、借金踏み倒して逃げたのさ。以来、その日暮らしだ。箱根で駕籠かきしていた頃、腿の付け根が腫れた。便毒だった。腫れた肉が骨に絡み、長櫃も舁けなくなった。箱根にいられず草津へ行ったとき、腰が立たんようになった。持ち物は簀巻菰だけで、念仏も知らんのに物乞いを始めたのさ。お前はどうだ。十六、七かね。顔は醜くない。よい服を着れば、梅若丸だと喜ばれよう。そんな器量ながら宿なしに落ちぶれるものかねえ。聞かしてくれよお。どんな素性だ？」

小僧は嘲笑い、「その口くらい足も達者ならこの犬小屋を出られるのにな。俺には大した話もない。九つで丁稚奉公に出た。小田原だった。店の小銭を盗んで買い食いしたよ。お使いの帰りに団子、甘酒、みかんに大福、屋台の得意様になった頃には嘘も巧みになった。売上をかすめる日々だったが、あるとき悪友が口を割った。親方は俺を殺すと息巻いた。着の身着のまま逃げ出して、物乞い稼業が始まったわけさ。悪友三人で思うさま日を送ったが、面白いと思うていたのは俺だけだったか、旅の途中で置いていかれた。そんで、ここに落ち着いた。ああ、要らぬ口を叩いたね。じゃあ、ひとっ走り行ってこようか。銭を寄越しな。餅でいいな」

相模小僧が筵の間から手を出した。鎌倉蹇児は梅干し桶を傾けて、「よろしく頼むな」と七、八文を手渡した。小僧はすたこら南に向かって駈けていった。

首級を納めた鎧櫃は下人に担わせた。小篠・落葉の両刀と簸上社平の旧刀と換えた、元の腰刀は若党に持たせた。旅は順調だったが、ひとつ問題があった。丁田豊実と馬加郷武は、長尾家や荻野井三郎と手柄を分けたくなかった。荻野井三郎に武蔵までついてきて欲しくはなかった。

「三郎の奴を置き去りにできんものかな」二人は密かに話し合って計画を立てた。

北陸道から中山道まで旅籠屋の空きが少ないと言い、三郎とは同宿しなかった。日ごと出発を遅らせ、日の出まで起きずにいた。そして日が暮れた後でなければ投宿しない。

当然、荻野井三郎はいぶかった。「こう炎暑が続くのに、出発が遅いから日盛りでも休めません。涼しいうちに出発して距離を稼ぎ、昼間は休憩を取っては如何か」

豊実は鼻で笑い、「通常の旅ではない。いつ罪人仲間が出るかしれんのだ。夜明け前に宿を出れば盗人に利するのみ。なぜ、そんな危うい真似をさせる？　浅はかではないか」

「日暮れ後に宿入りなさるのも、賊に襲われやすうて危険ではありませんか」

郷武が威嚇するような態度で、「暁は人がいないから危ういのだ。晩は四つ（午後十時）まで里人も眠らず、道にも人が残っている。だいたい、あなたが口出しすることか」

そのうち三郎も豊実たちが呼びにくるまで、別の宿で朝寝しているようになった。

一行は三国山から上野国沼田へ向かう予定を変更し、信濃路へ入った。岡田の宿駅に泊まった次の日、豊実と郷武は夜明け前に出発した。彼らは近道を走った。昼すぎまでに六、七里も進んで下諏訪に着いていた。狙い通り、荻野井三郎を置き去りにしたのだ。

「三郎には不案内の道だ。一日分は離れられよう。これで若党如きに肩を並べられんで済む。……さすがに疲れたな。従者どもが到着するまで湖水のほとりで涼むか」

酷暑を避けて湖へ向かうと、土手近くに茶屋があった。日除けの葭簀越しに覗き込めば、昼飯で家に帰ったのか留守番もいない。豊実と郷武は構わず入り、床几に腰を下ろした。風が涼しかった。遅れずについてきたのは、馬加の若党一人とそれぞれの鎧櫃を担ぐ下人二人だった。下人が茶を汲んで主人に勧め、自分たちも咽喉を潤した。それから、弁当を食べ始めた。

馬加郷武は刀の柄を撫でていた。「丁田殿はどう思われる？　片貝殿の前で申したが、落葉の銘は斬れば木の葉が散るという不思議が由来だ。だが、千葉殿もその奇特を確かめてはいまい。せっかくだから確かめてみたいが、犬を斬っても仕方ないか」

「真偽のほどは某も知りたい。噂に聞く村雨さながら、刃が鮮血に染むとき木の葉が散るなら、まさに名刀。ここらは夏木立が茂り、そこには椎の老木もある。試すべきであろう」と豊実は動きを止め、「馬加殿、あれを御覧ぜよ。ぼろ家に物乞いが寝ているぞ。悪業の報いで家を逐われ、世間から捨てられたのだ。苦しいばかりのこの世から去らせてやるのも功徳だろう」

郷武もそちらを眺め、「哀れなものだ。足が利かんようだ。だが、肉付きはよいな。試し斬りにもってこいだ」従者へ顔を向け、「行って引っ張ってこい」

下人たちは弁当を放り出して土手のほうへ走った。彼らは乱暴に小屋を押し倒して鎌倉蹇児の襟首をつかみ、「出てこい！　旦那方が御用だ！」と怒鳴りつける。

鎌倉蹇児は胆をつぶし、「罪はありません。足が動かんのです。お許しくだされ」

「出ろと言うのだ！　さっさと来い！」若党が声を荒らげ、下人二人が蹇児を持ち上げて茶店の前まで運んだ。

馬加郷武は刀の緒を襷掛けにし、豊実と二人歩み寄った。鎌倉蹇児が「お許しを！」と声を上げてへたばるが、下人が引き起こし、うなじをつかんで、首の位置を固定した。

郷武は鞘を若党に預けて椎の枝葉へ一瞥すると、穢いものを見るように蹇児を睥睨した。「そう落ちぶれては生きているのも辛かろう。殺してやるのは武士の情けだ」

　蹇児は呆然と顔を上げ、狂ったように叫びだした。「足が萎えようと手が腫れようと、どうして死にたいと思うものか。生きていれば苦しみがあり、楽しみがある。殺されて喜ぶ人などあるものか。恩着せがましく言うたところで、人殺しは人殺しだぞ！」

「……うっとうしい」

　郷武は刃を振り下ろした。物乞いは身をかばったせいで丸めた背が裂けた。悲鳴が上がった。下人たちが慌てて左右から引き起こす。郷武は返す刀で横ざまに斬った。蹇児の腹が二つに裂けた。こぼれる臓腑を両手で戻そうとしながら前方へ倒れ、それきり悲鳴は絶えた。

　郷武は血の海に沈んだ死骸には目もくれず、ただ椎の老木を見上げていた。

8 諏訪湖畔にて

「切れ味は抜群。天晴れな名刀だが、奇特は見られんな」馬加郷武が言った。

丁田豊実も従者たちも樹々を見ていた。なんの関係もないように、鎌倉蹇児の死骸が彼らの足元に転がっていた。

豊実が慰めるように、「試して知れたのだから、これも馬加殿の収穫だ。刀もお手前も見事であった」

郷武も満足げに、「ともかく真偽は明らかになった。刃を洗うて先を急ぐか」

下人が茶店から水桶を持ってきた。郷武は刃に水を流させた。ひざまずいた若党が、刃を拭くべく押し揉んだ鼻紙五、六枚を重ねて伸ばし二つ折りにした。

相模小僧は、そんな彼らの様子を樹蔭からうかがっていた。懐には餅があった。町から帰ったばかりのところで、鎌倉蹇児の殺される現場に出くわしたのだ。

若党が刃の雫を紙でぬぐおうとしたとき、相模小僧は駈け寄った。若党の襟をつかんで投げ捨て、郷武の右手首をつかんだ。

　とっさのことで、郷武も豊実もなにが起きたか分からなかった。口元を緩めさえした。一拍遅れて下人たちが後じさった。相模小僧は腰に挟んだ己の手ぬぐいを取り、片手で刃についた水滴をぬぐった。

「紛れもなく落葉・小篠の両刀だ。ならばお前は我が仇の同類らしい。逆臣、馬加大記常武の親族だな。探し求めた仇ではないが、お前にとっては生涯最大の不幸な日となった。丁田とやら、好きに助太刀すればよい。馬加、お前は両刀を渡して死ね」

　多勢を恐れぬ胆の太さが異様だった。郷武は不意に気づき、「先代一家を皆殺しにした犬阪毛野か。お前の親を殺したのは籠山逸東太だ。なにゆえ常武殿を逆恨みして闇討ちしたか。物乞いに落ちぶれたのはその悪の報いだ！　刀に目がくらんで我々までも仇と罵るなど言語道断。……犬田小文吾を覚えていよう。奴の首は刎ねたぞ。お前の首も添えれば、先代の復讐を遂げられる。石浜殿のためにもなる。……ええい手を離さんか、下郎が！」

　郷武は振り払い、毛野の首を狙って白刃を振った。大振りをあっさり避けた毛野の左側へ、豊実が回り込んで刀を抜き、逃がしはしないと中段の構えをとった。

　毛野は郷武に狙いを定めていた。やたらと振り回す刃の下をくぐり抜け、再び懐に入って手首をつかむと、ひねって刀をもぎ取った。その刀を一閃すると、郷武の首はすとんと落ちた。立ち尽くす身を蹴飛ばすと、首無し死体が仰向けに倒れた。

あまりの早業に豊実は絶句していた。「奴を殺せ！」と、恐れを振り払うように怒声を上げる。主従四人が競うように襲いかかった。毛野は左右に受け流し、下人ひとりを斬り倒して、返す刀で若党の肩を裂いた。若党は狼狽して逃げ出したが、すぐに倒れて息絶えた。

慌てる豊実に向かい、毛野はズカズカと間合いを詰めてゆく。豊実は涙目になって打ち合おうとするが、とても支えきれなかった。その鬢を斬ったとき、下人が背後から斬りかかってきた。毛野は身を沈ませて避け、刃を打ち落として下人の腿を斬った。下人は左足を引きずりながらも必死になって逃げ出した。


犬川荘助は夜を日に継いで駈けてきた。諏訪湖畔を南下する途中で、血刀を持つ浮浪少年に気づいた。とっさに樹蔭に身を隠した。

死骸が複数横たわっていた。血の匂いが風に運ばれてくる。後ろも見ず逃げてゆくのが丁田豊実のようで、追うべきか惑ったが、いまは血遊びする少年のほうを警戒した。

少年は蔑み顔で豊実を見送ると、袖で二、三度刃をぬぐい、落ちていた鞘を拾って納めた。さらに武士の死骸を探って脇差を奪い、辺りを見回しながら腰に差した。

荘助はギョッとして目を凝らした。それらは雪篠の大小刀だった。立ち去りかけた浮浪少年の背後へ疾風のように駈け、大刀の鞘尻をつかんで引き戻した。

相手はたじろいだが、足元を踏み固めて振り返った。近い。が、どちらも間合いを取ろうとはしなかった。間近で対峙した曲者は、むしろ笑みをこぼしていた。

「馬加の従者か。冥土まで供をしたいと命を捨てにきたか」

相手が腰に差した両刀を見、荘助は怒りがこみ上げた。「悪行を見たぞ。三人を斬り殺して刀を盗んだな、山賊め。両刀を返せば見逃してやる。返さぬなら首を置いていけ」

「年若ゆえ怨敵でないと思うたが、この両刀を知るなら仇の親族か。だれにかような口を叩いているのか思い知らせてやる」と大刀を抜くや、真っ向から斬りかかった。

荘助は退かない。鞘ごと引き抜き、鍔で受けた。相手の動きが止まった一瞬、抜き打ちに白刃を振り下ろした。剛腕の幹竹割を足さばきだけで避けた相手は、返す刀で打ちかかる。荘助は打ち合わせた。一上一下、飛び散る汗のかかり合う至近距離だった。渾身こめて互いに刃を振るう。一撃が致命傷となるのに意地を張り合い、二人ともなお間合いを取ろうとしない。決着はすぐにつくだろう。どちらかが命を落とすだろう。

そこへ小文吾がやってきた。草鞋を替えていて荘助に遅れていたのだ。ようやく追い

ついたと思うと、辺り一帯に金属音が響き渡っていた。荘助に加勢しようと駈け寄りながら、小文吾は息が詰まった。思わず嬉しさが大声ににじんだ。

「犬川、やめよ！　犬阪殿も刃を納めよ！　小文吾だ。犬阪、忘れたか！」

しのぎを削るふたりに見返る余裕はなかった。小文吾は榜示の石を見つけて引き抜くと、それを持ち上げた。そして、二人が交わす刃の上に投げ下ろした。

石の下に刃を敷かれた毛野と荘助は、同時に振り向いた。「やめろ」と掠れ声で言う小文吾を見て動きを止めた。毛野が毒気を抜かれたように笑いだした。

「これはこれは小文吾殿。久しぶりだ。討ち取る寸前だったのに、なぜ邪魔をした？」

「俺が討ち取るところだった」荘助がぼそりと言う。

小文吾は毛野へ向き、「この人は俺の義兄弟、犬川荘助だ。まず刃を納めてくれ」それから荘助を見て、「犬川もだ。この少年が何度も話した犬阪毛野殿だ。和睦せねば後悔するぞ」

荘助は肩をすくめた。「東使主従を討ち、刀を奪うところを目撃した。家宝を渡さじと逸った。犬田ゆかりの犬阪殿とは知らず、失礼した」

だが、毛野は疑いを晴らさなかった。「吹っかけてきたのは向こうだ。馬加らとの諍いも刀が発端だった」と郷武と豊実が行った悪行を語り、犬田の首を刎ねたと言うていた、とも言い添えた。「この両刀は古河御所へ献上すべく、亡き父が預かったものだ。父は途上で凶刃に倒れたが、仇をすべて討った後、我が手で千葉殿へお返しするのが筋だ。それでこそ、親の汚名も雪げよう。その刀を、なぜあんたが家宝と呼ぶ？」

語ろうとする荘助を小文吾が制し、「犬阪、その両刀はもともと犬川殿の親の形見なのだ。人手に渡って千葉家のものとなった。語れば長い物語だが、元の持ち主が犬川家なのは間違いない。そのことは脇に置き、先に尋ねておきたいことがある」と、やおら袴の裾を捲り上げて尻を見せた。「無礼を許せ。尻の痣を見せたかった。これと同じ形の痣がないか。また、文字の顕れた秘蔵の珠を持たないか。それらは前世からの因縁ある兄弟の証だ。以前は問う暇がなかった」

毛野が戸惑いながら右袖をまくった。肘から二の腕にかけて牡丹に似た痣があった。それから襟を弄り、「珠はここだ。智の字がある。後で見せてもいいが、これになんの意味がある？」

荘助が口を挟んだ。「犬阪殿。もう疑いはない。犬田の珠には悌の字が、我が珠には義の字がある。我が痣はここだ」と、諸肌脱いで背中を見せた。

毛野は目を丸くし、しばし考え込んだ。「同形の痣が三人、どうやら偶然ではなさそうだ。なにか縁がないとは思えん。それが兄弟の証なら、あなたを兄と呼ばねばならんようだ。分かった、ひとまず呑み込もう。だが、刀のことは聞いておきたい」

荘助は微笑を浮かべ、「まず、ここを離れよう。この場は死骸が多すぎる。犬田、石を退けてくれ」

小文吾が大石を持ち上げ、毛野と荘助は刀を引いた。土をぬぐって同時に鞘に納めると、毛野が一町余り奥まった土手の背へ二人を案内した。

それから毛野は両刀を差し出し、「ともかく無礼をした。先に刀をお返ししたい」

荘助は押し戻し、「義兄弟となれば、親の形見を惜しむまい。縁の雪篠は我が家紋だ。それが伝来の証になろう。そうと知った上で役立てられるのなら、持っていなされ。助けになるのだろう？」

小文吾が割り込んだ。「まあ聞け、犬阪。その両刀の来歴はな――」

このとき初めて、毛野は雪篠が伝来されるたびに起こってきた禍について耳にした。

「刀と持ち主の吉凶禍福。思えば、逆臣たる馬加家を取りつぶせぬ千葉殿に、宝刀を返したところで我ら親子の想いなど届くまい。犬川殿、刀を受け取ってくだされ」

「だが、犬阪には刀がなかろう。それとも、仇討の用意として他にあるのか」

「隠した刀がふたつある。お見せしようか」毛野が懐から出したのは匕首だった。抜けば玉散る名品で、切れ味よさげな刃に二人は魅入った。毛野は鞘に納めると、「大刀もあるし、鎖帷子、籠手、脛当ても土中に隠してある。しばし待たれよ」そう言い、返事も待たずに駈けだすと、やがて苞の葉に包んだ武具を持ってきた。開いて見せようとするのを小文吾が制し、

「さっきの場所から近い。ここで荷を開くのはよそう。言いそびれていたが、ここにくる途中、道端で武士が休んでいた。大石家の家臣と名乗り、曲者に傷を負わされた、薬を持たんか、と請うのだ。鬢に傷があったが、それより目についたのは刀だった。それは、片貝で没収された我が腰刀だった。――丁田豊実よ、犬田小文吾を知らんのかと名乗ると、相手は刀を抜こうとした。抜かす間もなく首を斬った。そうして我が刀を取り返し、借りた刀を死骸の上に置いてきた」

小文吾が腰刀を見せると、荘助は少し考え、「俺も執事の刀を死骸のそばに置いてこよう。返す約束だった。長く手元に置いておくべきではない。荻野井三郎が持ち帰るだろう」

荘助が立ち上がった。同行しようとする毛野を、小文吾は止めた。

「犬阪はこのまま甲斐へ逃げてくれ。俺たちの向かう先だ。俺と犬川もすぐに追う」

荘助もうべない、「程よい場所で待たれよ。その褄についた血も隠したほうがよい」

「二人に言われては是非もない。あなた方も無理なさるな」毛野は藁苞を抱えて去った。

言われるまでもなく、荘助と小文吾は用心して殺害現場付近をうかがった。まだだれも村長に届けていないのか、人気はないままだった。思い切って現場へ近づくと、おしゃべりする村人と旅人を見つけた。身を隠して聞き耳を立てた。

「……茶店の親爺が昼飯から戻ると、店の前に死骸がごろごろ転がっていたそうだ。親爺は胆をつぶして祝殿へ報せに走った。それきり、まだ戻らん」

この辺りは諏訪神社の神領らしい。茶店の主も不在と知り、荘助はそっと郷武の死骸に駈け寄って大小の刀を置いて退いた。立ち去る途中で、ふと思い立った。

「偽首は小盗人のものだが、名を騙られて晒し首にされるのは気持ちよくはないな」

「それはずっと思うていた。首は鎧櫃のなかだ。湖に沈めるか。いまなら間に合う」

「それでは荻野井三郎が困るだろう。執事の恩を仇で返すことになる。首級は酒を入れた小甕に納めてある。その酒を捨てるだけなら構うまい。この炎暑だ、首は腐って晒せなくなるだろう」

「いい考えだ。さっさと済ませて犬阪を追おう」

9 遅れてきた三郎

豊実と郷武に欺かれた。荻野井三郎は未明の出発に気づかず、時を無駄にしてしまった。従者たちを急がせたが、猛暑のなかを走り続けてはいられなかった。やがて洗馬、塩尻をすぎ、まもなく諏訪湖という小松原を通りかかったときだった。夏草生い茂る叢に人が倒れていた。三郎が近づくとガバッと頭をもたげ、「片貝の方々、助けてくだされ」と呼ばわった。

郷武の下人で、鎧櫃を背負っていた似児介だった。腰から下を血に染め、青白い顔をしていた。手傷を負って立ち上がれないようだ。似児介は顔をゆがめて郷武を罵った。

「試し斬りなど馬鹿げたことを企てたせいだ。浮浪者など殺さねばよかったのだ。郷武は死にました。丁田殿も家来も巻き込まれた。某は膝を……。必死に逃げたが痛みが耐えがたく気を失うて。目が覚めたのは少し前で、従者が通りかかったから助けを呼びました。事情を告げて手当てを頼んだのに、彼らは湖畔へ向かったきり帰ってきません」

三郎は似児介の手当てを従者に委ね、己は湖畔へ走った。現場には人だかりができていた。地元の役人や祝家の家来たち、近郷の村長たちが協議していた。三郎は似児介が言っていた従者たちと合流し、茶店の主人からも話を聞いた。

だが、だれも状況を説明できないようだった。胴斬りにされたという物乞いも見つけた。捜索範囲を広げると、丁田豊実を見つけた。首を斬られ、胴体は田に落ちていた。茶店から五町ほど離れた畷だった。

三郎は茶店に戻り、領主である祝家の者と面会した。似児介の証言を伝えたとき、彼らはあからさまに不快な顔をした。三郎は冷ややかな口ぶりで続けた。

「某はしばらくここに逗留したい。越後、武蔵へ人を走らせ、我が主や千葉、大石へ報告して下知を待つ所存だ。亡骸を近くの寺に預けたいが、任せてもよろしいか」

事件が自分たちの手を離れると知り、彼らはホッとしたようだった。「武家の主従四、五人が少年に討たれたとは。なんという世の中だ」そんなことを無意味に繰り返した。

従者に背負われて似児介が到着した。三郎は郷武が討たれた状況を改めて尋ねた。

「曲者の名を聞いたか」

「名乗りませんでしたが、父の紛失した両刀とか仇の同類とか言われ、郷武が怒っていました。先代を殺した犬阪毛野かと叫んだ直後に郷武は討たれ、我らも痛手を負いました。十六、七歳で、女子と見紛いかねない外貌でしたが、恐ろしく強うございました」

どよめく祝家の家来たちに三郎は言った。「日暮れ前に棺を用意してください」

「村長に命じておく。負傷者の療養は下諏訪に任せて、あなた方も宿へ急がれよ」

東使の従者数名が湖畔に残って死骸を警護することになった。その他は刀と鎧櫃を担いで三郎に従った。

日暮れどきに宿に着き、三郎は医者を呼んだ。似児介の傷も縫われた。三郎は鎧櫃を開いて首桶があるのを確認し、ひとまずは安心した。郷武と豊実の刀は、若党が預かっていた分も含めて七振りあったが、ひとつも紛失していなかった。死骸が携えていた三本は、三郎が保管することにした。

その夜、片貝へ注進状をしたためた。「首級ならびに両東使に与えた三振りの刀は無事である」そう記した書状を若党に持たせ、払暁に遣わした。豊実、郷武の従者から二、三人を選び、同じ書状を大塚と石浜へも届けさせた。先日茶店に残してきた両東使の従者も、亡骸を寺へ運び終えてから下諏訪村で合流した。三郎は同じ宿に逗留させた。

十日後、大塚と石浜から十余人が下諏訪村を来訪した。使者は三郎をねぎらい、「豊実、郷武主従の亡骸はこの地で埋めよ。怪我のない従者と武器、旅荷物は武蔵へ帰すように」と主命を告げた。

三郎は承服しなかった。箙大刀自が首級と刀を東使に与えた経緯を説明し、「他へ渡してよいのか某には判断できない。遠からず片貝から下知が届くのでお待ちくだされ」

　こうして、使者たちも下諏訪に逗留した。彼らが寺へ赴き、住職と会って埋葬を済ませた。死後十日以上を経た亡骸は腐乱し、耐えがたい悪臭を放っていた。検視どころではなかった。

　片貝へ遣わしていた若党が、執事由充の飛脚を連れて戻った。「犬田、犬川の首級と三振りの刀は、荻野井三郎に預ける。武蔵まで携えて大石、千葉へ贈るべし」

　三郎は祝家に使いを出し、武蔵へ発つ旨を伝えた。翌日、全員を連れて下諏訪を去った。

　道中、首桶が放つ腐乱臭が耐えがたかった。片貝を出て二十日が経過していた。捨てるわけにはいかないが、三郎も内心そうまでして運ぶ価値があるとは思えなかった。それでも、従者を叱って先を急がせた。七月初め、武蔵国豊島郡大塚の城に到着した。

　千葉の士卒たちは城で待っていると三郎に告げ、先に石浜へ向かった。三郎は大塚で仁田山晋五に出迎えられ、長旅をねぎらわれた。もてなしは豪勢だった。箙大刀自から贈られた犬川荘助の首級と犬田小文吾の刀について報告を行い、豊実、郷武横死の顚末を伝えた。

「首級は美酒の小甕に納めましたが、十日の遅れが出、折しも炎暑はなはだしく、腐乱臭がございます。本来ははばかるべきところですが、主命なれば持参しました。ご理解を願います」慇懃に述べて受け渡した。「石浜殿へもお届けせねばなりません。ご返答は帰りにいただきます。無礼をお許しください」

三郎は慌ただしく石浜城へ赴く。応対した猿島連に、同じ主命を述べて小甕と両刀を渡した。猿島は礼を述べ、「休息なさいませ」と、旅館へ案内してもてなした。

翌朝、三郎は千葉自胤と面会した。千葉からは箙大刀自の様子などを尋ねられた。

「さて本題だが姑御前から贈られた犬田の首級は腐乱し、半髑髏であった。遠路はるばる届けてくれた使者に過失はない。なお、両刀は小篠・落葉ではなかった。紛失から長い歳月を経、馬加郷武が見誤ったのであろう。よってお返しする。馬加郷武が主の使いに立ちながら、理由なく道の者を斬り捨て、道の者に討たれたことは当家の不覚である。逃げた従者や遅れた若党、下人も同罪だ。後日、沙汰を下す。帰北の折には、このことも執事に通達されたし。大義であった」

両刀を手に退出する三郎は、猿島連から執事由充宛の書状を渡された。

三郎は大塚へ戻った。大石兵衛尉憲重は、両管領家と長尾景春の和睦のため、五十子城に滞在している。子息の左衛門尉憲儀は暑気あたりとのことで、面会した仁田山晋五が主命を代読した。

「首級はひどく腐乱しており、晒しがたい。贈られた刀を簸上社平の親族に見せたところ、社平の刀でないと申す者が多かった。よって刀はお返しする」

書面は憲儀の自筆だった。三郎は、由充に届ける書状一封と刀を渡された。

七月某日、荻野井三郎が片貝に帰ってきた。執事稲戸由充は事の顛末を聞かされ、武蔵で預かったという書状と返された三振りの刀を受け取った。

それから由充は礼服に着替え、書状を携えて出仕した。箙大刀自に自胤、憲儀の返答を報告し、二通の書簡を差し出した。大刀自は読み上げるように由充に言い、最後まで聞き終えると、

「首級の腐乱は仕方ないが、刀を突き返されたのは本意でない。郷武、豊実の生鑑定を真に受けた片貝は粗忽と思われよう。その馬加郷武が道の者を斬り、道の者に討たれたなら、討った少年こそ犬阪毛野ではないのか。石浜で詮議は行われなかったのか」

「郷武、豊実は不覚をとったのです。逃げた若党、下人まで処罰されるでしょう。いずれにせよ、少年が犬阪毛野であっても、信濃、北陸、南海をくまなく探すことは困難です。風聞では、先に誅戮した犬川、犬田も本人ではなく、武者修行の浪人が名を騙り、人を欺いて金を得ていたとか。痴れ者どもの罪が祟って首を刎ねられたとすれば、刀が

違うたのも道理です」

大刀自は呆れ顔で、「刀だけでなく、犬川、犬田も偽物だったというのか。人聞きの悪いことだ。今後、この一件を口にする者があればきつく戒めよ。その三振りは見るのも忌まわしい。そなたに取らす。荻野井三郎は大変な働きだったが、手柄もない。景春殿には伝えるな。このことは隠し、くれぐれも秘めておけ」

大刀自は、最初に由充の諫言を用いなかったことを後悔しているようだった。

由充は屋敷に戻ると、今回の出来事を顧みた。……返された三振りは、俺が荘助と小文吾に贈った刀だった。いつ刀はすり替えられたのか。ひょっとすると彼らは郷武らが討たれた現場に行き合わしたのか。形見の刀を手に入れれば返すと荘助は言い、確かに返ってきた。また我がものになるとは奇なことだ。

由充はこの一件を胸にとどめ、時折ひとり思い出して笑みをこぼした。

10 孤独のなかで

荘助と小文吾は首桶の酒を捨てると、代わりに茶店の釜の湯を入れた。鎧櫃にその桶を戻し、一目散に甲斐路へ向かった。八、九町ほど先の丘で、毛野が待ちくたびれていた。

「犬阪に告げねばならぬことは多い。犬阪も我らに訊きたいことが多かろう。もう少し進んで宿を探そう」と、小文吾が言った。

三犬士は二里余り進み、青柳村で投宿した。湯浴みをし食事を終えてから、円座を組んだ。小文吾はまくし立てるように墨田川以来の動向を語り、そして毛野に尋ねた。

「信濃路にいたのは路銀が尽きたからか」

毛野は頭を振り、「俺が身をやつしていたのは、追捕を逃れながら籠山縁連を探すためだ。あのときの墨田川では、波風が高く、潮も速うて引き返せなかった。犬田のことは心に掛かったが、流れに逆らえなかった。五里ほど舟を走らせて羽田浦で乗り捨て、故郷の相模犬阪村へ行った。願成院という山寺の住職が、母の叔父なのだ。そこに身を寄せて二年ばかり隠棲した。仇を探さねばと毎日思うたが、住職が許さなかった。去年十一月、その住職が亡くなった。喪が明けた初春に寺を出た。しばらく京で旅寝したが、諏訪湖畔で野宿することにしたのには理由がある。俺は籠山縁連の顔を知らない。偶然名乗りでもしない限り、知りようがない。神仏を頼って神社仏閣を見れば拝んでいたが、そのうち諏訪近くで籠山村を見つけたのだ。逸東太縁連の出生地ではないかと思い、その村を張っていた。結局当ては外れたようだが、あなた方と巡り合えた。こんな俺にも縁ある人がいたと知るのが、これほど嬉しいとは思わなかった」

　聞きながら荘助は思った。毛野は復讐だけにすがって生きてきた。先に小文吾から聞かされた半生でも、母親亡き後は孤独だったようだ。荘助の幼少期も過酷ではあった。信乃と巡り会えたことでどれだけ救われただろう。いまの毛野は、荘助の目にも安らいでいるように見えた。仇討の宿命を別の因縁で上書きし、頭の片隅へ追いやれたのだろうか。こんなささやかな談笑さえ、今日までの毛野の人生にはなかったことなのではないか。生きる上でなにが支えになるか分からない。毛野には復讐だけが支えだったのだ。荘助は道節を憶った。

　己を知る人がいること。その事実が、毛野にとっても救いとならないだろうか。人は、己を知る人のために死ぬ。孤独でないと知ることが、新たな人生のよすがにならないだろうか。

「犬阪を見出して、これで同因果の兄弟は七人となった」小文吾が楽しげに毛野に語っている。「異姓の兄弟にして莫逆の友だ。ともに里見殿の家臣となるべき因果がある」

伏姫の自殺、八房や丶大法師について、小文吾は縷々語り起こした。折々、荘助も付け足した。夏の日は暮れ、短い夜が更けてゆく。互いの額が触れ合わんばかりの姿勢だった。毛野は悲しみ、喜び、微笑み、つぶやき、犬士たちそれぞれの物語が自分のことであるかのように泣いた。


荘助と小文吾は珠を見せた。毛野はそれを掌に乗せ、灯火に照らした。二人に返し、襟を探って自分の珠を取り出して見せた。彼の珠には智の字があった。

「生まれる前、母が得たものらしい。粟飯原家が断絶した後、母は相模の犬阪村に移った。ある日暮れ時に外に出ると、流れ星に似た光が南できらめき、落ちてきた。それが母の懐に入ったという。驚いて懐を探ると、万年青の実ほどの大きさの真っ白な珠だった。屋敷に帰ってよく見ると、珠の内に智の字がある。人の作ったものでないと直感し、針箱に仕舞った。その夜、産気づいた。安産だったそうだ。珠の来歴を書き記して守り袋に納めたと、よく母に聞かされた。十三歳で父の諱から一字取り、胤智と名をつけたのは、この珠のことがあったからだ。二兄の名乗りも珠の文字に依るものかな」

義兄弟みな珠の一字を名に持つと告げると、毛野はその符合に感心した。重ねて荘助に尋ねた。

「家宝の刀が小篠・落葉と名付けられたのにも、なにか謂れがあるのだろうか」

荘助はなんのことか分からなかった。「これは無銘だ。ただ雪篠の両刀と呼んでいる。もし銘があるのなら、千葉家がつけたのだろう。小篠とは雪篠と同じく縁の家紋が由来だろうし、落葉は、切っ先にある小さな傷から付けたのではないか」

「葉は、刃か。刃が欠けたから落葉であったのに、斬ると木の葉が散るなどと郷武は知ったかぶった。無知によって罪なき人を殺した。無責任に奇抜を好むのは過ちだ」

「刀を取り合いながら、以前に似たことをしたと思い出した。犬山道節と村雨を巡って争ったことがあった」荘助は、道節や信乃との関わりを昔語りのように聞かせた。

「犬山殿は定正こそ討ちがたくとも、越杉駄一、竈門三宝平を討って志を果たしたのだな。俺も父を殺した縁連を討たねば、一日も心が休まらない。いつか父を祀りたい」

小文吾が旅包みから金子を取り出す。荘助の同意を得、毛野に十金を贈った。「路銀は肝心だ。行動をともにしても懐が寂しければ不便だろう。あんたの分だ。受け取ってくれ」

「いくらか蓄えはある。願成院主も俺に十金を遺してくれた。先にも言うたが、物乞いをしていたのは路銀が尽きたからではない」

だが荘助、小文吾ふたりがかりで説得し、毛野に路銀を受け取らせた。

「石和の指月院に、ゝ大法師が住んでいる。犬山道節と蟇崎十一郎も滞在しているはずだ。これから犬田を連れてゆくつもりだが、犬阪も彼らと会うてくれ」

毛野は荘助の提案を受け、淡い笑みを浮かべた。「ありがたい申し出だが、仇に会わずにそこへ行けば、孝を後にし、義を先にすることになる。いまはまだ許してほしい」

仇討のために己を殺そうとする毛野の言動に、荘助は、信乃がときおり見せた凄烈な覚悟を思い出す。すがる浜路を振り切った信乃の志も、荘助にはやや理解しがたいものだった。

小文吾が険しい声で、「一旦甲斐へ赴こうと孝行に違いはすまい。助けは多いに越したことはない。俺たちも犬塚、犬飼、犬江を探して諸国を巡る。ともに行けば、縁連の手がかりをつかめるかもしれまい。そもそも石和まで二十里に足らぬ。なにを厭う」

毛野は考え込み、「里見殿の仁政武徳、伏姫上の孝烈義侠、忠臣、義士、節婦の行状を、今夜、二兄から聞いた。俺はまだ遂げていない。親に孝なく、友の信さえ疎かにすれば、犬士のひとりとして認められるとは思えない。少し考えさせてくれ。明日、また教えを請いたい」

なお言い募ろうとする小文吾（こぶんご）を荘助（そうすけ）が制した。「そろそろ寝よう」

蚊帳（かや）を吊り、枕を並べて眠りについた。荘助（そうすけ）と小文吾（こぶんご）は疲労困憊（こんぱい）していて熟睡した。

夜が明けても目が醒（さ）めず、女中に呼ばれてようやく飛び起きた。

毛野（けの）がいなかった。厠（かわや）かと荘助（そうすけ）は寝ぼけ半分で、懸念なく蚊帳（かや）を出ようとした。

小文吾（こぶんご）が呼び止め、「犬川（いぬかわ）、見てくれ。五金包みの砂金が置いてある。三包み――」

荘助（そうすけ）は眉をひそめた。顔色が悪く落ち着きがない小文吾（こぶんご）は、蚊帳（かや）を出ると夢遊するように歩を進めた。縁側との仕切り障子を開けようとして動きを止めた。

障子に文字があった。荘助（そうすけ）もそちらへ近づいた。


凝成白露玉未全（こりなすはくろたまいまだまったからず）　環会流離儘自然（かんかいりゅうりしぜんにまかす）

めぐりあふ甲斐（かい）ありとても信濃路に　なほ別れゆく山川の水

毛野（けの）が残した詩歌だろう。消し炭で書かれた七言二句と三十一文字だった。手で払えば簡単に消えるはかない文字だが、毛野（けの）の心は明白だった。荘助（そうすけ）はしばらくそこに意識をとどめた。

「犬阪毛野は、孝子だ。因縁ある兄弟の存在を受け入れ、もはや己がひとりではないことを知ってもなお、復讐のため振り返らず去ったのだ。孝は百行の基であり、必ず後にすべからず。忠信仁義も孝に始まる。毛野はいま石和へ行き、犬山と対面しても、己は犬士を名乗れないと思うたのだろう。縁連を討てば後ろめたさもなく、義を尽くし、信に至れる。そう思うて、なすべきことをなすまでと心を込め、凝り成す白露云々と書き残した」

「贈った金を突き返されたのが屈辱だ。裏では裏切る浮薄な輩と思われた。朋輩だったではないか！　このような仕打ち、俺は恨むぞ」

「それは違うぞ、犬田。金を受けて従わねば、金を欲しただけと思われる。だが、そのまま金を返しては義を破ったと思われる。だから贈られた金は受け、代わりに砂金三包みを残したのだ。これなら贈答の礼となる。彼から我らへの贈り物となり、金は返すが、義を破らない。智慧者でなければ、ここまで気は回らない。我らを思うゆえの謀なのだ。恨むのは筋違いだろう」

　小文吾は大きくため息をつき、「そりゃ犬阪が思慮深いことは、俺のほうがよう知っている。石浜で見せつけられたのだからな。それを忘れて腹を立てる俺を、犬川も可笑しく思うたろう」

「いや」荘助は優しく微笑み、「なにごとも得手不得手がある。犬阪も膂力では犬田に及ばぬ。智計では犬田はどうあがこうと犬阪に及ばん。いまは彼の好きにさせ、俺たちは石和へ赴こう」

陽を入れようと戸を開けると、毛野が記した文字は崩れた。彼らは庭へ降りて口をゆすいだ。身支度を整えていると、女中が朝膳を持ってきた。碗は三つあった。高盛りの飯に味噌汁をかけると、なお別れゆく山川という情景を否応なしに思い浮かべた。

弁当も三人分の用意があった。荘助は拒まず受け取って朝飯に立ち返った。毛野とはまたどこかで会うだろう。だれもひとりではないのだから。黙々と飯を掻き込む小文吾を見、荘助はただこの場での不在を噛み締めた。

九章　水のほとりの物語

1 穂北

　犬村大角は、犬飼現八とともに旅を続けていた。鎌倉を発つと箱根を越え、伊豆、駿河へ向かった。遠江、三河、尾張、伊勢、美濃、近江へと遍歴するうちに、故郷を出て二年が経過した。

「この秋は、妻の三回忌を迎える。一度故郷に戻って菩提を弔うてもよいだろうか。未だ旅の目的を果たせていないが、法要を済ませれば、安んじて諸国巡りができる」

「遠慮することはない。大事なことではないか」と、現八は即答した。

　こうして二年ぶりに下野へ戻り、二人は赤岩村の氷六のもとに身を寄せた。

　雛衣の三回忌は、返璧の新道場で行った。現八の親、糠助夫婦と見兵衛夫婦の菩提を弔う段取りもつけ、犬村、犬飼両名で施主を務めた。よく行き届いた法要だったと、赤岩、犬村から訪れた弔問客は褒め称えた。

　慌ただしい勤めが終わると、大角のほうから現八へ水を向けた。

「みな東国の人なら西国、九州に留まるまい。上野から武蔵、下総へ回ってはどうか」

「俺も同じことを考えていた」現八が言った。「特に下総行徳は犬田の故郷だ。以前寄ったときはまだ帰っておらず、同行していたはずの曳手、単節も行方知れずだった。あれから月日が経った。文五兵衛翁は世を去ったが、犬田は一度くらい故郷へ戻ったかもしれん。改めて調べてみよう」

文明十四年（一四八二）秋九月。連日にわか雨に降られたが、旅慣れした二人は気にしなかった。宇都宮に逗留して近辺を探索した後、江戸へ出た。そこから行徳を目指す。足立郡の千住村に近い穂北畷を通ったとき、またもにわか雨に打たれた。雨宿りできそうな場所が近くにない。現八も大角も菅笠を傾け、屋根を求めて走った。途中で現八は小石につまずき、痛みに耐え得ず立ち止まった。先を行く大角は気づかなかった。

現八を置き去りにしたまま、大角は走り続けた。やがて旅包みの結びがほどけて背から落ちた。雨音が激しいせいで、それにも気づかなかった。振り返ると、見知らぬ男がその旅包みを拾っていた。目が合った男は踵を返し、水たまりを踏んで逃げだした。

「待て、盗人！」追いながら、大角は声を荒らげた。盗人は道を外れて畷を横切ってゆく。千住川の方角だった。大角はうっとうしい菅笠を脱ぎ捨てた。

堤が見えた。そこでは別の男が大きな衣装箱に座っていた。「兄貴、助けてくれ！」と、逃げる盗人が叫んだ。盗人とその兄貴分が、左右に広がって殴りかかってきた。大角は右を受け、左を弾き飛ばす。右から迫った盗人を捕まえかけたとき、左から体当たりされ、うなじを抓まれた。その隙に盗人が右袖をつかんだ。振り払った拍子に襦袢の袖が破けた。大角は二人を引き剝がし、改めて両手でそれぞれをつかみ、力任せに投げ伏せた。そして、刀の柄に手を掛けた。賊たちは急に立ち上がって堤を駆け上がり、迷わず川へ飛び込んだ。大角は慌てて堤を登り、濁流を見下ろした。連日の雨で千住川は増水していた。浮きつ潜りつする影が泳ぎきり、向こう岸の葦原に消えていった。

　いつしか雨はやみ、現八の声がした。大角は堤を降り、現八に余さず伝えた。

「包みはなかった。川へ蹴落としたのを拾うて逃げたかもしれん。手馴れていた」大角は右腕を上げ、「袖も破られた。別に袖は惜しまぬが、旅包みには金を入れていた。ああ、その衣装箱に仲間が腰かけていた。盗んで担いできて、疲れて休んでいたのだろう」

「包みは仕方ない。気にするな」現八は気遣い、「せっかくだ、この衣装箱を持ち主に届けてやるか」

「ならば、某が村へ赴いて持ち主を探そう。まだ足が痛むだろう、休んでいなされ」

　そこへ十人ほどの百姓が近づいてきた。「賊がいるぞ。逃がすな！」だみ声を張り上げ、棒を構えて取り囲んだ。「打ち殺すぞ！」と、敵意満々に怒鳴りつける。

「何事か」大角は穏やかに言う。「旅の者だ。恨みを買うたとは思えん。人違いだろう」

若衆が二、三人進み出て大角に棒を突きつけた。その棒で足元を指し、「盗んだ箱がそこにあるじゃねえか。黙って縄にかかれ。従わんならどうなっても知らんぞ」

相手の視線が腰刀に向かうのを大角は感じる。傍らでは現八が白けたような、飽きたような顔をし、無言で刀に手をかけようとした。大角は現八を隠すように進み出た。

「こちらの話も聞かれよ。先ほどの雨に逐われた際、某も旅包みを盗まれたのだ。盗人を追ってくると、仲間らしい曲者がこの衣装箱に腰掛けていた。盗人たちは川へ飛び込んで逃げ、我が包みは川へ落とされたようだ。そして、箱だけが残された」

現八がぶっきらぼうに、「聞いたか。俺は詳しう知らんが、考えればだれにでも分かろう。衣装箱は曲者が運んできた。俺たちは返してやるつもりだった。あんた方も盗人を追ってきたなら、わけも聞かず我らを疑うのは考え足らずだ。濡れ衣を着せられ、おめおめと捕縛される気はないぞ。刃が折れようとも殺せるだけ殺す。十人十五人は簡単だ。分かったなら疑いを捨て、衣装箱を持って失せろ」と脅し、刀の鯉口を切る。「怖じるな。口車に乗るな！」なお喚く若者を年配者が退かせた。彼らは相談を始め、チラチラ大角のほうを見、うなずいたり笑ったりした。二人が抜けて駈け去った。

年配者が腰をかがめ、「若輩の喚きは聞き苦しかったでしょう。無礼つかまつった」

大角はホッとし、「疑いを解かれたか」

「ただ、衣装箱は親方のもので、盗人を捕らえず持ち帰ればどう思われましょう。盗んだのは我らと疑われます。そこでお二方に屋敷へおいでいただき、盗人の様子などを親方に語ってもらえまいか。少なくとも、我らが盗んだのでないと納得されましょう」

「ありそうな話だ」現八が笑った。「屋敷は遠いのか。親方とは村長か。大人数を動かせるくせに、真っ昼間に忍び込んだ盗人に気づかず、大きな衣装箱を盗まれたのか」

「わしらの親方は、穂北、梅田、柳原三郷の主で、氷垣残三夏行という郷士です。重戸殿という娘があり、娘婿の落鮎余之七有種が田畑管理など任されています。今朝、親方が蔵で鼠を見つけられ、穴を埋めよと我らに言いつけられました。修復に手間取って昼飯が遅れ、一斉に厨房へ退いたせいで、一時、蔵がもぬけの殻になったのです。その隙に潜り込まれました。厠に行った小者が見つけ、盗人は箱を捨てて庭垣をくぐって逃げました。その後雨が降りだしたので急いで衣装箱を蔵へ運び入れたとき、箱がひとつ足りないことに気づきました。もう一人いて先に逃げていたのです。親方は野良仕事から戻った連中も呼び寄せ、竹ノ塚、梅田と柳原、そして千住へ手分けして追わせました。武芸もこなされる親方です。箱には鎖帷子、籠手、すね当てなど武具が入っていました。見かけより重く、盗人も疲れたのでしょう。これで全部、お話しました。屋敷へは使いを走らせました。我らを助けると思うて同行願いたい」

現八は振り向き、「どうするかね、犬村？　百姓たちには深刻らしいが」

「聞いたからには拒めまい」大角は百姓らへ向き直った。「盗人を見たのは某だ。証人を務めよう。ひとつ聞きたいが、この衣装箱が主人のものと言える証拠はあるか」

「箱にアゲハ蝶の漆絵がございましょう。氷垣家の家紋です。我らは長年お家に仕える老僕で、彼は小才二、僕は世智介と申します。親方はこの近郷で大いに慕われ、国主よりも勢いがあります。穂北、梅田で親方の庇護を受けぬ者はありません。ここいらを開発なさった大旦那です。さあ、長話して時を無駄にしますまい。ご案内いたします」

アゲハ蝶と言えば、平氏の家紋として有名だった。雅な図案だった。

現八と大角は穂北の荘へ立ち入った。操野という村を一町ほど行くと、袋小路に屋敷があった。松柏が茂る南側に冠木門を構えていた。カラタチの生垣で囲われ、小川を堀代わりに巡らしていた。門前に古石碑を寝かして橋にしてあった。

木立の間から茅葺屋根が見え、世智介が先導してそちらへ回った。折戸があった。戸を叩くと若党が走ってくる。世智介が事情を伝え、若党は鎖を解いて招き入れた。

案内がその若党に代わった。雑貨蔵の裏は木立の深い細道だった。日当たりの悪い裏手を歩いていると、突如、地面が崩れた。現八と大角はまとめて落とし穴に落ちた。

「急げ！　急げ！」と世智介らが叫び、次々と穴に飛び降りた若衆が、現八と大角を縛り上げた。別の縄で二人を釣り上げて穴から出し、百姓たちが乱暴に押さえつけた。

大角はまくし立てた。「嘘偽りは愚物の性だ。主人を呼べ。疑惑を解かせよ!」

若衆たちがきつく縄を締めた。小才二が二人を嘲笑い、「だれが盗人を親方に取り次ぐものか。急かさずともいずれ引き出され、手打ちにされよう。念仏唱えて待っていろ」

世智介は満足げに顎髭を撫でながら、「思い知ったか。刃物を持たぬ我らでは相手にならぬ。そこで屋敷に走らせて計略を告げ、親方に準備してもらったのだ。蔵の修復に土を取ったのが役立った。薄板で隠しただけだったが、見事落とし穴に嵌まったのう。衣装箱を脇に置いてよくも我らを言いくるめようとしたな。恥知らずどもめ!」

なおも罵ろうとする世智介を周りが止めた。世智介は心を落ち着け、二犬士を引っ立てた。築山を廻って母屋の縁側へ連行した。現八と大角はもう口を開かなかった。

氷垣残三夏行は乱世を生きる剛の者だった。「穂北に立ち入る盗人はないと思うていたが、油断大敵であった。斬って捨てずば今後の障りとなる。新刀を試してみるか」

世智介、小才二の声が間遠に聞こえてきた。「大旦那、おわしますか。盗人を搦め捕って参りました。表へお出でくだされ」自信に満ちた声が庭先から届いた。

若党に刀を持たせ、夏行は縁側へ向かった。白髪は枯野の小草を束ねたよう、骨ばった肌は松のようだ。両眼はらんらんと輝き、歯は一枚も抜けていない。腰も曲がらず、段々筋に染めた仁田山紬の厚綿入れた衣を着こなし、丸帯は腰高に結んだ。煤竹色の道服を裾短に着流す田舎びた衣装に、襷をかけた。荒々しく縁台に座って庭を睨んだ。

　堅固な老人が現れると、庭にいた全員がひざまずいた。立ち尽くすのは余所者だけだ。世智介、小才二が膝を進め、「千住堤で箱を取り返しました。盗人二人は屋敷へおびき寄せ、罠にかけて生け捕りました。先に注進させました通りです。盗人はここに」

「穂北、梅田、柳原三郷を再興して四十余年、上に領主なく、下に背く民もいなかった。戦国の習いで百姓が刀を取り、草刈り人夫が矛を携える世の中だ。我が三郷は揆を一にして義を守ってきた。質素は足るを知るゆえのこと。仲間同士争わず、夜は鎖を掛けずとも盗賊は入らぬ。道の落とし物が盗まれることもない。氷垣の威勢と羨まれてきたが、近頃はそうでもなくなった。川のこちらで盗賊が徘徊している。我が屋敷まで土足で汚した。名実衰えれば近郷に侮られ、穂北の経営にも支障が出てくる。西、北、南へやった三方の追っ手は未だ帰らず、東の隊が大手柄を上げたな。盗人は出所、姓名、旧悪を白状させ、首を落とす。尋問を始めるぞ。引きすえよ」

　百姓らが座らせようとしても、二人は動かなかった。世智介、小才二が左右からつかみかかると、蹴り飛ばされた。世智介、小才二は三間余りも吹っ飛んで庭木にぶつかって腰を折り、それで百姓らは賊に近づけなくなった。捕縄だけを握りしめ、取り囲んだまま動けない。だが賊はそんな百姓に見向きもせず、夏行を見ていた。

「主人ですな。先ほど百姓が自慢げに語っていた。連中は疑いに目をつぶり、虚実をたださず、捕縛を断行した。あなたが急かしたせいだ。事の真相を示したい。聞かれよ」

「すでに報告は受けた。しょせん、証人がなければ信ずるに足らぬ。こちらには証拠がある。天罰を受けよ」夏行が懐から出したのは、襦袢の片袖だった。「胆がつぶれたか、盗人め。百姓どもは初めて見たろうが、生垣を破って逃げようとした盗人が襦袢の袖をカラタチの枝に引っ掛けた。この袖は、雨が止んでから見つけた。盗人には片袖がない」

百姓が声を上げた。「左の男だ！　片袖がないぞ。相似た浅葱木綿でございます」

指摘されたほうが振り返り、声を荒らげた。「袖を失うたのは、堤でその盗人を捕らえようとしたせいだ。破られて川へ落としたのだ」

夏行は笑い、「骨をつぶして白状させよ。打ち倒せ。手ぬるくするな！」

それでも百姓は近づけなかった。棒で足を払おうとしたが、うまくいかない。苛立った夏行が「退いていろ、弱虫ども」と叱り、刀を取って庭先へ下りようとする。

「お待ちくだされ！」と、屏風の後ろから女の声がした。「申すことがございます」

屏風を押して現れたのは、夏行のひとり娘、重戸だった。重戸は父の前にひざまずき、

「差し出口と叱られましょうが、詮議の声が聞こえ、いても立ってもいられませんでした。いまのやりとりも見ていました。襦袢の袖は証拠でしょうが、堤で千切られたという旅人の証言が本当なら冤罪になります。盗人を目撃した小者なら、その虚実を正せます。彼の帰りを待ちましょう。逸って無実の者を殺せば子孫まで祟りを受けます。賢慮をお願い申し上げます」

「仇に刃を貸すだけだ。得手吉は捜索に出したきり、まだ帰らん。確かな証拠があるのに小僧の言に虚実を委ねては我が名が折れる。立ち去れ！」

「今日は母の命日ですよ。お怒りに紛れてお忘れでしょうか。せめて明日まで延ばせませんか。虚実が知れれば懸念はありません。今日血を流させるのはおやめください」

重戸の目から涙がこぼれた。庭先は沈黙していた。

夏行は悔しげにうなり、「命日忌日に罪人であれ殺すのは気が乗らん。明日まで閉じ込めておこう。重戸よ、涙もろいのも大概にせえ。泣くことがあったか」と娘を慰めて庭へ向き直り、「植木室に閉じ込めろ。厳重に鎖せ。両刀と包みは重戸に預ける。有種が帰ったなら事情を伝えろ。……それから重戸、罪人にわずかでも憐れみをかければ、もう我が娘と思わんぞ。くだらん真似をすれば、お前も仇だ。百姓どもも忘れるな！見張りをなおざりにするな。万事片付いたなら奥の間へ来い。褒美に酒を呑ませる」

2 孤舟の邂逅

黄昏時、奥座敷は酒盛りの真っ最中だった。下戸も浮かれ、高笑いして肴を喰った。男たちの宴が盛り上がるなか、重戸は座敷を出た。振り返り振り返り後ろを確認し、風呂敷包みを縁側の戸袋に隠した。それから庭先へ「夢介、壁蔵、こっちへきなさい」ささやき声で呼びかける。植木室の張り番をしていた小者がせかせかと縁側まできた。

「見張りを押し付けられたのだろう。みな酒盛りに夢中で交替は来ませんよ。私が見張っているから、厨で夕飯を食べてきなさい」

夢介、壁蔵はためらった。「見張りをなおざりにしたと叱られます」

「父が叱れば、私が黙っていません。さあ、人に見られないうちに食べてきなさい」

二人は喜び、礼を言って駆け去った。重戸は戸袋から包みを取り出し、庭へ降りた。裾を持ち上げて植木室へ向かう。帯の間から出した鍵で扉を開け、暗がりへ声をかけた。

「詳しく話す時間はありません。先刻、私が父に言うたことは聞かれたでしょう。あなた方をここから逃がします。両刀と旅包みも持ってきました。さあ急いで」

縄をほどかれても彼らはためらい、「我々を信じてくださったようだが、主人はじめ老僕、百姓に疑われたままでは恥辱が残る。武士には恥ずべき濡れ衣です。このまま立ち去るわけにはいきません」

「信念を守っても死ぬだけですよ。たとえあなた方が盗人でも、衣装箱は取り返したのです。我が家に損はありません。夫は父に劣らず強情です。帰ってくれれば、きっとあなた方を殺しに参りましょう。逃げた先で盗人を突き止めてください。それであなた方の疑いは晴れましょう」

「我らが逃げればあなたが咎めを受けませんか」

「考えがあります。あなた方は壁を破って裏から逃げてください。私はこの室を鎖した後、庭先で髪を乱して倒れ込んで人を待ちます。――見張りを替わって縁側から見守っていたら、賊が壁を破って外に出てきた。人を呼ぼうとしたが殴られ、縁側から落とされてからの記憶がない。奥では酒盛りで忙しく、あのまま気づかれねば命はなかった、とでも言えば、私への咎めもありますまい。ともかく壁を壊してください」

二人は納得したようだ。両刀を差して旅包みを背負い、道具を探した。植木を運ぶ担ぎ棒を使って壁を砕き、開けた穴を広げると、重戸に懇ろに礼を言って月下へ去った。

重戸は室に鎖を掛け、縁側の前まで戻って鬢を掻き乱した。櫛や笄を捨てて地面に伏した。父上は勇敢なのに、どうして虚実を見極めようとなさらないのか。襦袢の袖が似ているだけでは盗人とは言えまい。それに、衣装箱は戻ったのだ。懲らしめて追い払えば、慈悲ある人と言われように。世間を気にして人を殺めることは勇敢なのか、臆病なのか。本当に、夢の通りになってしまった。亡き母の命日に命をふたつ救えたのだから、追善になろう。親と夫を欺いたことはお許しください。重戸は心で念仏を唱えた。虫の音が漂っていた。地面の冷たさを頬で感じた。厨へ送った夢介と壁蔵が帰るまでの辛抱なのだが、ずいぶん遅いな……。


重戸に救われた現八、大角は夜陰に紛れて走った。

五つ（午後八時）前、千住川に着いた。川向こうが千住村だった。急いで舟を呼ぼうとしたが、見当たらない。船頭の姿もなかった。堤の上から見渡すと、一町余り川上のほうに苫を葺いた舟があった。走りながら「乗せてくれ！」と呼びかけたが、どうやら無人のようだった。現八は寂寞たる夜の岸辺で立ち止まり、大角を振り返った。

「氷垣老人が追っ手を向ければ、川を背にして逃げ場をなくす。俺が舟に飛び乗り、岸へ漕ぎ寄せてこよう。あんたはすぐに乗り込めるよう準備していてくれ」

現八は腰刀を手に持ち、助走をつけて身を躍らせた。岸辺からやや距離があった苫舟へひらりと乗り移ると、姿勢を整えて板子にあった竿を拾い上げようとした。

「――盗人、動くな」

苫の下から声がした。何者かが苫を押し上げ、猛然と突っ込んできた。現八は利き手を取られた。振り払おうとしたとき、左からもうひとり組みついてきた。

岸にいた大角も異変に気づいた。二人組と格闘する現八を見て、例の盗人どもだと思った。逃げ場のない舟の上なら捕らえる好機だが、舟までやや遠い。現八は身軽に飛び移ったが、大角は浅瀬を探した。夜の川は深さを目測しがたく、気ばかり逸った。

舟では現八が左右の敵をひとりで引き受け、こなれた拳法で応酬していた。舟が揺れて水が入った。足場が滑りやすくなり、板子を踏みしめた。敵は無言で、息遣いだけが荒い。雲間から覗いた秋月が、夜の千住川を照らし出した。川面に立ったさざ波が鱗のようにきらめいた。月光が闇を払ってゆき、現八は隙を見逃すまいと息を詰めた。

「……犬飼？」突然、敵がそう言った。

「本当だ、現八じゃないか！」もうひとりが驚いたような声を上げた。

現八は呆気にとられて相手を見つめる。「……犬山？　それに犬塚か？」

「そうだ、道節と信乃だ」

つかみあっていた手を解き放った。再び結ばれた縁が頼もしく、生きて再び見えた喜びに現八の胸もつまった。彼らを探す旅だったことさえ忘れ、現八は勢いよく問うた。

「どうして舟にいた。待ち人でもあるのか」

道節が答えた。「お前こそ、なぜ慌ただしく飛び乗った。だれでも曲者と思うぞ」

「災難だったのだ。川辺まで逃げたのはいいが、渡し舟がなかった。やっと見つけて、寄せよ乗せろと呼んだが、応答もない。みずから漕ぐしかないと思うて飛び乗った。俺のほうは連れがいるぞ」現八は岸を振り返り、「聞いて驚け、新たな義兄弟だ。犬村大角礼儀という文武に優れた俊傑と出会うた。霊玉も痣もある。下野で義を結び、ともに諸国を巡ってもう二年になる」

信乃、道節は目を丸くし、手を叩いて喜んだ。「さっそく犬村殿と会おう。めでたいめでたい」すぐさま繋索をほどき、竿を繰って舟を寄せた。現八は気忙しく岸へ降りて大角のもとへ走った。

「岸から見えたかもしれんが、舟で犬塚、犬山と再会したぞ」

「あの盗人に出くわしたかと気を揉んでいた。山里育ちで水練が苦手なもので、手をこまねいていた。憂いが喜びとなったか」

大角のほうから信乃と道節を出迎えた。「犬塚、犬山の二賢兄よ、某は犬村礼儀と申します。犬飼から噂を聞いて以来、敬慕の念を抱いてきました。面会できた喜びに勝るものはありません」

信乃は道節ともども返礼し、「犬村殿の来歴、素性こそ詳しく知りませんが、同じく珠あり痣ありと聞けば、我らも異姓の兄弟です。憂いを分け合い、禍福も苦楽も共にして、同日同所に死なんと願う。さて、窮地を免れたとだけ現八に聞いたが、事情を教えてくださるか」

「某の不注意が大元でした。犬飼は巻き添えです」大角は包みを盗まれたことで始まった災難を語り、「婦人に助けられましたが、盗人を捕らえて恥を雪がねばなりません」

二犬士は顔を合わせた。「我らが語るべき物語があるようだ」と、信乃が言った。

信乃と道節が千住堤に着いたのは、今日の日没後だった。千住村へ渡るべく舟を探すうち、川上に碇泊した苫舟を見つけた。舟では二人組が口論していた。呼びかけると驚いた顔で用件を尋ねてくる。渡し舟を探していると、信乃が答えた。

「夜は渡さぬのが決まりだ。だが、船賃を多めに払うなら舟を出そう」舟人はそう答え、舟を岸辺へ寄せた。信乃と道節が乗り込むと、相手はやや険しい声で言った。「客の姿を見られては困る。苫の下に寝そべり、音を立てないようにしてくれ」

信乃が道節の袂を引き、道節もその意中を悟った。用心しながら苫の下に寝転んだ。

その途端だった。舟人は川から竿を引き上げて閃かした。信乃、道節は寝転がって相手の突きをかわした。板子にグサと刺さった竿の突端には猎が仕込んであり、槍と変わらぬ鋭さだった。狙いを外した舟人たちは狼狽した。二犬士は相手を引きつけ、その横っ面を殴った。さらに蹴り倒し、二人ともをもやい綱でぐるぐる巻きにした。流れてゆく舟を竿で留めた後、改めて打ち懲らすと、二人の賊は簡単に白状した。

「この苫舟に寝起きする、尻肛玉河太郎、無宿猫野良平という者です。読み書きもできず世渡りが難しうて、賭けや酒で辛さを紛らしてきました。どうにも欲を抑えられん性分で、やがて悪事を働くようになりました。渡し舟を求める旅人を突き殺して路銀を奪うたことが何度かあります。死骸は川へ捨てました。客のない夜が続くと屋敷へ盗みにも入りました。いまは後悔しかございません。心を改めて出家しようと思います。慈悲を願います。お許しください」

憐れみを乞う二人を信乃は見つめ、「言い争うていたのは盗品の分け前で揉めたからか」

「ご推量の通りで」と、野良平が答えた。「今日の昼間、河太郎と穂北の郷士屋敷に忍び込みました。河太郎は衣装箱を盗み、僕は小者に見つかって逃げました。逃げる途中で、旅の武士が包みを落としたので掻っさらうと、その武士にすごい剣幕で追っかけられました。ちょうど河太郎が堤のほとりで衣装箱に座って休んでいましたので、二人で武士に挑みかかりましたが、あまりの猛者でかえって命が危うくなり、僕どもは川へ飛び込んで逃げ延びました。そのとき僕は武士の包みを持ってきましたが、河太郎は衣装箱を捨ててきた。なのに、河太郎は包みに入っていた金を半分よこせと言うのです。それは筋が違うと僕は言うた。衣装箱を捨ててこなければ山分けもするが、我が金だけ分けるのでは理に合わん。しかし河太郎は納得せず、堤で力を合わせねばお前は命がなかっただろう、その包みがあるのは我が手柄だと言うのです。四の五の言わず二つに分けろと迫られたときに、お二方に呼ばれました。ならばもう一仕事と欲張った末がこのザマです。包みはここにあります。金も差し上げますから命はお助けください」

道節が目を怒らせ、「我々を盗人の上前取りだと言うのか。かような畜生に道理を説いても無駄だ。犬塚、八つ裂きにして悪行の報いを思い知らせるぞ」

「待て、道節。この者らを村長に引き渡せば、旅包みも持ち主に返せるかもしれん」

道節は肩をすくめ、「ならば、里へ引き返すか。とにかく、その旅包みを検分しよう」

　そして板子の下にあった包みを開こうとしたとき、また何者かが舟に飛び乗った。

「盗人仲間か」と道節が真っ先に食ってかかり、信乃もまた搦め捕らんと挑みかかった。

「疑うべくもないだろう」信乃が穏やかに言った。「野良平が犬村殿の旅包みを盗み、河太郎が穂北の郷士屋敷から衣装箱を盗んだ」

「他にもあるぞ」道節が続け、「野良平の着た襦袢には左袖がなかった。郷士屋敷に残された袖とは、野良平の袖の切れ端だろう。奴らを連行すれば二人の無実は明かせる。旅包みはまだ舟にある。賊二人の顔も見られよ。それから、みなで義兄弟と穂北へ行こう」

大角は信乃と道節に深く礼を言った。「図らずも義兄弟と巡り会えただけでなく、盗人らを搦め捕ってもろうたとは得がたい幸運。賊を引っ立てて、ただちに穂北へ向かいましょう」

信乃、道節の案内で舟に移った。話の通り、舟桁に野良平と河太郎がつながれていた。大角は月明かりに照らされるその顔を見た。忘れられない人相だ。真正面から睨みつけると、盗人たちは命乞いをした。現八がズカズカと進み出て顔を蹴り、声を荒らげた。

「なにを言う気だ。お前らのせいで氷垣に囚われ、恥辱に晒されたのだ。善悪必ず報いがある。天罰を思い知れ！」と、倒れた賊の顔を踏みつけようとするのを大角が止めた。

「待たれよ、犬飼。濡れ衣を乾せればいい。憤って打ち据えるなど要らぬことだ」

現八は二、三度うなずき退いた。信乃が大角に近づき、「旅包みはこれでしょう」

「二兄からのありがたい賜物です。金と着替えは惜しむほどではないが、親の位牌が大切でした」大角は信乃から受け取って中身を検めた。失せた物はなく、水に濡れただけだったそれも半ば乾いていた。

大角は実父母と養父母、両家の位牌をうやうやしく出し、小高い所に置いて合掌した。「賊の手に穢させ、川水に濡らしてしまいました。悔しう思し召されたでしょう。贖う手立てもありません。義兄弟の助けで迎え取ることができました。お許しください。弥陀仏弥陀仏」涙声で唱える真心に、信乃、道節、現八も感じ入って人徳者の後ろ姿を黙って見守った。

やがて道節が月を仰ぎ、「犬飼、それに犬村よ、そろそろ四つ（午後十時）だ。盗人を穂北の荘へ連れてゆき、二人がこうむった無実の罪を晴らすとしよう」

道節が率先し盗人らを引き起こそうとしたとき、川辺へ進軍してくる多勢が見えた。揺れる松明の群れを、四犬士は苫舟から眺めた。

「穂北の追っ手だろう」大角がぼそりと言った。

「犬村、犬飼は彼奴らをどう思うている？」道節は笑みを浮かべていた。「丁重に出迎えて盗人を引き渡せば喜ぶだろうが、偏見をかざし惨たらしくあんた方を殺そうとした過ちはどうなるのか。氷垣夏行がみずから出向いたのなら、俺にひとつ計略がある。先に、俺が彼らを出迎えよう。犬村、犬飼は水際で対面されよ。もしも夏行が無礼に及べば、とっ捕まえて懲らしめればよい。犬塚は舟に残り、よい頃合いに盗人らを連れてきて夏行主従に見せるのだ」

現八は吹き出した。「面白いじゃないか。それで行こう」

信乃は苦笑を浮かべただけだった。大角は、そこまでしなくとももと内心思ったが否とは言わず、現八とともに道節に続いて河原に下りた。


重戸は、半時（一時間）も庭先に放置されていた。発見した夢介と壁蔵は大騒ぎし、だれかれ構わず呼んだ。主人から下人下女まで駈けつけ、重戸を抱えて声をかけた。十二分な手当てが施された時点で、重戸はいま蘇ったという面持ちで目を醒まし、用意していたセリフを父に告げた。ちょうど夫の落鮎有種が百姓たちを引き連れて帰ってきた。

夏行は、捕らえていた盗人のことを有種に話して聞かせた。重戸が死にかけ、いま意識を取り戻した。盗人らは逃げ去った、と。

「千住川を渡って東へ逃げるはずだ。川向こうは余所の領地で手が出せぬ。だが、夜のうちは川を渡れまい。いまなら捕らえられる。支度ができたら千住河原へ来い。若衆どもはついてこい」

夏行は身支度を整えた。落鮎有種は早々と湯漬けを腹に入れ、槍を持っていち早く門外で待った。若者たちは血気盛んだ。戻ったばかりの者も加え、三十余人が集まった。袖搦や刺又などを手にしていた先手の松明に従い、まもなく追っ手は千住堤に着いた。

「穂北の郷士、氷垣殿か」堤の前に、見知らぬ男が立っていた。

「何処の人か」と、有種が尋ねた。

「江戸へ赴く途中の旅の武士だが、この渡し場で盗人を二人捕まえた。懲らしめてやると悪事を白状した。氷垣殿の屋敷で衣装箱を盗み、襦袢の片袖を失うたという。そちらへ引き渡す用意をしていると、多勢が見えた。この盗人を追ってきたのだろうと察し、迎えに参上した。覚えがあろうか」

今度は夏行みずから受けた。「穂北の郷士、氷垣残三夏行だ。言われた旨に相違はない。本日未の頃に二名を生け捕ったが、黄昏に逃亡を図った。吉報を聞けて存外の喜びである」

「某は氷垣の娘婿、落鮎余之七有種という。盗賊はどこだ？　渡してもらえるか」

「そのつもりだが、生け捕ったのは某のみの力ではない。同行の武士が三名、堤向こうの河原にいる。彼らから経緯を聞いてもらいたい」

男に先導されて堤を登った。堤を越えたところで若衆たちを待機させ、夏行と有種のみが水際へ近づいた。河原で待ち構えていた人影こそ、大角と現八だった。

「氷垣老人。先刻は冤罪で辱められたが、幸いにも令嬢に助けられた。本物の盗人を捕らえるためにあえて逃げたが、折よくおいでくださって喜ばしい」

大角がそう言うと夏行は怒りに身を震わせ、「盗人が仲間と示し合わせ、我らを屠らんと欲したか。芋刺しにしてくれるぞ！」

夏行は大角の胸めがけて槍を突いた。大角は身をかわし、穂先の狙いを素手でずらした。なお執拗に打たせて夏行を疲れさせた末、槍の柄をむんずとつかんだ。そして一気に夏行の懐へ入り込んだ。

現八は跳躍し、有種の槍を踵で踏み落とした。そのまま胸ぐらをつかんで投げ飛ばした。

大角に組み伏せられた夏行は、もはや自由が利かなかった。有種も現八の膝に押さえられ、やはり身動きが取れなかった。

主人たちが素手の相手に封じ込められるのを、百姓も若衆も酔ったような気分で見守った。夏行、有種が組み伏せられてようやく、多勢を頼んで襲いかかろうとする。

その行く手を道節がふさいだ。「牛糞どもめ！　馬のよだれめ！　玉石の違いさえ分からぬ愚か者め。主人の首を斬り落とし、お前たちの死骸で川を埋め尽くすぞ。それが嫌なら、動かずに見ていろ！」

道節の声が胆に響き、百姓たちは進みかねた。争えば主人が斬られると気後れし、言い返すこともできなかった。おめおめと後退し、堤の麓で縮こまった。

夏行、有種は刀の緒で縛られ、二本の柳につながれた。夏行は叫び続けた。

「殺すがいい！　死後の恨みが雷神夜叉となっていついつまでも祟ろうぞ。この恨み、返さでおくべきか！」

現八が淡々と、「氷垣の翁もその婿殿も聞くがいい。あんたたちを害そうとは思わん。恥を雪ぎたいだけだ。戯れのようだが、冤罪には報いた。因果応報だ。義兄弟の助けにより衣装箱の盗人は捕らえている。その目、その耳で無実の者を虐げた過ちを知れ」

現八が振り向くと、信乃が野良平、河太郎を舟から連行してきた。夏行たちの面前に盗人たちを据え、信乃はあえて居丈高に言った。

「氷垣夏行、見るがいい。尻肛玉河太郎という神出鬼没のこの強盗が、あなたの衣装箱を盗んだ。これは無宿猫野良平といい、河太郎の同類だ。生垣をくぐった折、襦袢の片袖をちぎったのはこの男だ。あなた方はご息女が助けた無実の者たちを、偏見をぬぐえず追ってきたのだろう。改めて訊こう。真実の言葉に耳を貸さなかったあなたたちは、いま、なにに怒っているのか」

3 梁山泊

河太郎と野良平が自白する間、夏行と有種は頭を垂れていた。縛られた者どうしが向き合う様を、氷垣家の従僕や穂北の百姓たちが遠巻きに眺めていた。

大角がその従僕らに言った。「屋敷で盗人を目撃した小者がいるだろう。検めてくれ」

人混みがざわめき、「得手吉、お前だろう。行け」と、知らん顔して頭を掻いていた小者が押し出された。手にしていた棒を捨てて大角の前まで進んだ得手吉は、おそるおそる盗人どもを覗き込むと、野良平を指差した。「僕が見たのはこの男です」

「お前がこの賊どもを監視していろ」

得手吉は拒めず、野良平らを捕縛している縄を手渡された。

大角は夏行へ向き直り、「氷垣老人、聞かれましたな。賊は自白した。目撃者も証言した。これでも迷いを解かれませんか」

「頑愚な老人。無知な若者」道節が嘆息し、「もう十分に胆がつぶれただろう。犬飼とて殺すまでは欲すまい。まして犬村は人格者だ。俺が盗人を捕らえたと告げると、これで疑いが解けると犬村は喜んだ。あなた方に説明することのみを望んだのだ。それでは足りぬと言うたのは俺だ。だれかの迷妄のためにだれかが破滅することもある。無実の人を殺そうとした過ちを悔いもせず、他になにを言うのか」

夏行がようやく顔を上げ、「その通りだ。暗愚であった。娘の意見を聞こうともせず、二君子に罪をなすりつけた。万死に値しよう。自業自得ゆえ恨みはせん。しかし娘の、重戸の慈悲に免じて有種は許してくれ。彼は連れてきただけだ。解放してほしい」

有種は目を剥いた。「なにを言われます。刎ねるなら某の首にしろ。親は許してくれ」

大角が屈み込み、「誤ちては改むるにはばかることなかれ。非を悟った人をだれが恨もうか。もう生死を論じなさるな」と慰めて縄をほどき、分捕っていた両刀も返した。

夏行と有種は深々と頭を垂れた。夏行が言う。「いま生まれ変わった。それほどの大恩を受けた。教えてくれ。あなた方はどこの豪傑か。子孫に伝え、後々まで武徳を仰ぎたい。お名乗りくだされ」

三度請い求めた夏行の敬服には偽りがないと悟り、大角が優しく言った。「過ちを知るときはあなたのようでありたい。某は元下野赤岩の住人、犬村大角礼儀です」

「下総古河の浪人で、犬飼現八信道という」

「某は、武蔵豊島は大塚の人、犬塚信乃戍孝です」

「同国、練馬平右衛門尉の残党にその人ありと知られる、犬山道節忠与だ。他にも義兄弟があるが、行方が知れぬ。犬飼、犬村の二兄弟とは今宵巡り会うた」

夏行と有種は驚き、顔を見合わせた。「五、六年前に盛んに風聞が流れた、大塚の庚申塚刑場を騒がし、無実の罪人を救うたという、あの犬士でござろうか？」

信乃が現八ともども首肯し、「そこで救うた犬川荘助義任も我らの兄弟です」

夏行は改まって道節へ向き直り、「あなたは犬山家の賢君であったか。実は我が婿有種は、以前、練馬の舎兄、豊島勘解由左衛門尉に仕えていた」

有種が引き取り、「童小姓として仕えましたが、滅亡の折に死に後れ、身の置き場を失いました。氷垣残三の妻が我が伯母で、縁を頼って穂北へと落ち延びた。その後、氷垣の娘を妻とし、翁を義父と敬うて今日に及びます。練馬の旧臣と会えるとは懐旧の情もひとしおです。犬山道策殿は江古田、池袋で比類ない戦働きをされたとか。その伝聞すら久しうなりましたが、旧縁の賢者と巡り会い、身の光が増す思いがします。今後は、諸君のために微力ながら力を尽くしましょう」

道節は嬉しげに笑み、「俺のほうでも、豊島、練馬の残党と名乗り合う機会が絶えて久しい。故人と会えた心地さえする。頼もしいことだ」

現八が夏行へ向き、「穂北三郷はあなたが開発なさったと昼に百姓に聞いたが」

「それは本当だ」夏行は神妙な顔で受ける。「わしは多治見党の出で、二十歳の頃まで鎌倉公方持氏に仕えた。持氏滅亡後、春王、安王両御曹司のために結城に籠り、大塚匠作三戍と城の一方を警固した。武運開けず落城となり、囲みを抜けてこの地へ落ち延びて地頭穂北氏に身を寄せた。まもなく結城での士卒百人余りがわしを慕うてこの地に集うた。当時、穂北、梅田、柳原の三郷は荒れ果て、耕す百姓すらいなかった。農民も商人も離散し、地頭にさえ見棄てられていたのだ。現に穂北氏は妻子郎党を連れて都へと発った。室町将軍に仕えたそうだが、応仁の乱で討死したと聞く。荒廃した穂北の地に残されたわしは、落人たちと開墾を始めた。苦労の末に水害、日照りの憂いをなくし、大いに利を得るようになった。百姓に推され三郷の長となった頃、穂北氏の従弟の娘を娶った。その妻との子が重戸だ。妻の生前、彼女の甥の落鮎余之七有種がやってきた。二年三年と匿ううち、勇敢で、人の尻馬に乗るような者ではないと分かった。彼は百姓を励まし、我が助けにもなった。婿に迎えると、豊島の落人も有種の噂を聞いて穂北へ集まってきた。その豊島残党九十人にも田地を与え、あるいは開発させ、ますます穂北は繁盛した。結城落城から四十二年、三郷の長となってから十四年になる」

　道節が手を叩き、現八が勢い込んで言った。「氷垣老人。この犬塚こそ、あなたとともに結城城を守ったという大塚匠作三戍の嫡孫、犬塚番作一戍のひとり子ですぞ」

夏行は文字通りのけぞった。「かような旧縁に巡り会えるとは信じられぬことだ！当時はわしも年若で、匠作殿から多くをご指南いただいた。まこと勝手ながら、師弟だと思うていた。匠作殿は忠誠と武名を世に轟かせて討死なさった。年老いたいま、わしはかの人に恥じることしばしばなのだ。それでは、名字を改められたのか」

信乃は父を思い出し、少し顔を曇らせた。心を鎮めるよう息を吐いてから、故郷大塚村でのあれこれを理路整然と語り、優しく続けた。「甲斐では母方の旧縁、四六城翁と名乗り合う幸運を得た。新たに祖父の旧友と知遇を得られて、感悦この上ありません」

「我らは衣食足りている。穂北の荘は、身寄りのない者が寄り添うて築いた地だ。あなた方の暮らしの懸念をなくさせてくれ」夏行はすっかり興奮し、「屋敷へ参られよ」従者を見返り、「三、四人先に帰って、重戸にもてなしの支度するように言え。急げ！」

大角が呼び止めるように夏行へ言った。「生け捕りの賊ですが、土地の掟もありましょう」

「兇賊が捕縛されたことで、我が三郷のみならず隣郡の憂いが除かれた。この場で首を刎ね、安寧が戻ったと人々に知らしめよう。しばらくお待ちくだされ」

夏行は河太郎、野良平の罪を述べ、刀を抜いた。有種が河太郎の、夏行が野良平の首を打ち落とした。得手吉に板子を持って来させ、矢立の筆で罪科を書きつけると、若党たちに二つの首級を水際の樹の枝に掛けさせ、札を幹にくくった。一切躊躇しなかった。

四犬士は穂北を訪れた。夜食を勧められたが、この夜はそのまま寝床についた。

翌朝、夏行は千住川へ人を送って苫舟を壊させた。氷垣屋敷では、改めて酒宴が催された。老僕の世智介と小才二はまだ打ち身が治らず、主人と犬士たちが和解したことで怯えていた。有種を通じて昨日の無礼を二犬士に詫びようとすると、現八と大角から「ここへ呼びなされ」と末席に招かれた。老僕たちの緊張とは裏腹に、親しく盃を交わすことになった。彼らは泣きべそを掻いていた。

信乃と道節は彼らとの諍いを初めて知り、「見事な計略ではないか」と褒めたたえた。みなどっと笑い、それで垣根が消えたようだった。宴は大いに盛り上がった。

現八と大角はなにより重戸に礼を言いたかった。「重戸殿は人を見抜く才をお持ちです」そう言って夏行に面会を願い出た。

「某が連れて来ましょう」と、有種が出ていった。

夏行は二人の評価を本気にせず、「過分であろう。確かに重戸は心根のよい娘だ。孝行でもあり、夫にも不遜な態度をとらない。家内をよう治めてくれるし、操野という村の名に似合うて貞実だ。しかし、人を見抜く才はござらんよ。昨日、娘があなた方を正しく鑑定したのも、らしくない智慧であった。実を言うと、合点がゆかんかった」

道節が口を挟み、「氷垣翁。娘御の慈善は二人から聞きました。得がたい善行であり、巧みな方便だと感服したが、隙がないとは言えませんな。座興にお話ししましょう」

夏行は笑って膝を向け、「よく分からんが、教えてもらおうかな」

道節は笏を取り上げ、「まず、犬村、犬飼が悪人でないといち早く見極めた点は素晴らしい。親に隠れて二人を逃がしたのも、無実の人を殺せば親に祟りがあると思うた真心からで、これまた素晴らしい。しかし、二人を逃がせば、あなた方親子が千住河原へ追いかけることは予測できたはずだ。犬飼、犬村、それに某らがあなた方を許さず、冤罪を恨んで皆殺しにしたなら、重戸殿が施した慈悲や善行はかえって仇となっただろう。であれば、仁もまたなすべきではなかったのだ。仁をなそうとして禍に遭う者がいる。はたして我々は良いことをすべきなのか。いや、良いがなければ悪いもない。ゆえに、仁をなさんと欲するより、不仁をすまいと慎むべきなのである。世間には仁も不仁もなく、良いも悪いもない。求めるべきは、無為だ。我らがあなた方と友人になれたのは、単に結果でしかないのです」

得意げに笏で膝を打つ道節へ、「ちょっとよいか」と、信乃が割って入った。

「いまの道節の弁論は、刑名学を好む法家あたりが言いそうなことで、倫理の乱れた戦国の世には現実を見ているなどと目され好まれる考え方だが、某は正しいとは思いません。昨日、重戸殿は、無実の者を誤って殺せば祟りを受ける、親ばかりか子孫にもよくないと考えられた。これは仁を欲したのではない。犬飼、犬村を救う謀ではあったが、彼女が本当に救おうとしたのは親と夫でした。一見、親に叛く行為に見えるが、その実、親の過ちを補うた。これこそが孝行です。孝であり義である真心をもって、賢女は二人を逃がした。某らはその徳を祝したからこそ、氷垣翁を害する心を抱かず、ただ恥を雪ぐことのみを願うたのではなかったか。善には善の、悪には悪の報いがある。それは理なのです」

道節が真剣な表情で、「どうやら犬塚のほうが正しい。俺は考えが足りなかったようだ。氷垣主人、どうか酔いどれの戯言と聞き流してくだされ」と、夏行へ詫びた。

夏行は信乃、道節それぞれに盃を勧めた。「犬山殿の論に明瞭この上なしと感服したが、犬塚殿はそれを越えてきた。道理を尽くしながら耳新しい。よい勉強になった」

そのとき、重戸が夫と入ってきた。現八と大角は席を空け、「重戸殿のおかげで、主人親子と友情を結ぶことができました。賢婦人の賜物です」と、深く礼を述べた。

重戸は頭を垂れ、「あなた方の心が広ければこそ、恨みを解かれたのです。大したもてなしもできませんが、父も夫もいつまでも逗留なさってほしいと申しております。当家で静養なさってください」

信乃と道節も挨拶しつつ重戸を賞賛した。夏行は嬉しげに娘を近くに呼び、「客人方が、お前に人を見抜く才があるとお褒めになる。かような眼力があるとは、わしは思いもしなかった。お前は昨日、どうしてこの二君子が賊でないと見定められたのだ」

重戸は恥じらうように襟を撫で、「お疑いは分かります。お二人が賊でないと私に知るはずはなかったでしょう。あれは、一昨日の明け方でした。神女が枕元に立たれ、宣われたのです。――明日未申の頃、旅人が二人そなたの親に疑われて大厄に遭う。彼らは悪者ではない。我と縁の深い、潔白の志を持つ義士である。私は影に形に彼らを救うてきたが、明日の厄難は過ちに端を発したもの、その過ちを解かねば避けられない。そなたは意を汲み、面と向かって親を諫めなさい。手立てをもって彼らを逃がしなさい。さすれば憂いはかえって喜びとなり、そなたの家に福をもたらそう。惑うて親に従えば、福はかえって禍となり、親も夫も死ぬだろう。そう託宣を残して夢は覚めました。私は胸が騒ぎ、ただごとではないと思いました。そして、盗人の一件が起きたのです。正夢と悟り、急いで縁側へ向かいました。賢女よ才女よと呼ばれては恥ずかしい限りです」

「なんたる奇なことか」

夏行は目をみはったが、四犬士には信じられた。重戸の夢は、伏姫神女による擁護に違いなかった。そこで、彼らは隠さず話した。伝え聞いた伏姫の物語。信乃は古河、行徳、猿石村で、荘助は大塚で、また五犬士は荒芽山で万死に一生を得た。現八と大角が赤岩で見舞われた大厄難にも冥助を賜ったのだろうと、次第に興奮して語った。

夏行たちは驚いたが、冥助に感じ入ったからではなかった。「姫上の霊験はありがたいことだが、あなた方は幾度の危窮に見舞われたのか。それだけ厄難に遭いながら志を折らず、なおも友人を探している。まさに義士たる所以だ。わしは改めて昨日の非を思わずにいられない。いつまでも穂北に滞在してくださることが我が心からの願いだ」

にぎやかな一日もやがて終わる。翌日、四犬士は旅立とうとしたが、夏行に引き止められた。

「いま縁が尽きれば、いつ再会できるか分からない。そろそろ冬になる。霜を踏んで険しい道を行くより、春を待ったほうがよかろう。急ぐこともありますまい」

4 指月院

　十月半ばのことだった。道節が、現八と大角に告げた。

「去年の冬に石和の指月院を去った折、蟇崎付きの兵を寺に留め、なにかあれば報せるようにと約束した。にもかかわらず、犬川荘助の動向が知れない。俺と犬塚は武田殿の招きを拒んだため甲斐に入りにくい。そこで飛脚を遣わし、犬川が帰ったか否か問おうと思う。その際にそなたらと会えたことを、丶大法師に報告したいが、構わんだろうか」

「むろん構わんが、それは飛脚を雇うようなことか」現八は呆れたように大角と顔を見合わせ、「俺たちが指月院へ行こう。それなら手紙のわずらわしさもなく、丶大法師に口頭で説明できる。荘助が寺にいればここへ随伴できるし、いなければ逗留して待てばいい。この件、我々に任せよ」

　その申し出を道節も信乃も喜んだ。「供をつけよう」と夏行が言ってくれたが、現八は断った。「従者がいるとわずらわしい。長旅にはならんから程なく帰ってきますよ」

　明け方、現八と大角は出発した。旅慣れした丈夫は旅支度を新たにはせず、古い菅笠と雨衣だけを携えた。信乃たちは千住河原まで見送りに行った。

逗留中の穂北では、三度の食事の他、菓子や酒まで供された。落鮎有種がしばしば武芸や兵法を語らいに訪れるから、退屈もしなかった。有種は親切で、裏表がなかった。次第に道節は彼を信用し、部屋で二人きりになったある日、大事を打ち明けた。

「聞いたことがあるかもしれんが、某は以前、扇谷定正の首を狙うた。だが白井郊外で討ったのは影武者、池袋で練馬殿に槍をつけた越杉駄一郎だった」太田資友の謀計、荒芽山での世四郎と音音の討死、曳手と単節の行方不明など、道節は扇谷との因縁をつぶさに語った上で、「近頃、扇谷定正は五十子城にいるという。ここからなら四、五里の距離で、その動静をうかがいやすい。狙うに悪くない土地だ。そこで相談だが、兵を百人ほど貸してはくれんか。定正の外出を狙うて短兵急に攻めれば、豊島練馬一党の宿願はたちどころに成就しよう。大敵さえ討てれば、安房里見殿に仕えても、もはや恥じることはない。だれが二君に仕えたと笑おうか。頼みを聞いてはくれんか」

有種は顔を輝かせた。「素晴らしい計画です。まさに忠義の魂を見ました。某も管領家は先君の仇だと唱えながら、計画など立てられなかった。白井での武勇を風聞で聞いたとき、某はまだ志も定まらず、手兵もなく、大名へ復讐などできぬと思い込んでいました。いまは違う。穂北主人として勢力がある。豊島の残兵九十人は百姓になりましたが、戦慣れした者たちです。亡君の仇討に喜んで従います。某もつき従います」

「待て待て、そなたはここの跡継ぎだ。妻もある。養父もある。仮に本意を遂げられず討死すれば、嘆きを遺すだけでは済まんぞ。養家への不義ではないか。それに本意を遂げられても、兵の出どころが知られれば、大軍が穂北へ攻め寄せよう。そうなれば、大きな禍を遺すことになる。だから穂北そのものであるそなたは加えない。その約束ができぬなら今回はあきらめ、また時が満ちるのを待とう」

有種はしかめっ面でしきりに額を掻き、「なにも言えませんな。言われる通り、某はとどまりましょう。百姓にだけ機密を伝えておきます。ご安心なされ」

後日、道節は信乃にもこの定正暗殺の謀計を告げた。

信乃は即座に頭を振った。「越杉、竈門を討ち取り、復讐は果たしただろう。いまさら蒸し返して定正を狙うなど危ういことこの上ない。勝敗は戦の習いだ。豊島練馬の滅亡も、寡兵で挑んだ過ちだったと、いまでは理解していよう。里見殿に仕える約束もある。旧主のために身を滅ぼせば、忠ではあっても義に背く。だれも感心するまい。いまは気が高ぶっているようだが、よく己を省みることだ」

道節は無言でいたが、顔を上げると微笑を浮かべた。「まったくその通りだ。里見殿には恩がある。むろん忘れてはいない。俺は思いつめていたようだ。近頃、こう安楽な日々を送っていると、定正を討ち漏らしてみなを危うくさせた日のことを思い出すのだ。このまま里見殿に仕えても、なすべきことをなさなかったと後悔し続けはしまいか。そう惑った。だが、すぐに仇を討ちたいわけではない。定正が五十子城にいるかどうかも定かでない。きっと踏ん切りをつける機会を探っていたのだ。うまく伝わらず心配させてしまったが、犬塚は犬塚で気を回しすぎだろう」

　そう笑い飛ばしたが、その後も道節は、信乃に隠れて五十子の内情を探り続けた。

　十一月半ば、甲斐の指月院から使いが訪れた。現八、大角の手紙を携えていた。二人は無事に到着し、ヽ大法師と会っていた。ヽ大法師には、穂北で信乃、道節と再会した経緯を伝え、荘助について尋ねた。

　荘助は六月下旬に小文吾を連れて指月院に帰ったが、いまは寺にいなかった。荘助たちは犬阪毛野という新たな犬士を見出したようだった。

「荘助と小文吾は毛野や他の犬士を探すために再び旅立ったが、春には戻るそうだ。暮れまで指月院に逗留するように、我々はヽ大法師に言われた」

　文面はそこで閉じられていた。まずは吉報だと信乃は喜んだ。

道節が言った。「来春に犬川と犬田が戻れば、指月院に四犬士が集う。残る犬阪毛野と犬江親兵衛が見つかれば、ついに八犬士がそろうな。しかし、よく難儀に遭うものだ。犬田は、石浜城で抑留され、相模灘で破船、越後片貝では犬川ともどもよく逃げられたものだ」

信乃は考え深げに、「犬阪毛野は智あり勇あり、なおかつ愉快な男らしい。単身で大敵を皆殺しにした逸話などを思えば、得がたい俊傑であろう」

さらに使者には、丶大法師からの言付けがあった。「この度、指月院の新住職が決まった。来春、丶大法師も旅立たれる。お二人は我らとともに安房へ向かい、蜑崎殿に七犬士の詳細を告げてほしいとのことである。蜑崎殿への書状も預かってきた」

二人は丁重に断った。「未だ時至らず、安房へは行けません。蜑崎殿への書状も届けられない。どうかよろしくお伝えくだされ」それぞれから使者へ銀子を贈った。

指月院からの報告を、夏行にも知らせた。犬士の無事を心から喜んでくれた。使者に飯を食わせ酒を飲ませ、引き出物まで贈った。十二分な饗応を受け、使者たちは安房へ発った。

現八と大角は指月院で待ち続けたが、年が明けても荘助、小文吾は帰らなかった。住職の引き継ぎを控えて、ゝ大法師は忙しそうで、現八たちも居づらくなった。一旦穂北に帰るかもう少し待つかと迷い始めた一月十日、ようやく荘助と小文吾が指月院に帰ってきた。

犬士たちは再会を喜び、近況を語り合った。やがて、ゝ大法師が言った。

「なりゆきの似非住職だったが、今月下旬には新住職が入院なさる。その後、拙僧は結城古戦場へ赴き、しばらく住まうことになるだろう。八玉を訪ねて二十余年がすぎたが、なお悟りには至れない。しかし珠の行方は大方分かり、八犬士の名も知ることができた。犬江、犬阪の行方がつまびらかでないが、時至れば集うだろう。これにて念願成就とし、拙僧は結城古戦場に庵を結び、義実公のおん父里見大炊介季基殿はじめ、大塚匠作三戍、井丹三秀直ら結城で討死した名将、勇士、兵卒の菩提を弔う百日間の大念仏を勤行し、我が罪を赦免くださった君恩にお応えしたい。お前たちとともに穂北へ行き、信乃と道節に会うてから結城へ向かおう」

荘助が言った。「あと十日余り暇がありますな。身延山など甲斐の霊山、霊場をまだ訪ねていません。神隠しに遭った親兵衛は、無事ならば九歳になります。この国にいる間に、山が多い甲斐の霊場を訪ねておきたい。新住職がお見えになるまでで構いません。三人もいっしょに参られんか」

現八が口添えするように、「明日の明け方に発ち、二十日前後に戻ります。お許し願えましょうか」

「好きにして構わん。早く行き、早く帰ってこい」と、丶大は軽い口調で言った。

翌日、四犬士は身延山へ急いだ。その次の日、新住職の使いが指月院を訪れた。入院の日取りが今月下旬では難しくなった。早いほうがありがたいという。そして二日後、新住職が到着した。丶大としては、譲った寺に住み続けるのは後ろめたかった。

丶大法師は念戌、無我六に言付けた。「四犬士が帰ったなら、寺を明け渡したため当地を退き穂北にて待つ、と伝えよ」

そうして頭陀袋を襟にかけ、戒刀を懐に、檜笠をかぶり、錫杖を突いて飄々と指月院を去った。

湯島天神の居合師

武蔵国豊島郡湯島の郷に祀られた天満天神は、去る文明十年（一四七八）、扇谷家の家宰太田道灌によって再建された。上野から浅草寺まで鄙びていたが、参詣客は多かった。飴、餅、果物など売る商人も多く、呪師猿楽、放下、刀玉など催す芸人たちも盛んだった。ある男は居合と鎖鎌術を披露して、イボやホクロを抜く薬や歯磨き砂を売った。

その薬売りは地元の華と評判の、白面優美な若者だった。太織り紬の染め衣に緋の襷を掛け、すねで括ったたっつけ袴をふっくらと穿きこなし、高足駄を履いていた。

地面に大竹を差して縄を張り、囲いを巡らしていた。九尺（二・七メートル）に及ぶ縹と薄柿色の天幕を後方に張り、そこに居合刀と鎖鎌を縦横に飾っていた。台には、真鍮金具付きの薬箱。さて、薬売りは床几から立ち上がり、集まった見物人へ語りかけた。

「ご参詣のついでにお立ち寄りくださり、ありがとうございます。我が家伝の妙薬は、玄宗皇帝の御代、羅公遠なる仙人が楊貴妃に伝授した霊薬でして、顔や手足のイボ、ホクロを抜き取ること、ほうきで塵を払うよりも簡単です。また、歯磨き薬はよくある房州砂ではございません。寒水石を砕いて粉末にし、丁子、龍脳、肉桂、乳香、没薬を加えました。寒水石の効能は石膏と同じく、『神農本草経』によれば、味辛く少し冷えて毒はなし。心下の逆気、驚喘、口乾いて舌焦がれて息ができないときは、すぐに効きます。歯をぬぐい歯を強くし、胃熱と肺熱を除き、気を増して陰邪を散らし――」

立て板に水と述べる口上は人相見へと移り、いつの間にか荒事に切り替わっていた。武芸十八般を語って居合術に話が及ぶと、薬売りは満を辞して飾りの大太刀を手に取った。ゆっくりと見物へ向き直り、「水滸伝の関勝、あだ名を大刀といいますが、あれは薙刀の類で刀ではありません。この大太刀、ご覧の通り木刀ではない。柄頭から鐺まで四尺八寸（約一八二センチメートル）。我が両腕よりも長い。どう抜きます？　抜きようがない。されど抜きましょう。こう腰に差し――」

その異様に長い刀を帯に挟むと、薬売りは箱枕二、三十個を台の上に積み上げた。それから高足駄のままそのてっぺんへ飛び乗り、片足で立つ。足場は不安定だがまじろぎもせず、おもむろに片膝を曲げてゆき、もう一方の足をピンと後ろに伸ばす。危うい体勢のまま腰の大太刀を抜こうとして抜かない。見物の緊張を高めに高めてから、

「や！」と、大きな掛け声を上げた。

一瞬のうちに抜き放っていた。稲妻さながらの迅さだった。空を切ったその閃きは雨

後に虹がかかったようで、春風が雪を散らしたようで、見物衆の心はすっと晴れ渡った。しばらく喝采がやまなかった。

居合師は大太刀を鞘に納めると、箱枕を足で払った。ががら崩れる足場から、ひらりと飛び降りた。世にも珍しい早業にみな感動し、見物料とばかりに歯磨きやホクロ抜きを買いだした。

ひと段落すると居合師は言った。「次は鎖鎌をお目にかけますが、今朝から何度もやって疲れました。中休みをつかまつります。お急ぎでなければ、またどうぞ」

散会した人垣に、武士が紛れていた。黒羽二重の小袖姿で朱鞘の両刀を横たえ、深編笠で居合術を見ていた。人もまばらになると進み出、「これこれ」と居合師を呼んで笠を脱いだ。

月代の跡が長く伸び、肌も浅黒かった。眉は濃く、眼は清らかだった。鼻筋が通った背高の若者だ。彼は鷹揚と居合師を見下ろしながら言った。

「見事な技芸であった。一進一退が理に適うて隙がない。あれなら戦場でも重んじられよう。また口上も架空談義でなく、和漢の故実を押さえている。文武両道であると深く感動した。ひとつ問いたい。そなた、人相見もするようだが、イボとホクロが人相によくないのはなぜなのだ？」

居丈高な武士にも気後れせず、居合師は優雅に微笑んだ。「見物客は毎日きますが、あなたのような人は珍しい。……独学でずさんですが、お褒めいただいたことですし、恥ずかしながらお答えしましょう。人相には十観あり。眼の下にあるのは、涙堂。この涙堂に黒アザあれば、老いて児孫と争うという。眉尻を移遷という。左は移宮、右は遷宮。ここにホクロがあれば、出入りがよろしからず、虎狼に驚かされるともいいます。むろんイボやホクロを抜けば憂いはなくなります」

武士は急に嘲笑い、『荀子』非相篇はご存知か。形が悪くとも心が善ければ君子になる。形が善でも心が悪なら小人だ。つまり、形に吉凶はない。古の聖人にもよい人相を持たぬ者は多い。将門の家来に主に似たのが六人いたが、いずれも将門には及ばぬ。頼朝は背が低く、ひょうたん頭だが、名将であった。また、顔が龍、虎、鶴、獅子に似れば富貴で、猪、狗、羊、馬に似た顔は凶暴とか若死にするとか言うが、禽獣に似たからなんだというのだ。まして粟粒ほどのホクロがなんの憂いになろうか」

居合師は答える。「小さな棘が刺されば、イライラして耐えがたいでしょう？　抜けるまで憂いとなります。ホクロも取れば、余計な憂いがなくて済む。儒の教えにないため『荀子』非相篇を持ち出す半可通は多いですが、実は多くの書が人相を説いている。

邪な心ならば貧窮する。だから相貌を見ず心を見よと言いますが、人相は心に従うて生じてくるもの。よい人相見は、形を見て心を判断するのです。顔には喜怒哀楽が俄然として現れます。これは仏説の三十二相に通ずる教えです。また禽獣の例をあげつらうのは喩えを知らないからでしょう。天子に龍眼、逆鱗といい、子供を麒麟児、千里駒といい、暴虐者を虎狼野心、人面獣心というではありませんか。信じる信じないはあなたが決めればよい」

「そこまで言うなら、某を鑑定してみよ」

居合師は武士の顔を見つめ、「勇にして義を守り、明君を得て名を成す。百日を出ずして、驚きの後に喜びがあろう。天停に殺気がある。宿怨をお持ちだ。仇を狙う人ですな。だが、謀計は遂げがたい。遂げずして遂げるでしょう。討たずして仇は死ぬ」

「待て待て、声が大きい。だが、そうか……うん。汝の素性を聞きたいし、我が身のことも詳しく告げたいが、いまは人目が多い。明朝また来よう。その折には薬を買う」

そうした会話を旅人が立ち聞きしていた。武士が立ち去るや、彼は居合師に近寄った。

「わしにも宿望があるのだ。手相を見てはもらえんか」

居合師は男の顔を見、薬箱から虫眼鏡を取り出した。改めて顔を見てから、両掌に虫眼鏡をかざした。「顔は根であり、手足は枝です。合わせて見れば根本を見失いません。坤離の間に×に入り組んだ線がありますな。人の子分となるか、同居するのがよい。手相の妙決は八卦です。十二宮を配列し、五行をもって分別する。人差し指の下を巽、中指と薬指の下を離、小指の下を坤とする。あなたは離の筋が乱れている。老いて迷いが出る徴です。朱雀の筋が掌に向かうのは、官災の恐れがある。幸い、交わった筋がありますから、偶然人の助けを得れば禍はやむでしょう」

旅人は胆を冷やした。「わしは越後国魚沼郡の小千谷からきた。地元の侠客石亀屋次団太の子分で百堀鮒三という者だ。去年の夏、次団太小父は犬田小文吾なる浪人を泊めたのだが、盗人女が瞽女になりすまして彼を刺そうとし――」

鮒三の熱のこもった語りに、居合師は黙って耳を傾けていた。

「――山賊を討ったのに、犬川、犬田は片貝殿に憎まれた。次団太は二人を救おうと片貝に入り浸るようになり、家にいることが稀になった。そんな折、次団太の妻の鳴呼善が子分の泥海土丈二と男女の仲になったのだ。鳴呼善は後妻でまだ若い。次団太小父が浮気を嗅ぎつけても鳴呼善は堂々とし、ごまかそうとした。小父は妻を信じてしまい、追い出さなかった。わしらは歯がゆかったが、小父も老いたか疲れていたか、猛々しさも影をひそめ、土丈二を鞭打って出入りを禁じただけで済ました。しかし、姦淫の男女はそれを恨みに思うて片貝へ恐ろしい讒言をしたのだ──」

──石亀屋次団太は山賊童子格子酒顚二と親しく、盗品の売買に手を染めていました。僕は次団太の子分でしたが、巻き添えになるのはごめんです。証拠もございます。この短刀をご覧あれ。

「土丈二が片貝殿に渡した短刀は、昨夏、賊婦船虫が犬田殿を刺し殺そうとした凶器だった。嗚呼善が収納していたのだろう。それを土丈二に渡し、夫を陥れる奸計に用いたのだ。片貝では、この短刀が問題となった。それが木天蓼丸と銘打つ、長尾家の重宝だったからだ。二、三年前に紛失した宝刀が出てきたことで、片貝殿は激しく次団太を憎まれた。次団太はいま、無実の罪で獄舎にいる。拷問され、木天蓼丸を盗んだ経緯と籠山逸東太の居場所を問われた。知るはずがない。船虫が犬田を殺そうとしたこと以外なにも言えずにいる。執事殿の計らいで去年暮れから拷問は止められたようだが、生さず殺さず獄舎につながれている。一方、土丈二は多額の褒美を賜った。嗚呼善は土丈二を屋敷に住ませ、夫婦のように暮らしている。次団太の財産も横領された。小千谷に奴らを憎まぬ者はいないが、片貝殿の覚えがよいから怖気づき、子分たちも次団太に義を尽くそうとしない。悔しうてたまらず、訴えられんかと人に尋ねると──」

──長尾殿と両管領家が和睦なさるらしいと去年頃から風聞が立ったが、今春ついにご対面なさるようだ。扇谷のご内室は蟹目御前といい、長尾殿の妹君だ。思慮深く慈悲深いと評判のお方だから、次団太を救いたいなら五十子に赴いてお願いなされ。御前から長尾殿へご沙汰があるかもしれんし、片貝殿へ直接お話なさるかもしれん。

「わしは小千谷を発ち、夜も眠らず武蔵へ来たが、五十子城にはなんの伝手も持たない。天満天神には無実の人をお救いくださるご誓願があるとか聞いて、今日初めて拝みにきた。その帰りに、あなたの居合を見物した。いま我が境遇を言い当てられ、念願成就と言われた嬉しさから、つい長物語をしてしもうた。いったいだれを頼れば助けになるだろうか。教えてくだされ」

居合師は言う。「あなたは親分に尽くされた。神も憐れみ、願いを遂げさせてくれるでしょう。とは言え、某も五十子城にゆかりはない。なにか手立てを考えてみますか」

そこへ割竹を引きずる百姓五、六人を従えた村長が走り寄り、「扇谷の上さまがお詣りに見えられた。天幕を下ろせ。大刀も鎖鎌も仕舞え。商売はお帰りの後だ。まもなくお乗り物が見えるぞ。早うせえ！」そう一方的にまくし立て、他の商人を退かすべく駈け去っていった。

思いがけない貴人の社参に居合師は驚き、急いで天幕を下ろした。鎌と大刀を天幕の布でくるんで門番に預けた。薬箱、高足駄、踏継台、木枕と道具が多く、一度には運べなかった。境に巡らした竹も地面から抜き、鮒三に手伝ってもらって運び出した。

鮒三の胸は騒いでいた。蟹目前が眼前を通るのだ！　二度とない機会だった。道に飛び出して直訴すべきではないか。咎めに遭えば命はないが……。鮒三は樹陰にひそんで唇を噛んだが、迷っている時間はなかった。

管領家扇谷定正の妻蟹目前は、太田道灌入道が近頃造営した湯島神社へ詣でようと昨日から準備していた。文明十五年一月二十日巳の刻、五十子城を発った。数多の士卒、侍女、医師を引き連れ、さらには萌黄の薙刀袋、朱の玉垣、緋の油箪、色鮮やかな挟箱、茶弁当を家来に持たせた、折り目正しい武家行列だった。社頭に駕籠が到着すると、社僧数名が出迎えた。

そのとき、蟹目前の膝の上にいた子猿が騒ぎだし、駕籠から出ようとした。「尿でも催したか。外へ出してやれ」と仰せられ、お付きの老武士が簾を上げて子猿を受け取った。

老武士が若者に手渡そうとして首紐を放した瞬間、子猿がするりと逃げて社頭にそびえる銀杏の老木を登っていった。銀杏は百歳を越え、梢は雲をしのがんばかりの高さだった。十人で抱えてもなお足りない幹は滑らかで、足をかける場所もなかった。

蟹目前は狼狽して「下ろす手立てはあるか」と尋ねた。従者が顔をしかめる間に、のんきに梢を歩いていた猿のだらりと垂れた首紐がその首に絡んだ。猿は驚き慌てて紐を引っ張ったが、そのせいで首が絞まり苦しみだした。蟹目前が悲鳴のような声を上げた。

「なんとかせえ。助けた者にはなんでも褒美を与える。そこらの人々にも尋ねて回れ」

だが、鳥にしか届きようのない高さだった。社僧たちも見上げるばかりだった。

居合師は、店棚の跡からこの騒ぎを見ていた。立派な武士たちが右往左往していた。

知恵も技も持たない人々の慌てる様子が哀れで、思わず笑ってしまった。

それを老武士に見られた。「我らが面白いか。なぜ笑ったか理由を申せ！」

社頭の注目を集めたが、居合師は騒がなかった。「皆様を笑うたのではございません。あの猿が猿知恵さえ持たず、騒げば騒ぐほど苦しみを増すのがおかしかったからです。お命じくだされば、某が哀れな猿を助けましょう」

老臣は怒りも吹き飛び、「ならば捕らえてこい。褒美は請うままなんでも与える」

しかし居合師は立ち上がらず梢を見上げ、「二丈余りまで枝がありません。踏み外せば、この世とはお別れです。命に見合う願いをひとつ聞いてもらえますよう、約定を願いたいのですが」

⑥ 密議

「おん猿を捕らえてきたなら、なんでも願いを聞き届ける。我はお供の頭人、河鯉権佐守如という者だ。武士に虚言はない。くだらぬ疑いの前にさっさと用意をせえ！」

「では先に約束を果たし、その後で愁訴いたします。くれぐれもお忘れなきよう」

「この守如が刀に懸けて請け合うているのだ。ええい、まだ立たんか！」

はるか上空の梢で猿が呻いた。紐が首に絡みつき、猶予はなさそうだ。居合師は立ち上がり、襟を整えて守如に言う。「木登りつかまつります。ご無礼をお許しくだされ」

「梯子は？」

「支度に手間は取れません。どうぞ、僕の拙い技をご覧あれ」

居合師は老樹の下に立つと、袂から鉤縄を出した。それを引き延ばし、わがねて、上空の枝へ放り投げた。鉤が見事大枝に絡みつき、周囲からはどよめきが湧いた。枝に吊るされたのは縄梯子だった。彼はその横縄に足をかけ、縄を手繰るようにして登りだした。あれよあれよと地上はるかな枝にたどり着き、その枝に絡んでいた首紐をほぐした。

あっさりと猿を抱き寄せて、薬を一粒その口に押し込んだ。猿が逃げようとするが慌てずに抱き寄せ、懐に押し込んだ。それから縄梯子を伝ってするすると地上に降り、縄を繰って鉤を外した。落ちてくる縄梯子を手品のように巻き取って袂に収めると、いま起こった一切がかき消されたようだった。

居合師は守如の前にひざまずき、「おん猿はここに。いささか気力が衰えていましたので薬を飲ませました。いまは元気です。どうぞ」と、懐から出した猿を手渡した。

「見事な働きであった。おん猿が息絶えたなら、我らも罰を免れなかっただろう。汝に救われた命は多い。上も満足に思し召される。姓名、住所を申せ。後日褒美を遣わす」

「後日ではなく、約束通りこの場で愁訴させていただきたい。僕は物四郎と申します。屋号は放下屋、門前町の借家に住んでおります」

「しばし待て。上に申し上げてくる」守如は猿を抱いて駕籠へ向かった。

蟹目前は、駕籠に差し入れられた猿を膝に置いた。子猿の背を熱心に撫でながら守如の言葉を聞き、物四郎の要求に満悦のままうべなった。

守如は引き返し、「ありがたくも、お乗り物をお止めになられる。願いを申せ」

物四郎は面を上げ、「無実の人を救うていただきたいのです」と、鮒三から聞いた次団太の濡れ衣、木天蓼丸、鳴呼善と土丈二の悪事などを細大漏らさず告げた。

「上は長尾殿とご縁が深く、箙殿とお親しうございます。昨年より管領家と長尾殿のおん和睦の風聞もございます。上は賢夫人の誉れ高く、義理を重んじ、慈悲深いとお聞きしました。白井、片貝に仰せになられて次団太をお救いくだされば、こよなき大恩でございます」

「容易ではない願いではあるが、ご帰城後にお伝えする。後日のご沙汰に及ばれよう」

物四郎は大げさに嘆いた。「薄情を仰せられる。後日願いが叶おうと、今日次団太は命を落とすかもしれません。紐で首を絞められたおん猿と異なりましょうか。猿を捕るには猶予はないが、次団太の窮状は急がぬと仰せなのは、合点がいきませぬ」

「まこと、汝が正しい。かように答えたのは本心を探ろうとしたまでだ。恨むな」

守如は再び駕籠へ赴き、ひざまずいて言上し、やがて戻った。物四郎を近寄らせ、

「上も感ずること浅からず、本来なら道端の訴えを聞くところではないが、こう仰せだ。――他家のことなら定正殿のおん下知を待つべきだが、景春は兄であり、箙刀自は母だ。我が密使を遣わして無実の人を救え、と。お慈悲により、上の書状を携えた使いが出される」

「無実の人をお救いくださるおん功徳、僕が猿を救うたにははるかに増してありがたい」

「お前は次団太の親族か」

「訴訟人は他にございます」物四郎が招くと、樹陰から鮒三が進み出た。「この者は次団太の子分、鮒三と申します。上のお慈悲を求めながらも、知り合いもなく難儀しておりました。これは鮒三の願いでして、我が利益はございません。お察しくだされ」

「物四郎は義士であるか。社務所で詳しく聞こう。上のご参拝が終わる頃に伺候せよ」


行列の最後尾まで見送った後、鮒三は物四郎に礼を言った。

「思わぬご恩をいただいた。兄弟親類からさえ、これほど篤い親切を受けたことがない。次団太が戻れば、ともに再訪して礼を述べたい。どこにお住まいか教えてくだされ」

物四郎は手を振り、「あんたとは初対面だが、次団太小父の俠気は聞いていた。実を言えば、犬田、犬川は我が莫逆の友なのだ。犬田を殺そうとした賊婦から始まった禍なら、犬田に代わって力を尽くすのは当然のことだ。謝礼は要らぬと小父に伝えられよ」

鮒三は感極まり、手拭いで顔をぬぐった。「ここで二犬士の友達と会えたのもご利益であったか。あなたの身の上を聞かせてはくださらぬか」

「詮索無用。犬田と縁があるというだけで十分であろう。さあ、上のご沙汰を待とう」

社務所に赴いた二人は、しばらく待たされた。陽が傾く頃、ようやく守如が現れた。

「小千谷の郷民次団太の助命嘆願の件、妻有復六次通に仰せつけられ、おん書状が片貝へ送られる。鮒三は使者とともに越後へ帰り、片貝殿の沙汰を待て。ご書状の内容はこうだ。――管領家ご旧領の民次団太を禁獄せられたと湯島の神が夢で宣われ、その無実を訴えられた。罪なき次団太をすぐに赦免すべし。さすれば神と人の望みに適い、その家いよいよ繁盛しよう。過ちを犯すなかれ。以上だ。なお、白井へは定正公のおん下知を賜り、別に使いが遣わされる。くれぐれも上のお慈悲をなおざりに思わぬことだ。物四郎には別に話がある。元の場所で待て。余所に行ってはならんぞ」

言われた通り、物四郎が出店跡に戻って休んでいると、矢が岩に刺さった。兵四、五人が声を上げ、十手をかざして襲ってきた。物四郎は押し返し、足を払う。二、三人をとんぼ返りさせ、左右から組みついてくるのをかわして蹴倒し、殴り倒し、投げ飛ばした。相手はしつこく組もうとするが、さすがにへたばってきた。物四郎は一度も十手に打たれなかった。

「もうやめよ、捕手ども。我に罪の覚えはない。だれの命令だ。頭人は前に出よ！」

石灯籠の陰から武士が出てきた。「見事な手並みである。しかと見届けた」と近づいてくるのは、河鯉守如だった。「まあ待て、怒りを鎮めて聞いてくれ。そもそも縄梯子など携えていれば盗人ではないかと怪しまぬわけにもいかぬが、手柄を褒美に換えず、人のために用いて顧みない者は潔白の義士に違いあるまい。であれば手並みを試しとうて手勢に襲わせた。これほどとは思わなんだ。世を忍ぶ由緒ある武士か。隠さず素性を告げてくれまいか。頼みたい密事がある。蟹目御前のご内命だ」

　守如の声は重々しく、冗談を言うようではなかった。物四郎も表情を改め、「分に過ぎた褒め言葉です。士は己を知る者のために死すというが、某には某の大望がある。子の道を尽くさず他人の大事に与すれば不孝となる。ご用向きは存ぜぬが、従いがたい」

「親に仕えて後、主君に移せ。主君に仕えて後、朋友に移せ。孝は百行の基、行いはここから始まる。親のためと拒まれたなら言うべき言葉もないが、汝の知略と武勇なら過ちはないと思うて頼んでいる。引き受けてくれれば、我らも汝に力を貸そう。親の仇などがあって宿志を果たせずにいるのなら、探索の手助けも惜しみはせん」

　物四郎はやや考えた。「そうまで言うならお話しなされ。なし得ることなら従いますが、成しがたければ是非もない。引き受けずとも、とやかく言うのは勘弁願いたい」

「ここでは話せぬ」守如が言うと、倒れていた兵たちが集まってきた。「わしは物四郎と話がある。お前たちは人払いをしていろ。十分に周囲を警戒せよ」

　そうして、守如は林にある戸隠の祠へ案内した。地主の神だった。扉を開けて社壇に登り、物四郎を招き入れた。向かい合わせに腰を据え、守如は声をひそめた。

「やや長話になるが、初めから語らせてくれ」

小田原の北条勢が、関八州に跋扈しだした。すでに管領家は鎌倉から退いていたが、戦が終わったわけではない。扇谷定正と山内顕定の両管領家が対立を深め、長尾景春が越後と上野で反乱を起こした。その上、扇谷家の懸念はそれだけではなかった。

数年前から、定正が龍山免太夫縁連なる佞人を重用するようになった。

守如はその男の素性を調査した。元千葉家の家臣で、当時は籠山逸東太と呼ばれていた。千葉自胤の寵臣粟飯原首胤度を殺して逃亡し、長尾景春に仕えた。ちょうど景春が管領家に叛いて白井城を攻め取った頃のことだった。まもなく景春の使者として下野赤岩の郷士、赤岩一角を訪ねた後、再び逐電。扇谷家に投降する際には、白井城の内情を密告すると申し出た。

扇谷家の家宰太田道灌、資友父子や河鯉守如は、縁連の仕官に反対した。しかし、定正の一存で留め置かれた。縁連は評議に召し出されては場当たりな甘言を並べ、定正の寵愛を深めた。やがて家老次席にまで出世すると、蟹目前さえ夫を諌めたが、定正は一切聞く耳を持たなかった。

いまや縁連のことを口にする者はいなかった。以前、「龍山免太夫という名は、籠山逸東太から部首を抜いたものだ。石浜、白井をはばかって本名を隠している日陰者が、当家の腹心であるのは如何なものか」と志ある家臣たちがつぶやいたのを縁連が聞きつけ、罪を被せられたからだった。忠臣ほど他郷へ走る羽目となり、家中には彼に媚びる者のほうが多くなった。

昨秋、長尾景春から申し入れのあった降伏をめぐって議論となった。忠臣は歓迎したが、縁連は喜ばなかった。景春と和睦すれば、彼の悪事が露見するためだ。己の立場が悪くなると打算した縁連は、定正に景春の悪口を吹き込んで迷わせた。定正は疑念をぬぐえなくなり、いまなお和睦に調印せずにいる。縁連はさらにそそのかした。

「景春の帰参は野心あってのことです。何年も経たずに叛くでしょう。北条と和睦して景春を討てば、上野、越後を取り返せます。当家の勢いは十倍となり、山内も降伏してくるでしょう」

私利私欲によって、縁連は家中を混乱に導いていた。みずからの過去を隠蔽するためだけに愚策を勧め、それを定正が了承していた。家老たちには告げ知らせずに、北条との和睦を縁連に任せた。だから、縁連が相模へ向かう予定さえ、直前までだれも知らなかった。頼みとなる家宰の太田道灌は、現在、相模国粕屋で療養中だった。療養という建前で、体よく追い払われたのだ。蟹目前の諫言にも聞く耳を持たず、定正はいっそう頑固になった。今日、蟹目前は憂苦を払おうと湯島天神を詣でた。思いがけず物四郎の技倆を見て謀計を思い立った。その謀のために所望も叶えてやった。腕試しを命じたのも蟹目前だった。

明朝、龍山縁連は相模へ出発する。大塚の大石家は長尾景春の縁者だが、北条方にも通じていた。大石家臣仁田山晋五も同行する。副使は、竈門三宝平の弟竈門鍋介既済、越杉駄一郎の長男越杉駱三一岑、鰐崎悪四郎猛虎が務める。兵百人の大行列になる。

「物四郎殿には」守如は畏まって言った。「明朝、縁連を暗殺してもらいたい。さすれば北条との同盟も中止となる。縁連側の鰐崎悪四郎猛虎は怪力無双で三十人分の膂力がある。数度の軍功がありながら、志歪んで縁連の腹心となった。他の副使も実力者だ。だが、縁連さえ討てば勢いは失われる。正使ゆえ先頭にいるだろう。縁連を討ち果たせば千金の褒美を授ける。急な頼みになったが、これは明日の費用として使われよ」懐から出した十金と、種子島の小筒を贈った。

物四郎は興奮を鎮めきれず、「仰せの段、承った。その縁連なのだ。奴こそが我が親の仇だ。所在を知ったばかりか、討ち果たす便宜をも得た。武運ここに極まった思いがする。もはや隠しますまい。某は、千葉家の重臣粟飯原首胤度の忘れ形見、犬阪毛野胤智と申す。生まれたときから仇が二人いた。馬加常武は一族郎党皆殺しにしたが、縁連は居場所が知れなかった。大夫の計略は主君のためだが、某は親の仇討として行う。だから、一金なりと受け取れませぬ。鉄炮まで拒めば血気の勇と嘲笑われましょうから、こちらは頂戴いたそう。馬を撃つのに用いましょう。目指す首は縁連のみ、他に恨みはありませんが、やむを得ず皆殺しにしてもお許しいただけますな」

「粟飯原殿の子息とは思わず、この密議を持ちかけたのも不思議な縁だ。我が孤忠と孝子の復讐、一挙両得となる念願ならば必ず成就しよう。竈門、鰐崎、越杉、仁田山のいずれも国を売り、私利に走った者どもだ。殺しても惜しみはせん。根を切れるならなおよいことだ。だが、深入りはなさるな。全勝を求めて危うくなってはいかん。この金はひとまず預かるが、いずれ夫人から褒美がある。言うべきことはこれですべてだ。宿へ帰って明日の用意をされよ」

七つ下がりの境内で二人は別れた。守如は兵を集めて五十子へ帰った。祠付近に人気がなくなると、樹の間から武士が現れ出た。先刻人相見を依頼したあの若い武士が、編笠の下でひとつうなずき、湯島の坂を飛ぶように下って行方をくらました。

7 閻魔の裁判、地蔵の慈悲

昨夏、越後で犬川荘助に酒顚二を殺され、船虫は媼内とともに武蔵へ逃げた。芝浜近くの山裾にあばら家を買い、媼内とは夫婦になった。うかうかと半年ほど送るうち、貯えも尽きた。

船虫は、辻君として浜辺に立っていた。女を買いにくる客と浜で交わり、唇を合わせ、客の舌を噛み切って殺した。懐から金を奪って死骸は海に捨てた。媼内は、客引きの牛太郎として近くに待機した。船虫ひとりで殺せなければすぐに加勢した。悪事は露見しなかった。

塩焼小屋があるだけの浜で、人家はなかった。昼は漁師でにぎわい、魚買いの商人も行き来した。品川、目黒、渋谷とは鎌倉街道でつながり、麻布、五十子、赤坂にも近かった。だが、日が暮れれば波音以外聞こえない。夜の浜に出没する安女郎の噂を聞きつけた若者たちが密かに訪れた。何人を手にかけたか、船虫はもう数えていなかった。

文明十五年（一四八三）一月二十日、夜。いつものように浜辺で客を待った。近くに九尺四方の茅葺の仏堂がふたつ並び、左の堂には地蔵菩薩、右の堂には閻魔の木像があった。

「地蔵と閻魔は一仏二体。罪多い者は死んで地獄へ堕ち、閻魔の庁で責め苦を受ける。浮かぶ瀬もない罪人とて懺悔して慈善の心に改めるなら、地蔵菩薩に救われて天堂に登ることができる。小悪も積もれば大悪となって逃げられぬ。小善も積もれば大善となって報いがある。地獄も天堂も、閻魔も地蔵も心がけ次第である。救いを余所に求めず、己の心に求めなさい」

昔、光明寺の聖聡上人が漁民にそう諭した。漁民たちは善行を求めて、月ごとに銭を集めた。長い年月の末に建立したのが、この浜にある閻魔と地蔵の二仏堂だった。

船虫と媼内は仏罰を恐れず堂の陰で邪婬にふけり、人を殺して銭を奪った。

節目の二十日正月だった。漁師や農家だけでなく、商家の小者も遊びに繰り出す休日で、普段は寂しい浜辺も客足が伸びた。草の寝床で事を終え、へそくり銭を弾んで去っていく。そんなわずかなにぎわいが絶えた頃、提灯を提げた百姓二人が通りかかった。

「殿方、寄っていきなされ」と、船虫は呼びかける。

「評判の姐御か」物陰へ入り込んだ彼らは、提灯を掲げて船虫の顔を確かめた。酒臭い息を吐きながら、ひとりが笑い含みに言った。「よい女子じゃぞ、錫右衛門。噂には聞いていたが、見るのは初めてだ。どうして器量よしがはしたない世渡りをするのか」

錫右衛門も酔った勢いのまま、「帳八小父よ、こりゃ掘り出し物だ。安うてよいのう」

船虫が会話に割って入り、「要らぬ口を利いて店先をふさぎなさるな。海女も塩焼く世知辛さでは、はした銭でないと客がつきません。見るだけじゃのうて、味を知りたくはありませんか。さあ順番に誘いなされ。店は開けたばかりですからねえ」

そう言って袖を引くと、引かれた帳八ばかりか錫右衛門までが目を剝き、二人して慌てて振り払った。

「許せ、許せ。からかうて悪かった！」帳八が声を上げ、己の袖を引き寄せた弾みに提灯の火が消えた。冷やかし客は灯しもせず逃げ帰る。「我が子が大事じゃ。子の母が家で待っている」化け物から逃げるように、南無阿弥陀仏と拝みつつ夜道を駈け去った。

船虫は表情もなく見送り、「無駄口を叩いた罰だ。闇路を帰るのは怖かろうに。次の客が来るまで焚き火して待つか」とつぶやき、木の枝を燃え残りに焼べた。近頃、船虫は独り言が増えた。

撫でた頬は荒れていた。潮風を避けて身を温めるうち寺の鐘が鳴った。二更（午後十時）だった。今夜はいつもより客を取ったが、身を売っても稼げやしない。値を上げれば相手にもされず、罵声を浴びせられ逃げられる。昔はみなから美人と褒められ、男たちは気後れしたものだった。もう違う。だから、殺すしかないじゃないか。

夫はどこへ行ったのだと船虫は恨めしく思った。妻に寄り付かんのは他に女ができたからか。焚き火の前にうずくまり、苦しい胸を抱くようにして両手で自分の肩を抱いた。だんだん火も尽き、煙も風に流された。二十日の月が二つの御堂の間から覗いていた。

高輪の方角から旅人がひとり、走りすぎようとした。船虫は行く手をさえぎり、「しばし、寄りなされ」と呼びながら、肩に掛けた旅包みをつかんだ。

旅人はぎょっとして振り向き、「だれだ。夜中に女子がなにをしている。宿引きか」

「浪人の夫と侘び住まいしていましたが、夫は一年余り寝込んだ末、世を去りました。姑は寝たきりで目も見えず、薬代が要ります。情を売るのも親のためと憐れんでください」

旅人は船虫の顔をじっと見て、頬を緩めた。見るからに下卑た笑みだった。「義母のための孝行か。買わねば情け知らずとなりそうだ。寝床はどこだ？」

「塩焼小屋の陰に筵を敷いています。こちらへ」

船虫は男の手を取り、物陰へ連れていった。しばらくすると、旅人が大声を上げた。

「いま舌を噛んだな！　危うく噛み切られるところだった。見ろ、血が出ているぞ。痛うてたまらん。近頃、この浜で人が殺されていると聞き、身をやつして訪れたのだ。噂に違いはなかったな。安女郎が舌を吸い寄せて噛み殺そうとするとは。俺は五十子の役人だ。善悪平という者だ。観念せえ、賊婦め。だます相手を間違うたな。これで、たんまり褒美をたまわれよう。腕を後ろに回せ、売女！」

　善悪平は罵りながら船虫を押し伏せ、隠していた捕縄で搦めようとした。船虫は声を振り絞り、「お考え違いでございます。犬歯が舌に当たったのです。噂などは、地元の女に嫉まれ着せられた濡れ衣でございます」

　船虫は男を跳ね返した。つかみかかられるのをなお突きとばした。男の腕を掻いくぐって女とは思えぬ力で殴りつけ、夜の浜を走った。なんでこんなことになるのか。嗚咽がこみ上げた。善悪平の罵声が追ってくる。それから、鉄炮の音がした。

　声が消えたと思うと、善悪平は砂浜に倒れていた。船虫は胆をつぶして立ち尽くした。小鉄炮を引っ提げて歩み寄るのは媼内だった。場違いにも赤毛の牛を連れていた。

　月明かりで夫に気付き、船虫はホッとした。両膝に手を置き大きく息を吐いた。

「媼内殿。危ういところだったのだぞ」船虫は気の昂ぶりを抑えられず、善悪平との経緯をまくし立てた。「五十子の役人だそうだ。旅人に化けていた。片付けられてよかったが、明日からはここらに立ち寄れぬ。どうして私をひとりにした。薄情ではないか」

船虫の愚痴を媼内は微笑みながら聞き、「そう叱るな。遅くなったのには訳がある。今月は客が少のうて思うように酒も呑めんかった。雉でも撃って肴にするかと、昼から鉄炮を持って広尾辺りを漁ったが、獲物もなかった。腹立たしさから酒屋に寄って、手持ちの銭で呑めるだけ呑んだら、もう五つ（午後八時）だった。酒屋を出て帰っていると、百姓家で罵り合う声がした。裏から覗くと夫婦喧嘩だ。泣き叫ぶ女の声が外まで響いた。百姓どもが集まってなだめていたが、酔うた夫婦は止める者まで巻き込んでいた。騒ぎに乗じてなにか盗めば雉の代わりになろうと思うたとき、牛小屋に赤牛を見つけた。よう肥えて逞しい。売れば小判十枚にもなる逸物だ。盗んで逃げたが、騒がしい連中は俺の足音にも気づかん。宵闇の道に人もなく、牛を走らせて帰ってきたのだ。そこへそなたの窮地だ。追っ手の用心にと火縄を付けていたのが幸いした。覚えているか、去年の夏、童子格子にもろうた鉄炮だ。やっと役に立ったな。この役人も善人じゃあるまいが、確かにここにはいられんな。とにかく明日千住へ行って牛を売ってくる。……まず死骸を海に流すか。牛を隠しておくところはあるか」

船虫も少し楽しくなり、口元が緩んだ。「よい牛だねえ。どこへ隠そうかねえ」

磯の近くに藁屋があった。塩焼きの休憩所だが、夜は無人だった。媼内が鎖をねじ切ると、船虫も手伝って牛を押し込んだ。そのとき、六尺棒を手に近づく者があった。

「牛主が追ってきた。あれをやり過ごしてから死骸を流そう。そなたはそこらにいて構わん。俺のことを悟られるな」媼内は口早に言って閻魔堂の裏に隠れた。

四十歳ほどで、赤黒い顔をした百姓だった。背が高くて帆柱のようだ。体格は力士めいて堂々とし、その上、凄まじい怒りを発散しながら左右を睨みつけていた。

「噂に聞く辻君だな。いましがた赤牛を連れた者が通っただろう。どこへ行った？」

船虫は頭を振り、「かような人は見ていません。道が違うのでしょう。他を探してみなされ」

百姓は棒を杖にしてもたれ、ため息をついた。「俺は麻布で知らぬ者のない鬼四郎という者だ。世間じゃ赤鬼四郎と呼びやがる。長年飼うた赤毛の牛がある。村人は我が名にちなんで、赤鬼四郎と呼ぶ。人鬼と言えば俺で、牛鬼と言えば俺の牛と知らぬ者はないのだ。そこらの牛の二、三頭分は働く頼もしい奴だ。今日は夫婦で酒呑んですごしたが、食い違いから喧嘩になってな。その隙に牛を盗まれた。道すがら人に問えば、松明もなく牛を曳く男が芝浜へ行くのを見たという。お前が見なかったとは信じられん」

船虫は笑い飛ばし、「大きな牛が曳かれてくれば見落とさんでしょう。芝というても広いもの。浜もここだけじゃありません。長い浦を探しもせずに必ずここだと言われても、夢でも見たかとしか言えません。私は牛の見張りに雇われてはいませんからね」

鬼四郎は舌を鳴らし、「そう言われてはなにも言えん。余所も探してみよう。要らぬ時をすごした」と去ろうとしたときだった。主人の声に気づいたのか、牛鬼が高々と鳴いた。鬼四郎が目を向けた。船虫は気を揉み、動悸が鎮まらなかった。牛鬼はなおも二度、三度と鳴き声を上げている。もう疑いようはないと鬼四郎は勇み、「欺いたな、女郎め。お前も盗人の仲間か。後で覚えていろ」と息巻き、藁屋の戸口へ駆けだした。

船虫は巨体の百姓を押しとどめ、「おかしな真似をしなさんな。あれは漁師が飼うている牛で、夜はあの小屋につないでいるのです。芝は牛が多い。鳴くのはご自分の牛だけと思われたか」

「この期に及んで偽りを述べるか。だれが賊婦を信じるか。邪魔をするな！」

鬼四郎は船虫を殴り倒して藁屋に駆け寄った。板戸をこじ開けようとしたところで、背を鉄炮で撃たれた。鬼四郎は勢いよく板戸にぶつかり、崩れ落ちた。

媼内が閻魔堂のほうから歩いてきて船虫を起こし、彼女の尻についた砂を払ってやった。「今宵は折が悪い。役人といい百姓といい、鉄炮がなければどうなっていたか。稼ぎはここまでだ。死骸を海に流し、俺は牛を千住へ連れてゆく。そなたは家にいろ」

「雉も鳴かずば撃たれまいに。死骸を捨てよう」

そう囁き合っていると、遠くに小提灯が見えた。浦沿いに近づいてくるようだ。月光を頼りに目を凝らすと、腰に両刀があった。目深に頭巾をかぶったその武士は、旅包みを背負っていた。船虫は媼内の袂を引き、「上客がきた。声をかけるから死骸を隠せ」

媼内は落ちていた破れ苫を拾い、鬼四郎と善悪平の亡骸に二、三枚かぶせた。そして鉄炮を引っ提げ、再び閻魔堂の軒下に隠れた。

「のう、しばし寄って行きなされ」

浜辺を急いでいた武士は、袖を引かれて振り返った。物問いたげな男の雰囲気を察し、船虫は媚びてみせた。「恥ずかしながら、親のために情を売ります遊び女でございます」

武士は向き直って小提灯を掲げると、やにわに声を荒らげた。

「……お前、船虫か。おい、俺は小文吾だぞ。分からんのか！」

左手で頭巾を取り、堂々たる風貌をさらけ出した。その顔を見て船虫は、まざまざと恐怖がよみがえってきた。顔をゆがめて逃げようとする。小文吾は提灯を投げ捨て、船虫の後ろ襟をつかんで引き寄せた。小脇で締め付けられ、身動きがとれなかった。

小文吾は怒りを隠さず、「酒顛二らが討たれたと知るや同類と逃げたらしいな。溷六、穴八が白状したぞ。今度は逃がさん。観念せえ」

刀の緒をほどいて船虫の両手を縛ろうとすると、閻魔堂の軒下にいた媼内が石段に尻を乗せ、小文吾を狙い撃つべく鉄炮に二つ玉を込めだした。弾込めが済んだそのときだった。

閻魔堂の扉が開いた。

格子戸を内から蹴り開けて、朱鞘を差した編笠の武士が出てきた。火蓋を切らんとする媼内を背後からつかむと、まず鉄炮を奪って投げ捨てた。いきなりのことに媼内は驚き、鷲に捕まった猿のように弱々しくもがくうち、持ち上げられて投げられた。十間（約十八メートル）余り先にある地蔵堂の扉に衝突し、その軒下へ落ちた。地蔵堂の格子戸が外れた。その奥に、別の武士がいた。閻魔堂から出てきた武士と同じく、笠を深くかぶった忍び歩きのいでたちだった。その武士が走り寄り、媼内を蹴りとばした。そのまま背を踏みつけて動きを封じ、「久しぶりだな、悪僕媼内。俺は犬塚信乃だ。目を見開いてよう確かめよ」と、笠を脱ぎ捨てた。

閻魔堂のほうの武士も、笠の紐を解きながら降りてきた。やや間遠にいる小文吾に向かい、「危うかったぞ、犬田。我々がいてよかったな」と、声をかけた。

小文吾は船虫を捕縛し終えたところだった。「犬山道節か。よいところで加勢してくれた。犬塚もいっしょとは嬉しい誤算だが、なぜこんなところで通夜籠りしていた」

信乃は捕縛した媼内を連行し、小文吾に近づいた。

そこへ荘助、現八、大角が到着した。小文吾は、船虫と媼内を生け捕った顛末を語り聞かせた。信乃と道節の助けを得たと告げると、みな驚きながらも再会を喜んだ。

荘助が言う。「俺たちは、丶大法師を追ってきた。そして今日、石原に着いたときだった。四谷へ行っても仕方ない、矢口から高輪へ出て芝浜へ赴くのがよい、と神妙に語らう声を我ら四人全員が耳にしたのだが、振り向くとだれもいないのだ。辻占だと結論し、遠回りになるが託宣のあった道を選び、矢口まできて日が暮れた。それでもなお進んで、この浦まできたわけだ。犬田はずっと先走ってきたが、賊婦を生け捕ったばかりか、信乃、道節に助けられたとは驚いた。してみると、石原での声はやはり前兆だったか」

「そういうことだろうな」小文吾は笑った。「犬塚と犬山はなにをしていた？」

道節が声をひそめ、「俺たちは人を待っている。密事ゆえ後で告げよう。まずはこの賊だ。俺はこの目で奴らが人を殺すのを見た」

「全員この女に欺かれた覚えがあるようだ」信乃はそう言い、「俺たちより詳しいのだろうが、この船虫は兇賊媼内とこの地へ逃れ、夫婦で悪事を重ねてきたようだ」と、船虫と媼内が行ってきた殺人と、今夜、立て続けに起きた二件の犯行を聞かせた。

小文吾が縄を引いて船虫を立たせた。「三度も強盗の妻となり、二度も俺を殺そうとした。とんでもない悪女だ」

現八が拳をさすり、「赤岩では妖怪の後妻となって犬村夫婦を虐げ、そして大角の妻を殺した」

荘助は目をみはり、「欺かれて送り届けた隠れ家では俺も殺されかけた」

それぞれが禍を語ったが、大角だけは無言でいた。船虫は目敏く気づき懇願を始めた。

「犬村殿、犯した罪は償いきれぬが、母子の縁をお忘れでなければ、我が命乞いをしてくだされ」

途端に大角は怒りを込めて船虫を睨みつけた。「妖怪に誑かされねば、だれがお前を継母とみなしたか。やはり、あのとき許すべきではなかった。縁連が犬阪殿の仇とも知らず、お前が阿佐谷で犬田殿を殺そうとしたことも知らなかった。お前も媼内も同じこの世の人なのに、どうしてそうまで心が毒に塗れるのか。もはや理解しがたい。もはや憐れむことすらできん。これ以上恥を重ねるな」

信乃が大角を制し、「大角殿、議論は不要だ。媼内のほうは四谷の原で、主人泡雪奈四郎を襲い、路銀を盗んで逃亡した。船虫と二人押し並べ、八つ裂きに裂いて悪を懲らすまでだ」

道節が言う。「犬塚の言うことはもっともだが、畜生にも劣る輩を殺しては刃が穢れるだけだろう。牛刀で鶏を割くようなものだ。ところで牛と言えば、媼内が盗んだ牛がいる。媼内はその牛主の仇でもある。ならば、牛の角に突かせて誅戮しよう」

小文吾、現八、荘助は賛同した。さっそく船虫と媼内の衣の背を小刀で破り、信乃と小文吾が筆を取ってその背に罪状を書き記した。そうして、閻魔堂の前にそびえ立つ二株の杉に縛りつけた。

道節と大角が、藁屋に匿われていた赤牛を曳いてきた。

船虫はこの期に及んでも、自分の犯した罪が許されがたいとは思わなかった。小文吾を、大角たちを恨んで、狂ったように罵った。どれだけもがいても縄はほどけなかった。牛が正面にいた。死刑そのものに直面したとき、船虫は震えながら媼内を見た。媼内は先ほど道節に投げられた際、胸の骨を砕いていた。そのせいで声が出なかった。顔は土気色で息をするのさえやっとだった。

道節は仲間を振り返り、「兄弟よ。船虫、媼内は尋常の罪人ではない。古今にまれなる悪人だ。身は生きながらにして地獄に堕ちるのがふさわしい。よって、閻魔王殿の前にて牛の角につんざかれるのだ。向かいに地蔵菩薩がいようとも、救うに値せぬ大罪人である。いま、裁断いたす」

信乃が牛に近づいた。「鬼四郎が誇った稀代の逸物。村人は牛鬼と呼ぶそうだ。冥府の獄卒たる牛頭馬頭に擬せたのは、偶然の一致だろう。牛にも心があれば、主人の仇たる賊婦、賊夫だ。思うさまつんざくがいい」

小文吾、現八が平手で牛の尻を打った。牛鬼は猛々しく媼内、船虫を睨んだ。そして、一切の容赦なくその長く尖った角で、二人の脇の下から肩先まで貫いた。まさに地獄の呵責だった。声も出せず苦しみ続ける船虫と媼内の眼が血走っていた。顔が赤くなり、蒼くなった。一度では終わらなかった。牛鬼は何度も何度も二人の身体を貫いた。罪人が息絶えたとき、六犬士はあまりの凄惨さに言葉を失っていた。

8 鈴ヶ森の仇討

「そろそろ早船が着くはずだ。牛をつないでこの場を離れよう」

道節が言い終わらぬうちに呼子が鳴った。道節と信乃は水際へ走った。

早船の舳先に落鮎余之七有種が立っていた。「万事、用意は整いました。先にこの早船を走らせましたが、まもなく穂北から五、六艘の大平駄が到着するでしょう」

「かたじけない」道節が答えた。「犬塚と黄昏から待っていたが、図らずも犬田、犬川、犬飼、犬村の四犬士と出くわした。有種にも引き合わせたい」

荘助、現八、小文吾、大角は牛をつなぐと、そろって水際へ駈けてきた。みな、信乃の案内で船に乗り込む。そうして早船は浜辺を離れ、高輪方面へ出航した。海上は密談にもってこいだった。

「この船こそ、我らが仏堂に籠っていた理由だ」ようやく道節が密事を打ち明けた。

「やや長話になるが、黙って聞いてくれ。今日、俺は湯島天神で犬阪毛野と邂逅した」

声を上げる小文吾を、荘助が制して先をうながした。

「思うていた人物とはちと印象が違うた。彼は月代を剃り上げ、物四郎と名を偽って客を集めていた。人がまばらになってから接触すると、これが想像以上の奇才だった。弁舌は、俺の及ぶところではない。我が大望も見抜かれた。その後も密かに動静をうかがい続けたところ、思わぬ密議を聞くことになった」

百堀鮒三の愁訴、蟹目前の社参、逃げた猿を捕らえて次団太救難を訴えたことを語り、そして道節は、河鯉守如が毛野に持ちかけた龍山縁連暗殺について告げた。

小文吾は低く呻いた。「仇の顔も所在も分からぬと言うていたが、管領家にいたのか」

「毛野のおかげで次団太の窮地が救われたのも得がたい幸運だ」と荘助が言い、それから小文吾と二人、彼らが遭遇した犬阪毛野のことをみなに聞かせた。

夜の海を月光が照らしていた。再び、道節は身を乗り出した。

「管領家扇谷定正は我が仇だ。穂北に滞在する間に、五十子城に定正ありとの風聞を得た。俺は定正討伐について犬塚と落鮎に相談し、犬塚には反対されたが志は失えず、密かに偵察を続行した。そして今日、湯島天神で密議を盗み聞いたことで状況は変わった。明朝、犬阪は復讐に赴く。彼の縁連襲撃が成功したならば、五十子勢は多勢でもって犬阪を討ちに掛かるだろう。その虚を突いて五十子城を奇襲すれば、定正の首を獲るのも難しくない。そう計画を練りながら穂北へ急ぐ途中の上野の原で、俺は犬塚と落鮎に出くわした。その場ですべてを打ち明けた。落鮎は豊島残党九十名を集めるため一旦穂北へ戻った。俺と犬塚は芝浜の仏堂近くで待機し、落鮎の到着を待った。やがて海風が冷たくなったから、俺は閻魔堂に、犬塚は地蔵堂に籠ったのだ」

信乃が犬士たちに言った。「道節が言うた通り、俺は仇討に反対した。旧君への忠であれ、無謀な戦で討死すれば里見殿への不義となる。しかし道節は聞かず、事態はかように進展した。こうなったからには、命を惜しまず加担するまでだ。ただ、犬阪に助太刀できないことが懸念だった。聞けば、縁連には三、四人の剛の者と百余人の兵がつくという。ひとりで斬り尽くせる数ではない。毛野を救う算段が立たずにいたところに四君子がやってきた。人数はこれで補えるだろう」

小文吾が自慢げに、「犬塚よ、それは無用な心配というものだ。犬阪は敵の城内で馬加常武一家を皆殺しにしたのだ。縁連が多勢であろうと、必ず討ち果たすだろう」

「それは違うぞ、犬田」荘助が険しく制し、「石浜では屋内の夜討ちであった。仇も酔いつぶれていた。明日の縁連は手練れを連れ、百余人の兵もある。しかも野戦だ。縁連こそ討ち取れても、全勝は難しかろう。だが、毛野にとって避け得ぬ仇討であることは確かだ。ここは犬田と俺で生還の道を切り開こう」

「犬飼と犬村も加勢なされ」と、道節。「敵将は竈門鍋介既済、越杉駱三一峯、鰐崎悪四郎猛虎、それに大石家の仁田山晋五だ。縁連を含めた五人すべて腕が立つ。特に鰐崎猛虎は三十人力と謳われているらしい。用心すべしと河鯉守如も話していた。犬田、犬川、犬飼、犬村で精鋭三十人とともに潜伏し、犬阪の動きに乗じて魚鱗の備で突入し、戦場を分断せよ。先に鰐崎猛虎らを討ち取れば、犬阪が縁連の首を獲るだろう」

荘助は渋い顔つきで、「軍略としては正しいが、助太刀が多いと毛野の手柄にならん。犬飼、犬村は兵を従えて潜伏し、まずは見守っていてほしい。俺と犬田のみで先に加勢しよう。その程度なら毛野も恨むまいし、いざというとき伏兵があれば危うくない」

「面識ある二人が加勢するのが望ましかろう」信乃が真っ先に賛同した。「特に犬田は付き合いが長いようだ。五十子攻めのほうは、縁連襲撃の結果次第というわけだな」

「五十子城近くに身をひそめ、明朝、縁連一行が出発したなら犬川、犬田に知らせてくれ」

道節が有種や豊島残党と相談していた。高輪で偵察の二人が下船して五十子へ向かった。出航すると、船は再び芝浜へ舵を切った。弁当を食いながら現八が言った。

「新住職の訪問日が食い違うて、ゝ大法師は先に石和を立ち去られた。我らは急いで後を追ってきたが、法師はまだ穂北においでだろうか」

信乃は道節と顔を合わせ、「いや、丶大法師は穂北を訪ねてはいないが？」

現八たち四犬士も互いを見やった。荘助が口を開いた。「ならば、法師はいち早く結城へ向かわれたのだろう。そもそもの目的地は結城だ」

荘助は、丶大法師が結城古戦場に庵を結び、百日間の大念仏を修行する計画を立てていることを、信乃と道節に伝えた。結城では、里見季基、大塚三戍、井直秀たち討死した士卒の菩提を弔う大法会が執り行われる予定だった。

信乃と道節、有種さえも心を打たれた。結城遺臣の祥月命日は四月十五日だった。法会に出席するには、その日までに犬士たちも結城へ赴かなければならなかった。

有種幕下の穂北兵九十余人が、五、六艘の大平駄に乗って下ってきた。道節が合図を送り、高輪浦に碇泊させた。そこで改めて隊を編成した。犬士たちは船に積まれた武具防具を好きに選び、身を固めた。すべての用意が整う頃には丑三つになっていた。

道節は有種に念を押した。「くれぐれも船に留まり、我らが戻るのを待ってくれ」

「約束でしたが、ここまできてひとり傍観できましょうか。某も加えてくだされ」

「承知のように扇谷は大敵だ。退却時に船がなければ命取りになる。進んで討つのも、留まって船を守るのも、手柄は同じだ。それが分からぬそなたではあるまい」

道節に諫められ、結局、有種は従った。道節と信乃、荘助と小文吾、現八と大角の三隊に兵を分け、静かに上陸した。一旦高輪の森に集い、夜明けを待った。改めて五、六人を偵察に出し、縁連だけでなく五十子城の動静も順次知らせるように言いつけた。

一月二十一日未明、龍山免太夫縁連は、相模北条家への密使として五十子城を発った。萌葱威の腹巻に磨き付けの籠手とすね当てをつけ、黒羽二重の小袖の上に綿入れを二枚重ね着していた。黄羅紗の陣羽織に緞子の野袴姿、黄金拵えの両刀を腰に横たえた。月毛の馬は太くたくましかった。左右に四人の若党を従え、兵や小者は三十余人、槍、柳箱、長柄の傘、鎧櫃、杖、雨衣などを抱えた家来が随従した。竈門既済、越杉一岑、鰐崎猛虎、仁田山晋五も似たいでたちで馬に乗り、その従者もまた数多ついた。総勢百名余りの行列だった。

朝日が登る頃には品川をすぎ、鈴ヶ森の波打ち際を通過していた。

そのときだった。森から犬阪毛野が現れた。袖広の僧服の下に鎖帷子を着込み、重ね革のすね当て、僧服と同じ白布の鉢巻きを締め、後ろ髪を振り乱した。二尺八寸の白大刀に匕首を差し添え、小鉄炮を引っ提げて行列の前に立ちふさがった。

「止まれ、龍山免太夫！　元の名、籠山逸東太縁連よ。去る寛正六年冬十一月、杉門村の手前で殺した粟飯原首胤度の忘れ形見、犬阪毛野胤智だ。恨みの筒先を受けよ！」

火蓋を切って撃ち放つと、月毛馬の胸骨が砕けた。屏風が倒れるように馬が倒れ、縁連は跳ねとばされた。毛野は鉄炮を捨てて大刀を抜いた。真っ向から飛ぶように駈け寄ると、四人の若党が互い違いに声を荒らげながら討たせじと防戦を始めた。刃の反射が目を射ても毛野はものともせず、すでに人ならぬ境地に入ったかのように刀を振るった。首が二つ落ちた。残りも深手を負って転び、そのまま息絶えた。縁連がようやく身を起こし、辺りを見渡す。槍持はもう逃げていた。放り出された手槍を拾った縁連は、足場を測りながら田のほうへ一町ほど退いた。毛野は見逃さず、「縁連！　逃がすか！」と叫び、まっしぐらに後を追いかけた。

縁連は毛野を侮らなかった。真っ向からの対峙を避けた。味方は乏しくない。そろそろ後続の鰐崎と竈門が二隊を率いて到着する頃だった。さらに後方には越杉、仁田山の隊も控えている。戦況はすぐにひっくり返るだろう。もとより一騎打ちに応じる要はなく、縁連は恥も外聞もなく逃げた。

しかし、想像以上に毛野は速かった。縁連は畦道の榛の木を盾に取ると、怒りもあらわに声を荒らげた。「これはなんたる狼藉か！　確かに若かりし頃、石浜殿の下知に逆らえず粟飯原首を討ちはした。その子夢之助が母親もろとも死刑に処されたことも後に聞いた。だが、胤度には他に男児はいなかった。お前は狂人か。敵の間者か。いまになって蟷螂の斧で車に歯向かう愚か者め！」

　毛野は冷静だった。「俺が胤度の子でなければ、なにゆえ多勢を恐れずお前と雌雄を決しようとするのか。縁連、近寄って聞け。我が母は妾だった。懐胎して二年待ち、相模国足柄の犬阪村で俺を生んだ。犬阪毛野胤智が我が名だ。俺には生まれる前から仇がいた。馬加大記常武は四年前の五月十五日、石浜の対牛楼で殺した。残るはお前だけだ。要らぬ疑いは捨て、刃を受けよ」

　毛野が大刀を構えると、縁連はとっさに槍を突き立てて間合いを保った。死に物狂いの縁連の槍は勢い鋭く、雷光が地上を走るようだった。毛野はその穂先を受け流し、打ち払う。毛野の白刃が朝日にきらめき、止まることなく弧を描いた。太刀筋の残像が、湖水を流れる月形の波のうねりに見えた。

　刀と槍。命を散らすように打ち合う金属音が辺りに満ちた。徐々に縁連の腕が上がらなくなり、穂先が乱れてきた。すでに縁連は四、五ヶ所斬られていた。もはや互角には渡り合えないと悟り、縁連は後続が追いつくのを待つべく防戦一方に切り替えた。

　当然ながら、縁連の従者が副使たちにこの襲撃を告げていた。竈門既済、鰐崎猛虎はさっきの銃声に思い当たり、「曲者を討つぞ！」と命を下して馬に鞭打った。

馬を急がせた鰐崎猛虎、竈門既済は、若党四人と馬の死骸を発見した。だが、そこに縁連はいなかった。追いついた縁連の従者が、「旦那方、狼藉者はあそこに」と、田のほうを指差した。

鰐崎猛虎、竈門既済は手綱を絞って目を凝らし、「縁連を討たすな！」と兵を叱咤した。馬を励まして援軍に向かうが、畦道は狭く進みがたい。と言って田はまだ鋤いてもおらず、踏み込めば薄氷下の泥深くに埋もれてしまうだろう。

猛虎は竈門に言った。「遠回りにはなるが、左右から回り込めば広い道に出られる。竈門殿は越杉、仁田山と示し合わせ、左右の道から多勢を率いて寄せられよ。我らは中の道を通り、一足先に縁連の窮地を救う。急がれよ」

猛虎は馬を下りた。そして放馬し、槍持から奪うように自分の槍を受け取って脇に挟むや、幅三尺の狭い畦道を走りだした。若党や兵が遅れじと列をなして後に続いた。

さらに後方——後詰の越杉、仁田山にまで異変は伝わっていた。彼らは最後方から馬を飛ばして駈けつけ、やがて竈門と出くわした。竈門既済は馬を寄せて猛虎が示した算段を伝えた。越杉、仁田山に異議はなく、兵たちにも伝えてその場で隊を二つに分けた。西から竈門、東から越杉と仁田山が、それぞれ二、三十人の兵を率いて進軍する。多勢の雄叫びはやまず、畷にこだまし続けた。犬阪毛野はしょせん単身だ。踏みつぶせ踏みつぶせと声を荒らげ、意気揚々と進軍した。

　西と東の畦道には藁塚が並んでいた。突然、その陰から槍が突き出した。西では竈門既済の、東では越杉一岑の馬が、藁塚から出現した槍に腹を貫かれ、いななきもせず倒れた。騎馬武者たちは跳ね落とされ、畦道に這いつくばっても、なにが起きたか分からずにいた。顔を上げたとき、藁塚を押し倒して勇士が現れた。

　萌葱威の腹巻に細鎖の籠手、筋金打ったるすね当てをつけ、腰に両刀を横たえる。手には大身の槍を提げていた。そうした二人の武者が、東西の畦道それぞれで立ちふさがった。

「縁連の助太刀に行く道はないぞ。我が名は犬田小文吾悌順だ。義兄弟犬阪毛野の邪魔はさせん。お前は竈門鍋介であろう。さっさと起きて我が槍を受けよ」

　東の道をふさいだ勇士も槍を構えていた。「越杉なのか這松なのか。地を這う相手を殺す気はない。後ろの武士も馬を進めよ。犬阪毛野の義兄弟、犬川荘助義任が相手だ。この道を進みとうても、弥勒の世まで踏み入れる場所はないぞ。勝負を決しようか」

　竈門も越杉も立ち上がった。仁田山晋五は馬上で叫んだ。「敵はひとりだ、躊躇するな、掛かれ！」兵に発破をかけ、左右の畦道から同時に雄叫びが上がった。五十子方は多勢だった。圧倒的に有利なはずだった。だが、二犬士の槍さばきを目の当たりにした途端、先陣を切ろうとする者はいなくなった。隊列は乱れ、矢を射る暇もなかった。槍を跳ね飛ばされて胸を刺された。刀を打ち落とされて水田へ転げた。またたく間に十人以上の死骸が重なった。雄叫びは悲鳴と呻きに変わっていた。兵たちは、木の葉が散るように海辺へ向かって逃げだした。

西側の将竈門既済は小文吾と向き合い、突破せんと刀を抜いたが、水田へ突き倒され、それきり命を落とした。雪崩を打って敗走する手勢を、小文吾は槍を振り回して追いかけた。背中傷のある死骸が増えていった。

東側の将越杉一岑は、落馬の折に肘を負傷していた。仁田山晋五とともに打ちかかりはしたが、荘助の尋常でない速さの槍さばきにより、気づけば胸を突かれていた。深手を負って動きが止まり、逃げる味方に押し倒された挙げ句、仁田山の馬に踏まれて胸骨を砕かれ、越杉は死んだ。

仁田山晋五は兵を死地へ追いやるだけで、みずから戦おうとはしなかった。その兵が散り散りになると度を失った。懸命に手で馬を叩いていると、荘助がまっすぐ近づいてきた。

「我が偽首を晒させた仁田山晋五だな。力二、尺八の恨みだ。逃げずに戦え!」

それでも仁田山は馬を追い、一心不乱に逃げ続けた。荘助が飛ぶような速さで追ってくる。仁田山は鬼から逃れようとするかのように、必死になって馬に鞭を打った。

縁連の敗色濃い現場へ、中の畦道を通って鰐崎悪四郎猛虎が猛然と駈けてきた。

「龍山殿、持ちこたえられよ！　五十子の万夫不当、鰐崎猛虎が援軍に参ったぞ。身の程知らぬ曲者め、虎の餌になる犬め。屠るに手間の要るものか！」

そう放言しながら迫る猛虎へは見向きもせず、毛野は縁連の槍の柄を斬り落とした。縁連は慌てて腰刀に手をかけるが、毛野は返す刀でその左肩を斬り裂いた。ついに縁連は倒れた。

「朋輩の仇だ。逃がさんぞ！」と怒鳴り、鰐崎猛虎が槍で突いた。

勢いの乗ったその穂先を、毛野は難なく受け流す。乱れのない毛野の太刀筋と、怒りの籠もった猛虎の穂先。一進一退のせめぎ合いとなった。打ち合いながら毛野は足場を移した。

十合余り打ち合わせ、不意に毛野は身をひるがえして相手の穂先をかわした。猛虎は力余って空突きし、穂先が榛の切り株に突き刺さった。抜こうとする隙を逃さず、毛野は一挙に間合いを詰める。猛虎は槍を手放し、身を沈ませるや毛野の足を払った。毛野はのめって刀を落とす。得たり、と猛虎が毛野の胸ぐらをつかみ、頭上高く持ち上げた。

鰐崎猛虎は、戦場で遅れをとらぬ三十人力だ。刀を持たない犬阪毛野など、肉に飢えた熊鷹が子猿を獲るようなものだった。固い地盤めがけて勢いよく投げ下ろした。

その寸前、毛野はひらりと身をひねり、相手の両手から逃れるや宙で猛虎を蹴りとばした。虚を突かれた猛虎は、右脇骨を砕かれた。急所だった。猛虎はそのまま仰向けに倒れた。

毛野は猛虎にのしかかり、左手で髪を引っつかんで首を斬りかけた。そこへ鰐崎隊八、九人が駈けつけた。主の危難を見て怒鳴りながら襲ってくる。が、道は狭い。毛野にはひとりひとり相手するのと変わらなかった。左手で猛虎を押さえ、右手で小石を投げた。狙い通りに眉間を砕き、先頭の兵が死ぬ。後続は恐れをなした。毛野は次々小石を打った。ふたり目の咽喉を破ると、兵たちは逃げ去り、影も残らなかった。毛野は腰の短刀を抜くと、もがく猛虎の髪をもう一度つかみ、大きく見開いたその目を覗き込みながら首を斬った。

刃をぬぐって腰に差した。首級を提げて身を起こしたとき、縁連が我に返った。縁連は腰刀を抜いて立ち上がり、声もかけず横ざまに薙いだ。毛野は猛虎の首でその刃を受け、再度刃を振り上げる縁連めがけてその首を投げた。生首が、縁連の目を打った。よろめく相手へ詰め寄り、毛野は抜き打ちに匕首を振りきった。縁連の首が飛んだ。その身はとんぼ返って地に落ちた。

　また血をぬぐい、毛野は刀を鞘に納めた。猛虎と組んだ際に落とした刀も拾い、腰に納めた。快い疲労感に包まれながら、辺りを見回した。榛の切り株から若枝が出ていた。

　懐から亡父の法号を記した小巻物を取り出し、開いて若枝に掛けた。田に張る氷を砕いて、仇縁連の首級を洗った。それを切り株に乗せ、親に手向けるべく念じた。

「去る寛正六年冬十一月、馬加常武の悪巧みにより、籠山縁連に討たれた先代よ。不滅の霊があるならば、この贄を受けたまえ。天運ようやく循環し、ここに恨みを晴らしました。義母、兄姉みな、ともに成仏なさいませ。南無阿弥陀仏、南無阿弥陀仏」

　生みの母の法号も念じ、復讐の完遂を報告した。生まれてからずっとそれひとつに生きてきた毛野は、ついに念願を成就した。哀歓こもごも込み上げて涙が止まらなかった。

9 定正出陣

足音がした。振り返ると、荘助と小文吾がいた。毛野は小巻物を巻き直して微笑んだ。

「思いがけないところで会うたな。犬田、犬川、怪我はないか。どうして今日の仇討を知ったのだろう。東西二筋から来る縁連の援けをあなた方が討ってくれねば、俺は三方の敵に挟まれただろう。おかげで、縁連の首級も獲た。いま亡父に手向けたところだ。助太刀に感謝する。改めて、再会できて喜ばしい。これ以上の幸福はない」

荘助も笑みを浮かべ、「仁田山を逃がしたのが心残りだが、毛野の安否を知りとうて引き返してきた。途中で行き会うた兵数人は俺と犬田で仕留めておいた」

小文吾が続け、「今朝はあらかじめ、犬阪のために敵の援軍を排除せんと手配していた。我らだけではない、犬飼、犬村が兵三十とどこかに伏している。その万一の備えも要らなかったようだが。もともと犬山と犬塚が立案し、犬山道節の智計で、……ここは見晴らしがよすぎるな。長話に向かんようだ。森へ退いてつまびらかに語ろう」

朝日も昇りきり、辰の刻（午前八時）になろうかという頃おいだった。日陰に入ると、荘助と小文吾は代わる代わる、今日の計画について毛野に語った。

仁田山晋五は、馬脚が強かったおかげで逃げきった。「五十子へ注進せねばならぬ」と、さらに馬を走らせた。従者がひとり喘ぎ喘ぎついてくる。谷山のほとりへ来たとき、樹の間から飛んできた矢に左肩を射られ、仁田山は馬から落ちた。逃げようとした従者は足を射られた。樹蔭から四、五人が駈け出て主従にひしひしと縄を掛け、馬の足には鉤縄を掛けた。人馬を生け捕った犬山道節は、兵を連れて樹蔭へ戻った。

数名が五十子城へ落ち延びて異変を知らせた。だれもが驚愕して耳を傾けた。

「鈴ヶ森近くに犬阪毛野という曲者が待ち伏せておりました。龍山免太夫を昔の名で呼び、父の仇と呼ばわって鉄炮で馬を撃ち――」兵は息が整わないまま注進に及んだ。聞くほどにみな胆をつぶした。その凄惨な内容は、ただちに主君に伝えられた。

扇谷修理大夫定正は騒ぎたてず、「不慮の事態だが味方は多勢だ。鰐崎猛虎は得物をとって敵なし、三十人分の膂力がある。既済、一岑も戦慣れした剛の者だ。大石家の仁田山晋五もいる。百余人の士卒がわずか三人に不覚はとらぬ。ほどなく新たな注進が入るであろう」軽い口調でそう言った。

忠臣たちは腹の中で思った。……犬阪とやらにとって親の仇なら、神明仏陀の助けがあるかもしれん。仇討は方便で敵の間者の仕業だとしても、いま縁連が死んでくれれば北条との和議は白紙に戻る。物怪の幸いではないか。あわれ縁連、討たれてしまえ！

一方、縁連と親しい者ほど狼狽が著しかった。「曲者が三人のみと言い切れましょうか。すぐに援軍を送らねば後悔なさいましょう。お館様、下知をなされませ」

やがて、何人かが痛手を負って城へ戻った。「縁連、猛虎は犬阪毛野に討たれ、竈門既済、越杉一岑も一味に討たれました。仁田山晋五は逃げたようですが――」

思わぬ敗北の報を受け、定正は顔を真っ赤に染めて声を荒らげた。「安からぬ事態だぞ！　龍山免太夫がだれの仇であれ、我が使いとして赴く途上であったのだ。副使までも討った賊をおめおめ他郷へ走らせては武門の恥だ。隣国に知られれば管領家が笑われよう。数時の苦戦に疲れ果て、未だ遠くへ去ってはいまい。わしがみずから追うて誅戮してくれる。馬を曳け。ぐずぐずするな！」

怒気のこもった主命に、異議を呈す者はなかった。慌ただしく新手の軍兵が集められ、総勢三百人が略式武具に身を包み、得物をとって広庭に整列した。

扇谷定正は、赤地錦の鎧直垂に、紫糸の札も見事な鎧を着込み、龍頭の兜の緒を締め、藤巻と名付けられた家宝の太刀に虎皮の尻鞘を掛けて腰に横たえた。差し添えには九寸五分の匕首を、そして三尺五寸の小薙刀を脇に挟み、縁側近くへ曳いてきた馬にひらりと乗った。いざ出陣、と勇ましく声を上げようとした。

そこへ、河鯉権佐守如の老体が広庭へ飛び出した。

縁連横死の報は奥にも届き、蟹目前が確かめるべく守如を表御殿へ遣わしたのだ。守如は大広間へ向かう途中で定正みずから出陣間際だと聞いた。戦装束の主を見て驚き、慌てて広庭へ駈け下りた。老臣は馬の轡をとって押しとどめ、言葉忙しく諫言した。

「物狂いになられたか、我が君。お怒りを鎮めて聞こし召されよ。龍山縁連は国を売り、私利をむさぼる佞人でした。口の巧さに惑わされ縁連の意に任せられましたが、北条家とのおん和議は間違いであったと言わねばなりません。されど諫める者は遠ざけられ、縁連に媚びる者のみが取り立てられました。いまこそ主をお諫めせねば、臣の忠義に違えます。縁連は千葉の家臣籠山逸東太と呼ばれた頃、同家中の粟飯原首を殺して逃亡しました。件の犬阪毛野は、粟飯原首の息子です。親の恨みを晴らすべく縁連を探しているとの風聞を耳にしました。君が縁連を信用なさるあまり、彼の旧悪を暴き立てることができませんでした。家臣一同、戦々恐々としていたのです。縁連は犬阪毛野に討たれ、猛虎、既済、一嵜も命を落としました。和議整わず北条の下風に立たずに済んだことこそ、当家の幸いでした。であれば、奸臣を排除した犬阪毛野に使者を遣わされ、その孝義を褒め、城へ迎えて高禄をもって留めなされば、君の器量に感服して忠義を尽くすでしょう。縁連、猛虎らを失うて損はなく、かえって利益となりましょう」

定正は怒りに震えて罵声を浴びせた。「ふざけるな、守如！　縁連は我が正使として小田原へ向かう途上、城から遠からぬ鈴ヶ森で襲撃を受け、副使、兵もろとも討ち果たされたのだぞ。賊を搦め捕らずば、当家の威風衰えたりと侮られよう。汝は縁連を嫉んでいたのだな。違うならば、なぜ最初から北条との和議を諌めなかった。縁連の死を聞いて旧悪を暴き立て、敵の武勇をたたえて主を蔑む。無礼千万だ、そこを退け！」

定正は鞭で二度三度守如を打ち据えた。守如の額が破れ、顔面を鮮血が浸した。それでも守如は握った轡を放さず、なおも声を上げ続けた。

「情けのうございます。某とて縁連の奸佞を憂えてきました。されど、君は縁連のみを信用なさり、どんな諫言も妬み嫉みと受け取られた。縁連が討たれて幸いと、忠臣ならば喜びましょう。なのに、君の惑いは未だ醒めず、御身の大切ささえお忘れになって危険に臨まれようとなさる。ご出陣はお止めいたす。犬阪は侮りがたい強敵です。役目ではありませんが、某が名代として赴き犬阪らを連れて参ります。某にお命じください」

守如は涙を流して言葉を尽くすが、定正の怒りを助長しただけだった。

「何様のつもりだ。繰り言など聞く暇はない、この臆病者め。定正が三軍を率いては勝てぬと侮るか。ならば、手並みを見せてやろう。帰城後、覚悟しておれ！」

定正は馬上から守如の胸を蹴りとばし、「者ども、続け！」と、西の城門から走り去った。士卒は脱兎の勢いで駈け、旗指物がひらめく行列を土煙が霞のように覆った。

定正率いる三百余人の士卒は、敵はわずか三人だと侮って緊張感を欠き、手柄を逸って隊伍が乱れた。鈴ヶ森へ近づくにつれ、樹々が密集していた。その樹蔭で鬨の声が轟いた。

――伏兵だった。

兵三、四十人を、二人の将が率いていた。黒革縅の腹巻に細鎖の籠手、十王頭の脛当て、長い両刀を腰に横たえている。二人とも同じ武具に身を包み、九尺柄の両鎌槍を握った面構えは凛々しかった。威風堂々と声を上げた。

「扇谷定正殿か。これは、汝のために滅亡した練馬平右衛門尉旧臣、犬山道節忠与の仇討だ。第一陣として義兄弟の犬飼現八信道、犬村大角礼儀がお相手つかまつる。進んで勝負を決せよ！」

そう告げると穂先で招き、嘲笑い、大路も狭しと立ちふさがった。

「狼藉者は三人ではないぞ。裏で糸を引いていたのは、豊島、練馬の残党であったか。

だが、しょせん多寡の知れた烏合の小敵だ。数にもならん。討ち果たせ！」

定正は采配を振って味方を鼓舞した。先手の地上織平、末広仁本太率いる百余人が魚鱗に構え、遮二無二襲いかかった。現八、大角も自陣に向かって、「中を割られるな！」と声をかけ、自分たちは槍を構えて最前線を引き受けた。

犬士の兵は一人が三人と対峙した。三十人の隊は陣形を割らず、ふさいだ道を開かない。現八は地上織平と槍を交え、大角は末広仁本太と雌雄を決した。数合打ち合ったとき、定正勢の後方で再び伏兵が起こった。逞しい芦毛の馬上から天地に響く声がした。

「管領家上杉定正！　我こそが、練馬家老犬山道策の嫡男犬山道節忠与だ。先の白井では、太田資友に裏をかかれて計略は敗れた。いまが多年の鬱屈を晴らす時だ。刃を受けよ！」

紺糸の鎧に鍬形打ったる兜の緒を締め、四尺三寸の大刀を腰に横たえる。中黒の征矢二十四本を背に負い、弓の真ん中を握り持つ。その道節勢が扇谷の後背へ攻めかけた。定正は狼狽し、「一方を破って退け！」と下知を発すが、扇谷勢は慌てふためき血迷って、我先に退こうとして陣形を崩した。たちまち乱戦に陥った。

後方から道節、前方から現八と大角が押し寄せた。左は渺々たる海が広がり、右は樹木がくまなくそびえる林だった。挟み撃ちに遭った兵たちは得物を振るう隙もなく、次々に討たれていった。

地上織平は現八としばし槍を合わせたが、浅手を負うと士気が挫けて逃げようとした。が、逃げる隙間さえがない。後方からも敵襲を受けたと知ったとき、織平は胆をつぶし、緊張の糸がプツリと切れて無防備になった。その瞬間、現八の槍に咽喉を貫かれた。

大角と槍を交える末広仁本太も、命惜しさに逃げようともがきだした。地上織平が討たれるのを横目に見て戦を投げ出したとき、大角に突き殺され、雑兵に首を獲られた。

これは負け戦だ――。定正は悟り、逃れられないと狼狽した。死を覚悟した味方の奮戦あって辛くも一方が開けた。定正は八、九人の近習に左右を守られながら、品川を指して退却を始めた。道節は兵に先立って、ひとり馬を飛ばして追走した。

「敵に背を見せるか、定正！　恨みの征矢を受けよ！」

道節が満月のように弓を引き固め、矢声鋭く射かけた。笛吹きながら飛ぶ征矢が、定正の兜の鉢を射砕いた。緒が切れ、兜が地上にからりと落ちる。定正は生きた心地がしなかった。鞍に身を伏せ、頭を抱え、どこへ向かうとも見定めず、ひたすら馬を追い続けた。近臣四人が踵を返し、追っ手の前に立ちふさがった。

道節は左脇に弓を挟み、右手で刀を抜いた。迫りくる相手を斬り倒し、馬の勢いは緩めない。定正の近習ひとりを蹄で蹴って踏みにじった。縦横無尽の騎馬武者を前に、普段は猛々しい近習たちも度を失った。その首を斬り、深手を負わせた。ほとんどが倒れ伏し、道節の馬は血だまりに馬蹄を浸したが、そのときには定正の後ろ姿が見えなかった。

　近習の命と引き換えに、定正は虎口を逃れて品川の原へ落ち延びた。

　落鮎有種は高輪浦に碇泊した船上にいた。扇谷定正が品川、鈴ヶ森方面へ大軍を走らせるのを見たばかりだったのに、いまや敵勢は散り散りに五十子へ退却してゆく。

　……戦はこなたの勝利となったようだが、俺は安穏と船を守っていただけだ。このまま終われば己を武士と呼べようか。亡君に我が志を示せなくてもよいのか。

　同じく船上で無聊をかこっていた雑兵や、戦を好む船人らに意中を明かし、有種は彼らを連れて浜へ上陸した。七、八人で樹蔭にひそみ、逃げてくる敵を待ち構えた。すると、まさかとは思ったが、扇谷定正がわずかな近習を連れて品川から走ってきた。

「定正か！」有種たちは道に槍衾をこしらえた。「鎧の威毛、立派な馬から間違いあるまい。先君、豊島勘解由左衛門尉の恨みを雪がん。覚悟せよ！」

　定正主従は新手に驚愕し、勝負を避けて逃げの一手をとった。有種は兵を進め、息をも継がず斬りかかった。二、三人討ち取ったが定正には逃げられた。追いつけなかった。

高輪まで逃げたとき、定正の従者は二階堂高四郎と三浦三佐吉郎の二人だけになっていた。彼らも血まみれだった。惨憺たる結末に定正は慟哭した。

「守如の諫めに耳を傾けるべきだったのだ。百度後悔しても足りぬ。一刻も早く五十子へ帰り、防衛策を講じねばならん」

さらに八、九町走り続けると、五十子城から黒煙が上って、空を焦がしていた。

「……あれはなんだ！」

定正が馬を止めると、現八、大角が、十余人の獰猛な兵とともに襲ってきた。近道があったらしく、定正主従三人はたちまち囲い込まれた。

二階堂高四郎、三浦三佐吉が、定正の馬前に進み出た。主君に逃げるよう声を嗄らして叫び、相手の猛攻をしのぐべく槍を振るった。

定正は敵兵を斬り払いつつ、道を逸れて丘へと向かった。このまま林へ逃げ込んで腹を切るつもりだった。だが、それさえ許されないのか、その丘から軍勢が駈け下りてきた。三十余人の新手を認めると、定正はもはや観念し、その場に馬を止めて目を閉じた。

それは奇妙な隊だった。兵四人が駕籠を舁いていた。定正は再び目を凝らした。そして、小旗にある「河鯉権佐守如」の六文字を見た。

「……援軍か。助かった」定正はぼろぼろと涙をこぼし、馬を返してその隊へ飛び込んでいった。あらん限りの大声で、「定正はここだ！　守如、我を救え！」

三浦、二階堂を討ち取った現八と大角が丘へ急ぐと、定正は援軍の半数に警固されて芝浦方面へ退却していた。戦場に居残った十四、五人は、小川を挟んだ場所に駕籠を下ろして整列していた。川幅はさほどでもないが、攻めてくる気配はなかった。

現八、大角は小川の手前で立ち止まった。判断に迷った。敵は河鯉守如らしい。なぜ駕籠などで戦場へ出てきたのか。老将の詭計を懸念し、血気盛んな自兵を制した。

定正の兜を兵に持たせた道節が着いた。定正を追っていた落鮎有種も、ほとんど同時に到着した。

毛野、荘助、小文吾も鬨の声を聞きつけ、道節らと合流すべく鈴ヶ森を引き払ってきた。小川を挟んで戦局が膠着した間に、散らばっていた味方の兵たちが続々と集まった。

10 不忠物語

「あれしきの兵に臆することがあるか！　蹴散らして定正を追うぞ！」

馬上で叫ぶ道節をなだめるべく現八は手綱をつかんだ。「逸るな犬山。討つも洩らすも天命だろう。川向こうにいるのは、かねて名を聞く河鯉守如のようだ。駕籠に乗って前線に出るなど自殺行為だ。どんな計略があるか知りがたい。不用意には近づけん」

道節は苛立ち、「なにを恐れることがある。時が惜しい。手綱を離せ！」

荘助や小文吾も割って入り、喚き散らす道節を諫めた。そこへ毛野が身を寄せ、「犬山殿、某は犬阪毛野胤智だ。昨日、湯島の社頭で対面したが、名乗り合わずに別れたな。その後の河鯉殿との密談をあなたに聞かれたらしい。おかげで諸犬の助けを得られ、父の仇を討てたことには感謝の述べようもない。あなたもまた、君父の仇たる扇谷定正を追い詰められた。見事な手際であった。しかし、我が仇討はもちろん、この定正討伐の好機さえ河鯉殿の孤忠あってのことであろう。あなたの謀計を某は知らなかったが、いま定正を討てば某が河鯉殿を欺いたことになる。河鯉殿は扇谷の忠臣だ。彼を不忠の人にできようか。はばかりながら、犬山殿に忠言する。今日の戦は毛野のものである。便乗して定正を追うてはならぬ。いわんや、河鯉殿をや。これが義の赴くところだ。あなたをぞんざいに扱うつもりはないが、すでに定正は逃げたのだ。追っても間に合いはすまい。腹いせに河鯉殿を討つというなら、某が相手だ。彼の孤忠を無駄にせぬのが武士の情け。むろん向こうから撃ってくれば話は別だろう。そのときには、改めて雌雄を決すればいい。いま退いても臆したとは言われぬ。逸るのはやめられよ」

道節は川向こうを睨んだきり黙り込んだ。

現八と大角が毛野と向き合い、「某は犬飼現八、こちらは犬村大角だ。犬山、犬塚の密議に従い、そなたのために敵の加勢を防ごうと窺うていたが、出る幕がなかった」

毛野はうやうやしく頭を垂れ、「犬飼殿、犬村殿。我が仇討の成功は、あなた方みなのおかげです。得がたき幸いです」

有種も毛野に名乗りを上げ、犬士たちと交友できた喜びを言葉少なに述べた。

いま、敵味方を隔てる川は一筋の溝川にすぎず、そこには板橋もかかっていた。十数人の敵勢は、その橋を壊しもしなかった。こちらの会話は聞こえているに違いない。

不気味に沈黙を続ける敵陣から、若武者がひとり進み出てきた。小桜威の鎧を着、薙刀を脇に挟んだ武士が、川べりで立ち止まって声を張り上げた。

「物申す。犬阪毛野胤智はおいでか。犬山道節もいるならば言いたいことがある。某は河鯉権佐守如のひとり子、河鯉佐太郎孝嗣という者だ。前へ参られよ！」

同じ内容が二度三度繰り返された。道節は馬から下り、毛野と二人で川岸に並んだ。

河鯉孝嗣は毛野と道節を川越しに睨み、「親に代わって問答に及ぶのは栄誉を求めるからではない。父権佐は急な胸痛に襲われ、歩行、弁舌に不便が生じた。よって駕籠に乗せて参った。蟹目前の内命を承って以来、我が父は、主君を惑わし国を売る大毒虫、縁連一派の排斥にかかりきりであった。昨日、湯島で犬阪殿と会うて胸の内を明かし、縁連らを討つべく要請した。犬阪殿が異議なく了承された顛末は某も父から聞いた。謀略が当たって家中の毒を排除できたのは喜ばしかったが、我らが主君は縁連の迷妄から醒められず、出陣の用意を始められた。父は憂えて利害を語り、しきりに諫め申したが、主君の怒りははなはだしく、騎馬の鐙で折檻を受けた。父はいま駕籠の内に伏している。ご出陣まもなく敗軍の兵が戻って城内は騒ぎとなり、早く援軍を送れと取り乱したが、そのときであった。犬阪、犬山の義兄弟と名乗る犬塚信乃戍孝という兇賊により、五十子城は焼き討ちに遭った。魔風吹きすさんで類焼した城郭は、すでに灰燼と化している。敵勢はわずかだが、猛火に度を失うて討たれた者は数知れず、裏手から逃げた者の行方も定かでない。某が父から犬阪殿との密議を聞いたのはその折だった」

――義侠の豪傑と思うた犬阪胤智が、我が君をつけ狙う豊島練馬の残党犬山忠与の同類であったとはだれに知れたであろうか。胤智は忠与らに密告してこの謀略を企てたのだ。お家のために縁連を除こうとして、わしは大悪人を呼び込んだ。我が忠心は、取り返しのつかぬ不忠に成り果てた。お前は身ひとつとなろうとも、必ず我が君を救え。それが叶わずんば、胤智と刺し違えて死ね。親の過ちを少しは補えよう。

「某はうべなったが、父を焼き殺すことはできぬ。駕籠に乗せ、忠義の士卒三十余人とここまで走ってきた。幸いにも、主君を救えた。後は親子二人で敵を防ぎ、ここで死ぬ覚悟だったが、汝らは攻めかかってこない。犬阪殿と犬山がいま初めて対面したらしい様子も漏れ聞こえ、それで少しは恨みも解けたが、なおいぶかしさは残る。ならばどうして父の密議を知り、今日の企てを手配したのか。知らねば、多勢を翻弄できまい。もはや問うても無意味だが、親の疑惑を晴らしておきたい。正直に答えよ」

　青ざめた毛野が口を開く前に、道節が語り出した。

「なんのことはない。昨日、湯島の社頭で立ち聞きしたのだ。俺は犬阪の顔さえ知らなかったが、これを宿縁と考え、我が義兄弟に犬阪の仇討のことを知らせ、かねて犬阪と面識のあった二人に縁連暗殺の加担を頼んだ」道節は淡々と事実を並べる。「そして、思いついた。縁連が襲撃されれば五十子から加勢が出よう。その虚を突いて城を抜き、仇定正を屠って君父に手向けよう、と。計画以上となったのは、犬阪が迅速に縁連を殺したために定正みずから出陣してきたことだ。そこで城攻めは犬塚に任せ、我らは定正を挟撃した。戦には勝ったが、定正の命を奪いそこねた。言うまでもなく、この軍略に犬阪は関与していない。彼は彼の仇を討って河鯉氏との約束を果たした。俺は我が恨みを雪いで我が忠と孝を尽くした。欲するところが違う。追えば定正も討ち果たせただろうが、扇谷の大忠臣河鯉権佐守如の小旗を見て、我が兄弟と議論になり時を逸した。いまや河鯉親子を討つ意義もない。主を慕うてさっさと退却せよ」

河鯉孝嗣は道節を睨みつけ、「豊島、練馬を滅ぼしたのは我が君のみではない。山内の管領家も合戦した。なにゆえ、しつこく我が君のみを付け狙う?」

道節は嘲笑い、「豊島、練馬の滅亡は、定正の軍略から出たものだ。太田道灌が大将であった。山内顕定も千葉、宇都宮を将として加勢したが、どちらが主導したかは明らかだ。扇谷が正敵、山内は援軍。若輩者がなにを知るか！」

なお言葉汚く罵ろうとする道節を止め、毛野は孝嗣に言った。「某と犬山が内通していなかったと理解できたなら、これ以上は余談でしかない。守如殿に頼まれねば、顔も知らぬ縁連をこうも容易く討つことはできなかった。いま一度守如殿と対面し、なぜこんなことになったか告げねば遺恨となる。ご病気の身で心苦しいが、対面を願いたい」

孝嗣は唇を噛みしめた。だが、毛野の言い分は受け止めたようで、「駕籠をここへ」と振り返って命じた。兵が駕籠を川端まで運ぶと、孝嗣は毛野へ向き直り、「請われたならば否みがたい。だが、病臥の身の上だ。無礼の段は許されよ」

駕籠の引き戸が開く。毛野はそのなかにいる河鯉守如をまっすぐ見て――絶句した。守如は腹を切って死んでいた。着物が鮮血に染まっていた。思いがけない光景を前にして、道節さえも「どうしたことか」と呻いたきり、なにも言えなくなった。

孝嗣は執拗に手の甲で目元をぬぐい、「犬阪殿よ。父の自殺は己の計略が食い違うた恨みゆえだ。我が父だけではない。お家のため、主君のために佞人の排除に尽くされた蟹目御前も自殺なされた。某も死にたかった。しかし、遺言には逆らえぬ。蟹目御前のおん亡骸は駕籠に乗せ、信用できる士卒に預けた。親の亡骸もまた炎盛る城中に捨てられず、駕籠に乗せて舁かせてきた。犬阪殿に二心がなかったと聞き、恨みは残っても気は晴れた。主君の窮地を救うたのが孝嗣の手柄でなく、死後も敵の士気を挫いた父の忠であったともいま知れた。死せる孔明生ける仲達を走らすには及ばねども、慰められる思いだ。……言うべきことは言うた。聞くべきことも聞いた。刃を交えるのは願うところ。討死すれば遺訓にも適う。君辱められるとき臣死すという。こちらが渡るか。そちらがくるか。言葉争いはもうたくさんだ。さあ、雌雄を決せよ！」

11 五十子落城

「河鯉殿――」

毛野は孝嗣の訴えに真摯に答えたかった。「死して名を残すのと捨て鉢になるのは違う。退却を恥じて討死を望まれるあなたとは、犬山でさえ刃を交えまい。守如殿は君を愛し、乱を恐れ、禍を未然に察して奸佞を除こうとなさった忠臣だ。その計略に偶然が割り込み、主君の命を危うくし、自身を殺す禍となった。賢夫人たる蟹目前も落命なさった。すべては隠匿が祟ったのだ。されど、天知る、地知る、我知る、人知る、蟹目前と守如翁の計略には露ばかりの私欲もなく、苦節と孤忠から生まれたものだと大勢が知っている。お二人の名は死して残った。某も知っている。定正殿は利を好んで飽かず、私欲を満たす佞人を親愛し、賢妻と忠臣の諫めを聞かなかった。四ヶ国を治める大名がわずか百余人に城を逐われ、家来は離散し、掛け替えのない賢妻と忠臣が自刃に伏した。定正殿が己の才覚のなさを省み、太田道灌父子を重用していたなら、お家もこうまで衰えることはなかっただろう。だからこそ、あなたは死ぬべきではない。生きて主君を諫め、その迷いを醒ますことでしか忠孝は果たせない。あなたは分かっているはずだ」

毛野は一語一語に心を込めるように語った。孝嗣が呻いた。そして、呻くばかりで言葉が出てこなかった。彼はやがて顔を上げると、ひとつうなずき、「心得た。心得たり、犬阪殿。敵に欺かれて命を落とすことは珍しくないが、敵に諭されて死なずにいるなど聞いたことがない」と息を漏らすようにして笑い、「未曾有の情けをかけられた。だが、やはり従いがたいのだ。天知る、地知る、我知る、人知る。敵と対陣しながら征矢の一本も放たず、長談義をして立ち別れたと、家中のだれかが知って主君に申せば、某は謀叛を疑われよう。無実の罪に陥り、獄卒の手にかかって死ぬことになれば、この場で討死しなかったことを死んでも後悔することになるだろう」

毛野はなお説得しようとしたが、道節が先に口を挟んだ。「定正の迷いが醒めぬば討死したとてなにが義烈か。俺が多くを殺したのは、定正ひとりを討ちとるためだった。その定正を討ち漏らせば、何千人を殺そうとも渇きは癒えぬ。死にたいならばみずから死ねばよい。我が大刀は仇を討つためのもの、邪魔する者を征すためのものだ。たとえ仇の家臣であっても、孝烈忠義の若者を殺す刃など持ち合わせていない。このことを理解し、犬阪の意見を容れるならお前に渡すものがある」道節は振り返り、「馬を」と差し招いた。雑兵が馬を曳いてくると、「河鯉よ、これは仁田山晋五の馬だ。将を射落とし、我が軍用とした。だが、定正に逃げられ戦が終わったいま、もう使い道がない。お前が乗って主に追いつけば、敵から馬を取り返したとして手柄になるだろう」さらに道節は兵から兜を受け取り、「これは首級代わりの定正の兜だ。お前の忠孝を愛でて贈りたいが、いまは渡しがたい。明日、高輪へ取りに来い。主の恥辱を救うた手柄となろう。ここで死ぬよりは幾らかマシになる」道節は馬を板橋の前へ曳き出し、その尻を打った。馬は驚いて橋に乗り、向こう岸まで走った。

川向こうで轡をつかんだ孝嗣は、その馬の顔を見つめた。そして毛野、道節に言った。

「仁義の敵が相手では、我が胸の剣も鈍って役に立たん。今日はこのまま別れよう」

孝嗣は薙刀を兵に預けて馬に乗った。兵たちが駕籠を担いで先を行く。孝嗣はその場で二度三度輪乗りすると、矢をつがって引き固め、「犬山道節忠与、君夫人の仇、父の恨み、そして我が主君の敗戦の恥は、後日の戦いで必ず雪ぐぞ。これが誓いの征矢だ」と呼びかけ、ひょうと射る。矢は、道節の後ろにそびえる椿樗の節に突き刺さった。

道節が感じ入って叫んだ。「あっぱれ、見事な弓勢だ。狗椿の節を射て、犬山道節を表した当意即妙。歌人の風流に優る。孝嗣よ、しかと心得た。戦場で会おう。行け！」

孝嗣は馬上で会釈し、駕籠を追いかけた。馬の尻に鞭を当てる後ろ姿を、他の犬士たちも見送った。穂北の兵たちも「敵ながら憎からぬ奴だ」と褒めたたえた。

――少し時刻はさかのぼる。

犬阪毛野が鈴ヶ森で仇籠山縁連と遭遇した頃、犬塚信乃は道節とともに五、六十人の兵を従え、谷山の樹陰にひそんでいた。やがて、道節が仁田山晋五主従を生け捕りにした後、五十子城を調べに行かせていた雑兵が戻った。

「縁連が討たれたと、五十子城は大騒動です。定正みずから犬阪殿を搦め捕ろうと用意を急がせています。ほどなくこの辺りを通過するでしょう。用心なさってください」

道節は喜んだ。「定正みずから出陣するなら、挟み撃ちして討ち取れるぞ。鈴ヶ森にひそませた犬飼、犬村隊は無傷のままだ。示し合わせて前後から討とう」

信乃は一計を思いついた。「定正が出陣しても、城内には二、三千の士卒があるだろう。定正が挟み撃ちに遭ったと城内に伝われば、さらに多勢が繰り出される。そうなれば、最初の勝利から一転、全滅の憂き目に遭いかねん。ならば、まず五十子城を攻め取り、敵の根を引き抜くべきではないか。きりもなく枝を払い続けるより易しくなろう」

城攻めの概要まで述べると、道節は顔を輝かせた。迷わず二十人の手勢を信乃につけ、五十子城へ派兵することにした。

信乃はまず、生け捕った仁田山晋五の従者へ穏やかに尋ねた。

「お前は大塚からきた仁田山付きの兵か。それとも五十子の城兵か。命を惜しむなら、我が計略に従うがよい。上手く立ち回れば褒美も授ける。名はなんという？」

ぬかずいていた従者は少し表情をほころばせ、「仁田山殿とともに逃げてはいましたが、お供ではありません。僕は越杉駱三殿の草履取りで、外道二といいます。白金村の百姓で、軍役に徴用されて五十子城にいました。龍山殿が相模へ遣わされるに当たって、供人足として越杉殿に付けられました。お許し願えるならなんでもします。おっしゃってくだされ」

信乃は外道二の捕縄をほどかせた。脚の矢傷もかすり傷で、手ぬぐいを裂いて傷を包むと、杖にすがってついてこられた。

信乃は兵二十人を連れ、脇道を通って高輪へ向かい、樹蔭にひそんで頃合いを待った。まもなく扇谷定正が三百余人を率いて鈴ヶ森へ向かうのを見た。そして、その士卒が入り乱れて退却する際、指物、槍、薙刀から革鎧まで捨てていった。これは好都合だと、信乃は落し物を拾わせた。手勢にその革鎧を着させ、指物を挿させ、敗走兵に扮装させると、用意してきた火薬を彼らに持たせ、外道二とともに五十子城へ走らせた。

その頃すでに帰城した者らが、死者が続出したと注進していた。城内は狼狽し、早々と城門は閉じられ、出入りが許されなかった。門の向こうは援軍を送ると怒鳴るばかりで、けして開けようとしない。外道二がその城門を叩き、声を張り上げた。

「当城の兵、外道二です。お館様のお命が危うござる。おん武具を脱ぎ捨てられ、端武者に紛れてご帰城なさった。早く城門を開いて入れられよ」

門番は櫓に登って見渡した。城兵に外道二を見知った者があった。その外道二の後ろには二十人ほどの士卒があり、指物や武具の色から味方に違いなく、お館様の潜伏を信用づけた。門番は慌てて櫓を下りて城門を開かせた。

こうして、信乃は手勢を連れて進入した。ひざまずいて出迎えた城兵を、抜きざまに斬り倒した。驚く城兵をまた続けざま斬り伏せ、信乃は鋭い声で名乗りを上げた。

「練馬残党犬山道節忠与の義兄弟、犬塚信乃戍孝だ。祖父匠作三戍の主君、故鎌倉公方持氏朝臣の両公子、春王、安王の嘉吉の恨みを返しにきた。命を惜しむなら降参せよ！」

進む先々で大刀風を振るわれ、城兵たちは尻込みした。その間に手勢が火薬を撒き、あちこちで火を放った。にわかに西南の大風が起こって燃え広がった。城内は大混乱となった。火炎を恐れて馬は走らず、怒鳴り声だけが響いた。士卒は弦のない弓に矢を添えて引こうとするなど、もはや正常な判断ができなくなった。「敵は数人だ。恐れず討ちとめよ！」と古強者が励まし槍で防戦しようとするが、ほとんどの城兵は風下にいて、猛火の勢いに顔も上げられなかった。逃げ場を失い、勇士も臆病者もいっしょくたに身を焦がし、累々と死骸が増えた。だれもが一目散に裏門から逃げ出した。逃げ遅れ、そして死に遅れた者たちは兜を脱ぎ、鉾を倒し、平伏して命乞いした。

降参した兵は、五十余人だった。信乃は彼らに水を汲ませて消火に当たらせた。城内に詳しいから手際がよかった。自分の手勢には城門を守らせ、火が鎮まるのを待った。

まさか城が落とされたとは思いもしない百姓たちが、火事を危ぶんで棒や釣瓶桶、長団扇を携えて集まってきた。兵火と知るや逃げようとしたが、信乃は城兵を迎えに出し、鎮火を手伝わせるため城に招いた。百姓には兵糧蔵を任せ、米俵が灰になる前に消し止めさせた。

鎮火が完了すると、信乃は村長を集めて扇谷定正の政治について問うた。

「近頃は龍山縁連が年貢を重くし、民の苦しみなど憐れみません。軍役も増えて耕作がままならないのに、酷い取り立てをなさるのです」

「子を売り、妻を差し出し、徴税に従いました。国主の欲で家族を失うた者は多うございます」

信乃は城兵を見返ると、「無慈悲な政治は虎よりも残酷だ。定正は名門に生まれたが、国を治める器ではなかった。山内家との確執に追われ、太田道灌のような良臣を用いもせず、かえって佞人を重用した。民を救わず、過酷な取り立てを行う家臣を忠とした。諫言を聞かず、贅沢にふけり、そして多くを失うたのだ。城外では百人の敵に一矢すら報いず三百人を失うた。いまは二十人の敵に城を落とされ、士卒の半数を失うた。定正の敗北は自業自得だ。しかし、百姓に罪はない。某は土地を支配し、武威を轟かそうとは欲しない。今日城を攻め、今日城を退く。お前たちは四門をよく守り、主が帰ったときに我が言葉を告げて城を献上せよ」それから村長らへ向き直り、「民には蔵のなかの金銭と兵糧を与える。村々に持ち帰って配分せよ」

百姓は顔を見合わせるばかりで返答に困った。信乃は彼らの意を悟り、優しく諭すように言った。「帰ってくる城主の咎めを恐れるか。だが、この米や金は、この地の民が妻子を売ってまで納めたものなのだろう。城を占領したいま、蔵の金銭兵糧が我がものであるように、みなも我が民である。なにより、米も銭もみなが火を消し止めたから無事だった。その手柄に報いたい。それでも危ぶむならば、こうしよう」信乃は矢立を取り出し、蔵の城壁に数行の文を書きつけた。

元の鎌倉公方足利持氏公の両御曹司、春王、安王に仕えた大塚匠作三戍の嫡子、犬塚番作一戍の一人息子犬塚信乃戍孝、わずか二十人をもって本城を攻め落とし、父祖のために先君の旧怨を雪いだ。我、城を落としたが、略奪はしない。民は国の基である。堅固な城があろうと、民なくばだれとともに守るのか。よって、蔵を開いて窮民に与える。代々の国主ならば、なにゆえ己の民を憐れまぬのか。もし民がこの施しを受けたことで咎められたなら、我また来たって城を屠る。悔いることなかれ。

文明十五年春正月二十一日　　諭示

村長も百姓もその文章を見て喜んだ。全員が感謝を示し、兵糧蔵を、宝蔵を、雑貨蔵を開けて中身を分けた。信乃は酒樽を開けさせ、残り火で餅を炙らせると、村人と手勢と降参した城兵にふるまった。信乃自身はわずかな腰兵糧を開いて飢えを満たした。帰参した村人が近郷隣村に告げ知らせ、新たに城を訪れた百姓たちが馬を曳き車を押して蔵米や銭を運んだ。城内の馬を借用して曳いてゆく者もあった。山をなしていた米と銭は、わずか半時できれいになくなった。

凱旋

道節が荘助、小文吾、現八、大角と兵たちを引き連れ、五十子城を訪れた。

信乃は彼らを出迎え、城攻めの顛末を語った。

「我らが主戦のつもりだったのに、犬塚の手柄には敵わんな」道節が言い、定正敗北の様子から河鯉孝嗣の忠孝、蟹目前と河鯉守如の自殺を改めて信乃に聞かせ、犬阪毛野が河鯉守如との義理を重んじて入城を辞退したことを告げた。

「敵の巣窟を破って民の困窮を慰めたのは愉快だが、塀を壊し、堀を埋め、火も消さずに城郭まるまる焼き尽くさせ、降参兵の首も刎ねて武を知らしめてもよかっただろう。手緩くはないか」

恨めしく言う道節を、信乃は真剣に諌めた。「我らはひとりを討つために多くを殺したのだ。兵は凶器だ。怒りに任せて城を壊し、降った兵まで斬るなら、それはただの暴力でしかない。単なる暴力を勇とは呼べぬ。そこに義はない。蟹目前と守如父子も瓦礫のせいで砕けた玉だ。悼むべし。賢夫人と忠臣のためにも、塀を壊さず、堀を埋めず、降伏した兵に守らせ、村人に兵糧を返す。それが義であり、勇であろう。間違うていようか」

信乃の切なる訴えは、五十子攻めの大義名分を見つけられずに苦しんでいるようでもあった。大角が進み出、息を切らして語る信乃に声をかけた。「いまの犬塚殿の言葉は千金に値する。昔、為朝はたぐいまれな武勇を誇ったが、投降兵を射ることはなかった。そうでなければ、為朝も暴虐の士にすぎなかっただろう。窮鳥懐に入るとき狩人も捕らずという。降参した兵を誅す要はない。塀を壊し、堀を埋めても、我々が去れば修復されるのだから労するだけで意味がない」

他の義兄弟からもなだめられ、道節も考えを改めた。「俺は定正を逃がした苛立ちから要らぬことを言うたようだ。昨日犬阪が討ち果たさずして仇は死ぬと予言したのは、仇を射て兜を得たことだろうか。これを首級に代えて高輪の浜に晒し、君父の御霊を慰めよう。天命を恨みはせん」

ふと道節は兵糧蔵を振り返り、扉に書かれた文を二、三度読み返して信乃に言った。

「犬塚は城を落として名を留めた。心も文も優れたものだ。及ばずながら、俺も左に加えよう」

道節は鎧の切れ目から石筆を取り出し、白壁に書きつけた。

讐を復して怨を雪ぐのは、孝と忠だ。寡兵をもって大軍に勝つのは、智だ。城を落として土地を奪わぬのは、礼だ。投降者を殺さないのは、民を喜ばせるのは、仁だ。賢良の人の自刃を憐れんで城郭を壊さないのは、義だ。落とした城から一日で去るのは、信だ。手柄を捨てて私利を持たないのは、悌だ。我に八行の兄弟あり。百万騎も同然。八行を蔑ろにするのはだれか。君を弑して職を奪った両管領よ、罪を知るべし。

犬山忠与追書

五十子城から退去しようとしたとき、信乃は外道二に褒美を与えようとした。だが外道二は、略奪を求めて深入りし、煙を吸って死んでいた。その亡骸を見つけた投降兵から知らされ、信乃はやるせない気持ちになった。

手勢を率いて高輪まで退却した。五十子からその浜まで、信乃をたたえる村人たちが道端で出迎え、食事や酒を勧めたが、犬士たちは贈り物を受け取らなかった。

高輪の浜へ着くと、兵が晒し首の準備をしていた。道節は仁田山晋五を引き出させた。仁田山は引っ立てられ頭を垂れた。道節は真正面から睨みつけた。

「汝は丁田町進の加勢として無実の額蔵を追捕し、我が家臣十条力二郎、尺八を討った。それ自体は役目であろう。しかし、力二、尺八の首級を額蔵、信乃と偽って手柄を大きく見せて出世したのは、小人の奸計だ。我が手でその首を討ち、死後に名を奪われた力二、尺八の恨みを雪ぐ。観念せよ」

晋五はわななき、「命だけは許し――」と言う間に白刃は振り下ろされた。

信乃と荘助、そして小文吾、現八も、五年前の戸田河原を思い出していた。猪平、音音、曳手と単節のことを想うと、心に靄が掛かって顔が曇った。海風が吹きつけて松を揺らす。仁田山を討って善悪応報と言われても、やるせなさは晴れなかった。

道節は気丈な態度で、梟首台に定正の兜を晒していた。仁田山晋五、地上織平、末広仁本太、二階堂高四郎、三浦三佐吉郎、その他二十余りの首を置いた。名の分かる者には名札を立てた。それから漁村の長三人を招き、征伐を終えたことを伝えた。

「某は亡き練馬の残党で犬山道節という。仇討の戦いに勝ちを収め、討ち取った首二十余りをここに晒し置く。恨むらくは、定正を討ち漏らしたことだ。しばらくは兜を首級に代えておく。汝ら浦人は交替して守り、盗人に奪われるなかれ。明朝早く人が訪れ、兜を取ろうとするだろう。その者に渡すまで監視の任を続けよ」

高輪の沖合にあった船が、いまは芝浦沖に見えた。道節は五犬士と兵たちを急がせ、浦伝いに七、八町走った。その間に船のほうが浜へ寄せてきた。

先に兵たちを二、三艘に分けて乗せ、犬士たちは毛野と有種がいる船に乗り込んだ。道節はさっそく死傷者数を有種に尋ねた。

「手負いは八人で、いずれも急所ではありません。討死はいません。手負いは手当てを施した上、看護人とともに穂北へ早船で帰してあります」

「よう計ろうてくれた。それはそうと、なぜ高輪浦から船を移動させた？」

そう尋ねる間にも、船は神奈川方面へ旋回していた。穂北とは方角が違った。道節はさらにいぶかって「船をどこへやるのか」と罵った。

毛野が答えた。「芝浦で待たせたのも、いま北へ向かわないのも某の指図だ」

「理由を聞こう」

「大敵を破りはしたが、敵が尽きたわけではない。船の行方を扇谷家に知られれば、すぐにでも大軍が押し寄せるだろう。我らには城郭がない。穂北の屋敷に籠っても半日とは保つまい。氷垣老人や落鮎夫婦を巻き込むこともできん。だから所在を知られぬよう約束の浜辺に船をつながず、苫を葺いて遠く芝浦沖にひそませていた。今後は羽田沖まで移動し、夜が更けてから穂北へ帰る算段だ。これなら行き先が露見せず、後難を避けられる」

先々まで見越した毛野の計画に、道節だけでなく他の犬士たちも感嘆した。

この航海中に、信乃と毛野は意気投合した。道節は毛野に向かって、信乃が寡兵で五十子城を焼き討ちしたこと、瞬く間に城を落として投降兵を許し、蔵を開いて貧民を喜ばせたことを、他の犬士とともに誇らしげに語り聞かせた。

羽田沖で碇泊すると、有種も彼らの円座に加わった。改めて有種から、大法師が穂北へ寄らなかったと聞かされ、やはり結城へ赴いたのだろうと話し合った。

小文吾が神妙な顔つきで荘助に言う。「次団太を救うべくせっかく犬阪が手配してくれたものを、蟹目前と河鯉殿が亡くなられては成就しがたいだろうな。無念だが」

毛野が聞きつけ、「そこは安心してよい。越後へ使いが送られたのは昨日だ。片貝殿が蟹目前の逝去を知るより早く到着し、次団太は解放されたはずだ。使者の妻有復六には我が本名も明かしていない。今日の一件が伝わっても障りはなかろう。そうでなくとも蟹目前の生前の嘆願を無下になさるとは思えない。嘆くことはない」

春の陽が沈むと、さあ凱陣だと筵帆を揚げ、三艘の船は北に向いて走りだした。

河鯉父子に救われた扇谷定正は、十五、六人の士卒に守られて忍岡城へ敗走した。その入城直後、定正は頭痛に襲われた。道節の矢は兜を失っただけに思えたが、矢響きのせいで後頭部がひどく腫れていた。

定正は居室で倒れた。医師が集められ、療養に手を尽くされた。そのため、五十子城奪還はだれも提言せず、むしろ忍岡城を攻められるのを恐れて城門を固く閉ざした。

河鯉佐太郎孝嗣は、父の亡骸を寺に預けてから忍岡城に到着した。真っ先に定正の安否をうかがい、病臥していると聞いて絶句した。見参もできずに控えの間で待機し続けた。

五十子攻めの評議すらなく、孝嗣は無為に時をすごすことに苛立っていた。しかし年若で、部屋住みの立場の彼は、忍岡の重臣に苦言を呈せない。そのまま夜を明かした。

夜が明けると孝嗣は城を出た。自分の従者だけを連れて五十子へ急いだ。途中、高輪の浜辺を見渡すと、定正の兜と仁田山晋五、地上織平ら二十余の首級が並んでいた。

浜へ降り、見張りをしていた浦人から道節の伝言を告げられた。孝嗣は定正の兜を袱紗に包んで従者に背負わせ、改めて五十子城へ向かった。

五十子城には、降参した士卒だけでなく、逃げていた兵も帰参し、二、三百人が駐在していた。事情を尋ねると、だれもが同じことを言った。

「焼き討ちで不意を突かれて一旦は退きましたが、敵はさほどもせず立ち去り、再び攻めてくる様子もございません。兵たちで消火に努め、四門を厳重に守りました」

孝嗣はその証言を疑い、焼亡箇所を詳しく検めた。兵糧蔵と宝蔵が空だった。蔵の白壁には、信乃、道節の記した文言があった。ようやく孝嗣は理解した。世にも珍しい英雄たちだったが、思うだけで口には出さなかった。孝嗣は城兵を一言も責めることなく忍岡へ帰った。

帰城したときには、定正の頭痛もだいぶ治まっていたようだった。「一大事を申し上げたい。見参を許されようか」孝嗣は近習に請い、了承を得て主との面会が叶った。

定正の居室は人払いされていた。忌憚なく語れるように配慮してくれたらしい。孝嗣は主の平癒を喜び、蟹目前を悼んだ。それから父守如の遺言通り、龍山縁連の邪智について言上した。

「蟹目御前は縁連をお疑いになられ、お家から取り除くべく守如に仰せられていました。去る日、湯島天神へご社参の折に居合師物四郎という者と出くわし――」

孝嗣は、発端から語り起こした。高輪での犬士とのやりとりも、浜辺にあった梟首台のことも、五十子城内のありさまさえ、すべて報告した。涙がこぼれてもよどみなく語り尽くし、最後に袱紗包みから兜を取り出した。ずっと黙していた定正が、そのとき近くにくるように命じた。

定正は割れた兜を見ずに孝嗣を見据え、「この兜は当家の祖先、上杉安房守憲顕が尊氏公から賜った名器だ。矢返という。昨日、わしは敵に兜を射られ、鉢はいささか破れたが貫通せず、大事には及ばなかった。家伝の兜を敵に獲られ浜辺に晒されていたのを取り返したのは、佐太郎、余人の及ばぬ働きだ。お前の忠義、感動してなお余りある。また、縁連の振る舞いは、彼の死んだいま言うてくる者が多い。北条との和睦は過ちであったとわしも悟った。白紙に戻す。蟹目前も我が過ちを諫めかね、人手を借りてまで縁連を誅伐せんと謀ったのだろう。わしの及ばぬ才知だ。伝聞の間違いから刃に伏したのは不幸だった。まして守如の尽忠たるや。死に臨んで子に教え、主を死地から救い出した。莫大な手柄である。犬阪毛野との密談を犬山道節に盗み聞かれたことも、いまさら不注意とは言うべからず。孝嗣、お前には追って褒美を遣わす。下がって疲れを癒すがよい」

　孝嗣はむせび泣いていた。深く頭を垂れて控えの間へ退いた。

　忍岡城を預かるのは、根角谷中二麗廉という老臣だった。定正はこの谷中二はじめ主だった家臣を集め、河鯉佐太郎孝嗣の報告を語り聞かせた。

「すでに五十子城内に敵はない。援軍を送って非常に備え、ただちに焼亡箇所の修復に取りかかれ。三十日で終わらせよ。早く五十子へ帰城せねば、西の防衛が手薄になる。他国に侮られては取り返しがつかぬ。工事に怠慢があれば、汝らを罰する。棟梁には才覚ある者をそろえよ。また、蟹目前の亡骸はいま五十子の菩提寺にある。速やかに棺を作り、僧侶を集めて葬儀を執り行え。河鯉守如の忠死も憐れむべし。その子孝嗣はわしを救うた功労者だ。武功第一とし、親の本領を与える。守如の葬式料には五十貫文を取らせよ。守如は蟹目前の近くに葬り、主従の徳を後世に残せ。その他、相談して怠りなく計らえ。急ぎ執り行え」

五十子城へ派遣する援軍が編成され、その頭人を根角谷中二が務めた。職人頭を含めた役人が十余人、そして兵五百余人を従え、谷中二は五十子へ赴いた。

入城早々、谷中二は高輪の浜に味方の首級が晒されていることを知った。

「取り返すべきだが、すでに二日がすぎている。世間には知れ渡っていよう。いまさら慌てて取りに行けば笑われる。だが、捨て置いては管領家の恥である。どうすべきか」

美田駁蘭二という役人が賢しらに言った。「よい手段がございます。昨日未明、芝浦の里長らが訴えてきたのですが、媼内と船虫という強盗夫婦が閻魔王の冥罰を受けたそうです。なんでも牛の角に突き殺され、その死骸には罪状が書き付けてあったとか。検視を遣わすつもりでしたが犬阪の狼藉が起き、お館様のご出馬となり、さらに城の焼き討ちと続いて暇がございませんでした。改めて芝浦へ使いを送り、強盗夫婦の首を斬らせ、今宵ひっそりと味方の首級と取り替えれば、百姓などは閻魔の霊験と思うでしょう」

晒し首をうやむやにする良い手段だと、みな感心した。「速やかに行え」と谷中二は命じ、穴栗専作という駁蘭二の手下が三、四人を連れて芝浦へ発った。

専作は命令通り死人の首を斬り、夜が更けてから味方の首級を回収して、ひとつずつ髪に石を結んで海に沈めた。それから媼内、船虫の首を代わりに台座に並べ、背に記されていた罪状をそのまま立て札にすると、意気揚々として城に帰った。谷中二は夜更けにもかかわらず、美田駁蘭二とともに部屋で待っていた。

「芝浜の奇談は、閻魔の霊験に間違いございませんでした。媼内、船虫の首を斬らせ、高輪へ運んで味方の首級と取り替えました」

首級の後処理まで報告すると、谷中二は上首尾を喜び、駁蘭二と専作を褒めた。

内密に行ったこの工作は、しかし村人には筒抜けだった。後に河鯉孝嗣はこのずさんな企みを聞き、呆れた。……小人物の用心は念入りなようでズレている。自分を智慧者と思い込んでいるが、実際は幼稚で愚かしい。主君の恥辱を隠すために鬼神の霊験を装って世間を欺こうとするなど子供の遊びではないか。武運に恵まれずに敗れ、首を獲られたことはけして恥ではない。敗戦のなか踏みとどまり、命がけで主君を守った証ではないか。彼らはみな忠義者なのだ。首級は妻子に返され、遺族の慰めとすべきなのに、勝手に海へ捨てたとは敵よりも酷い仕打ちだ。こんなことをされれば、今後命がけで主君に尽くす者はいなくなるだろう。谷中二、馭蘭二は忠死を憐れむ心さえ持たず、私欲のまま日頃の恨みを返したのだ。鬼神の霊験などのたまって事実を隠匿し、冥罰が下ると恐れぬのか。彼らを訴えて政治が正しく行われるよう願うべきだが、みな黙ったままでいる。俺は若く、まだ権限がない。この間違いに気づく人はいないのか。もはや乱世なのか。

五十子城の士卒は数百人に増え、兵糧が足りなくなっていた。領民から取り返すべきだとの声も上がったが、再び犬塚信乃が攻めてくるのではないかと恐れ、決行に移されなかった。結局、忍岡の定正に上申され、近くの端城から兵糧が集められた。

大塚では五十子城の火災を兵火とは思わず、煙を間遠に眺めながら民の失火だろうと油断した。火勢ますます盛んになってから、消防の士卒を五、六十人編成して派遣した。その途上で逃げてきた仁田山晋五の従者に会い、初めて真相を知った。扇谷領での凶変に消防隊は騒いだ。仁田山晋五の生死すら定かではなかった。

「この小勢で増援してもどうにもならぬ。ご判断を仰ごう」

城へ引き返して報告すると、大石憲重、憲儀父子は愕然とした。「早く加勢を五十子へ送れ」と出陣支度が行われる間に、負傷した仁田山の従者や、大塚出身の五十子兵が落ちてきた。定正が敗走中だと彼らは告げた。五十子城は犬塚信乃なる猛者に落とされ、過半が灰燼に帰したとも語った。信乃は城に留まらず、兵糧を民に分け与えて退いた。高輪で仁田山晋五は誅戮され、晒し首にされた。そう次々と報せが入った。

　憲重は青ざめた。「民の失火と思い込んで派兵が遅れたのは我らの不覚だ。五十子には士卒が要るだろう。城番を遣わすのだ」と下知したところへ五十子から使いが訪れ、「五十子城には残兵が帰り、城番も二、三百人となったため援軍は不要だ」と告げられ、憲重は面目をなくした。病床と偽って引き籠り、使者とは会わなかった。

　翌日、憲重は忍岡へ使いを送り、定正の無事を祝し、蟹目前の死を悼んだ。定正の近習にとりなしを頼んだことで、戦に加勢しなかった怠慢も許された。定正から兵糧を催促されるとむしろ喜び、憲重は要求額より多く五十子へ送った。千葉家も同様だった。

　谷中二は五十子城の修復を急がせていた。彼らは、敵から米や銭を受け取った領民を妬んでこき使い、臨時の徴税として取り立ても行った。百姓たちはますます信乃の仁徳を慕い、谷中二の酷薄を恨んだ。しかし逆らうことはできず、ただ労役に苦しんだ。

　二月下旬、定正が五十子城へ帰った。谷中二や馭蘭二ら工事を管理した役人たちを褒め、俸禄を増やした。一方で、戦の折に逃げた士卒を大いに貶した。領民には、犬山道節の隠れ家を訴え出た者に百貫文の褒美を約束したが、信乃の徳を慕う民は端から応じず、利に敏いゴロツキは行方を突き止められず、ひとりも上申しなかった。

定正は河鯉孝嗣の才覚を愛し、親の喪に服させず身近に迎えた。孝嗣も君恩を感じ、勤労を厭わなかった。だが、家中には妬む者が出てくる。特に縁連に媚びていた連中は、彼の父守如が手引きして縁連を討たせたと知り、不快を募らせていた。彼らはひたすら孝嗣の讒言を続けた。定正は聞き流していたが、あまりに頻繁に行われるために疑念が沸きだし、だんだん孝嗣を遠ざけるようになった。孝嗣も危険を察知し、病にかこつけて出仕を控え始めた。すると、佞人の讒言はますます激しくなった。真相を調べさせようと定正は考えながらも、軍功ある孝嗣を証拠もないのに罪に問うべきではないと思い留まっていた。そのうち頭痛が再発し、耐えがたい日々が訪れた。定正は療養に専念せざるを得ず、孝嗣を問いただす余裕がなくなった。

13 結城古戦場へ

犬士たちは落鮎有種と数十人の兵とともに、一月二十二日未明に千住川へ帰り着いた。陸に上がると穂北への道を急いだ。

有種は義父に今回の計画を詳しく告げていなかった。負傷者七、八人が早船で帰ったとき、夏行は初めて道節、毛野の仇討を知り、その成功を我がことのように喜んだ。負傷者を念入りに手当てし、家まで送り届けさせた。それから祝勝の宴を支度して帰りを待っていた。

八つ（午前二時）すぎ、七犬士と有種たちが氷垣屋敷に帰参した。夜中にもかかわらず、夏行は重戸とともに出迎え、客間へ迎え入れた。昆布、勝栗、打鮑を肴に、盃を勧めた。毛野、荘助、小文吾とは初対面の挨拶を交わした。

兵たちは、「船で存分に飲み食いさせてもらいました。明日改めて参上いたします」と門口で辞去した。七つ（午前四時）の鐘が鳴り、鶏の鳴き声が聞こえる頃、みな寝床へ退いた。

翌日、遅い朝餉を終えた頃、夏行は有種を連れて犬士の安否を尋ねに小座敷を訪れた。すでに戦の詳細は有種から聞いていた。しきりに賞賛する老人を道節が押し留めた。

「今回は多くの手勢を得たればこそ、兄弟たちと粉骨を尽くせました。定正こそ討ち漏らしましたが、数百人の敵を斬り、味方にはひとりの討死もありませんでした。翁と会えたことが我々の福でした。手負いの八人には医療、投薬しかるべくお願いします。贈り物をしたいが、浮浪の身では思うように任せがたい。犬塚とも相談しましたが——」

道節は金一包みを扇に乗せ、夏行へ向けた。「いまは里見殿から賜った金があるのみ。多くはありませんが、手負いの人々に贈ってくだされ」

夏行は扇ごと押し戻し、「思いがけないことをなさる。扇谷は有種のためには先君の仇だ。嘉吉の兵乱この方、我が旧怨でもある。わしは老い、有種のみでは大望も企てられまいと諦めていたところに、この度、英雄たちの後ろにつけた。なんら他人ごとではない。荘内百姓も旧怨を雪がんと願うてきたのだ。彼らには後日、わしから恩賞を与える」

「あなた方は一所不住の身の上です。余裕があろうと施しをなさってはなりません」と、有種も言った。

道節はあからさまな渋面になり、「受けられぬなら、川へ捨てるか淵に沈めるかしましょう。功ある者に褒美を出さねば、どうして人を使えようか。旅歩きの身でも路銀の多少は問題ではない」徐々に声が高まり苛立ちが見えだすと、信乃や大角たちが制した。

代わって信乃が、「我々も犬山と同意見なのです。曲げて受け取ってください」

犬士たちの義侠心に感服し、夏行と有種はうやうやしく金を受け取った。

「こちらに逗留を続ければ、定正へ訴える者が出ないとも限りません。大軍が寄せれば防ぎようがありません。翁たちを巻き添えにして、二十年以上の穂北荘経営を無駄にさせたくはない。我々七人は結城へ赴こうと思います」信乃はそう言い、ゝ大法師が嘉吉の戦死者を弔う法会を開く旨を伝えた。「法師の草庵を探り、結城で法会の開催を待ちます。長らくお世話になりました。結城まで二、三日ですが、すぐに門出したい」

「我らには口出しできぬことだが、結城氏は古河公方成氏方、宇都宮は山内管領顕定方だ。結城滞在にも危険はあろう。それに比べれば、穂北荘は開発のはじめから我が腹心ばかりが暮らしている。潜伏していれば敵に知られることはない。もし余所から洩れて大軍が押し寄せるなら、諸君のいるいないにかかわらず我々は常に危険だろう。四月まで足を休めなされ。数ならぬ身だが、わしも結城合戦の残党だ。ともに結城へ赴いて、その法会に参加したい」

荘助が信乃へ声をかけた。「翁の意見は一理ある。我々が去った後で敵軍が押し寄せれば、禍だけを残すことになる。しばらく穂北で日を送り、敵の動静をうかがうべきだろう。穂北に危険がないことを確かめてから結城へ行っても遅くはない。ここは翁の言葉に甘えてはどうだろうか」

穏やかにそう諭すと、みな「然り」とうなずいた。信乃と道節も納得し、今度は穂北防衛の計略を語りだした。夏行と有種は安心したように微笑を浮かべて耳を傾けた。

議論が尽くされた頃、毛野が冷静な口ぶりで言った。「諸兄弟の討論それぞれに内容はあるが、敵が押し寄せるかどうか知れぬ現状では、駈け引きを論じるのはまだ早い。まず忍岡と五十子へ忍びの者を遣わし、敵の動静を知るべきだろう。いまは他になにもできまい」

夏行が言う。「それなら、世智介と小才二が慣れている。命じてもよろしいか」

現八と大角が顔を見合わせ、「世才のある二人だ。世渡りも上手かろう」

春三月、花咲き匂う季節。五十子の風聞が届いた。

「定正が五十子へ帰城しました。近ごろ、扇谷は北条との和議が破れて山内顕定と盟を結び、長尾景春とも和順しました。その家中に佞人はなお多く、太田道灌、資友父子を用いることはないようです。道灌入道は相模国糟屋の屋敷に籠って出仕していません。河鯉孝嗣も讒言で身を危うくし、病にかこつけて忍岡城で動きがありません。扇谷家は一枚岩とは言いがたい状況です。犬山殿の捜索を進める様子も見られず、噂さえ聞かなくなりました。もうあらかた安全でしょう」

小才二の報告だった。それを受け、犬士たちは語り合った。ゝ大法師が石和を去って六十余日が経過していた。来月の法会で対面する予定だが、便りも送られず、本当に結城にいるかどうか確証がなかった。まず人を遣わして安否を問うべきではないかと、夏行にも相談した。

「忍岡の密偵ももう必要なかろう。飛脚は世智介に申し付けよう」と、夏行は受けた。用心のため世智介には書簡を持たせず、口頭で伝えるように頼んだ。七日後、世智介が戻った。夏行に従って犬士たちの居室を訪れ、結城の様子を報告した。

「僕、結城に到着した日に、寺院はもちろん旅籠屋も一軒ずつ回り、甲斐の石和から来られたゝ大法師はおられるかと尋ね回ったのですが、知る人はございませんでした。ある老人が、十町余り西にある嘉吉の古戦場にどこからか訪れた旅僧が、草庵を結んで独り念仏をしている、それが探し人ではないかと言われ、鬱蒼たる樹々をくぐって探し回りました。果たして老樹の下に寂びた草庵がありました。竹の柱に茅の葺、わずか六枚の筵を敷いた高座の正面に阿弥陀如来の画幅を掛け、ひとり法師がおりました。香染の法衣に、黒い紗綾の袈裟をかけ、本尊に向かって木魚を打ち、念仏してござった。物申す物申す、と何度も呼びかけましたが、見返りもせず返事もない。勤行の最中は応対できないのだろう、終わるまで待とうと思い、日の暮れるまでその場にいましたが、信じがたいことに念仏の声は途切れず、いつまで続くか知る由もありませんでした。堪えかねて何度か呼びかけましたが、返事はありません。その日は町へ戻って、宿で夜を明かし、次の朝早くに草庵へ赴くと、法師の勤行は昨日と同じでした。呼べども振り返らず、鳥のさえずりが聞こえるだけです。付近は寂寞とし、訪れる人もありません。僕ひとりが法師の背中を見ているだけでした。せめて姿形や年齢を知りたいが、覗き見ることができない。しかし、尋ね人かどうか確かめずに帰るのも本意でない。——僕は犬七つの使いできた。犬よ犬よ。そう呼びかけましたが、やはり反応はない。飲まず食わずで念仏を唱え続けているようで、僕はとても断食などできません。このまま旅寝しても成果はない、報告して指図に任せようと宿を発って、いま帰着しました」

信乃は犬士たちを見て、「世智介は法師の顔を見なかったが、草庵の様子からして、丶大法師だと半ば確信できそうだ」

荘助、小文吾、道節らもうなずいた。「呼びかけに答えなかったところからも、丶大法師に疑いない。犬七つの使いと知らせたのは、世智介、あっぱれだった」

現八が大角を振り向き、「返壁で犬村を訪ねたときの様子とよう似ている」そう言うと、大角は軽く息をつき、「世の老翁老婆が朝な夕なに仏壇で経を唱えるとき、釜の飯が焦げたのを嗅ぎつけて飯炊きを罵ることはよくあることだ。猫が魚を盗み、烏が柿を破るのを聞きつけて慌ただしく人を呼ぶのも同じだ。一念を投げ打ち、心の弥陀を求めねば成仏はできぬもの。仏名を唱えれば必ず利益ありとは、愚痴の迷いだ。丶大法師は亡き人々の菩提を弔うべく結城に到ったからには、為すべきことは菩提の他にないだろう。庵を訪れて終日呼びかけようと、法師の心は目と耳の間にはない。返事がないのは維摩の黙だ。まこと尊いことよ」

「結城落城は嘉吉元年四月十六日だ」信乃が言った。「三月ももう終わる。法会当日の三、四日前には結城へ赴いて、念のため庵主を見定めておきたい」

「ならば、来月十一、二日頃に旅立とう」と、荘助が全員を見回して言った。

出発の日を待つ間に、夏行が道連れを願った。夏行は結城合戦の生き残りだった。信乃たちは拒めなかった。夏行は大いに喜んで、旅支度を始めた。いつしか春はすぎ、夏の初めになって日が長くなる。青山遠くホトトギスが鳴く。四月九日、犬士たちは明日未明に穂北を発ち、少し早めに結城に入ろうと夏行も交えて決めた。

その日の七つ頃（午後四時）だった。夏行が倒れた。口も利けず、手足も動かず、呼吸さえ細くなった。意識がなくなり、湯水も咽喉を通らなかった。重戸は介抱にかかりきりだった。有種が医師を呼んだ。修験者も請うた。下男下女は奔走して眠る者はいなかった。

犬士たちはなにもできず、ただ憂うだけだった。代わる代わる夏行の病床に赴いては、重戸を慰めた。心配しながら日をすごすうちに四月十三日になった。

信乃と道節は犬士たちを呼び集めた。「時は得がたく、失いやすい。今度の法会に間に合わなければ後悔しよう。明日は必ず出立しよう」それから有種を招き、信乃と道節から伝えた。「翁の病はすぐに治るようではない。こんなときに別れを告げて申し訳ないが、ここにいても我らはなにもしてやれん。明日未明に発たねば法会に間に合わない。薄情なようだが許してもらいたい」

有種は首を斜めに傾けて思案し、「もっともなことです。無念ではありましょうが、義父の願うた結城への同伴ももう果たせません。某が名代に立ちたいが、大病の義父を放ってはおけません。従者を付けましょう。馬か駕籠にお乗りください。そのくらいはなんでもない」

全員が長逗留の礼を懇ろに述べ、現八が言った。「従者は要らない。犬塚、犬山もそうであろう。旅から旅の身、東西南北行かざるところなく、不自由には慣れたものだ。なまじ従者がいれば心配の種にもなる」

信乃もまた言った。「兄弟の言う通り。扇谷の難は避けたようだが、知られずに旅をしたい。道中の安全なら、七人もいれば事足りる。お気持ちだけいただきます」

「今宵、送別の盃を参らせ、丶大法師への布施も集めよう。これは許してくだされ」

「好意はありがたいが、翁が病気の折に盃は受け取れません。それと、丶大法師は托鉢しても一銭の他は受け取られなかった。今度も施主を仰がず催すようで、布施は無用でしょう。どうか翁の看病油断なく、親孝行を尽くしてくだされ。それに優る功徳はない」

有種は涙がこぼれるのに気づかずにいた。返答しようとして初めて自覚したようだった。彼もここ数日、ずっと気が張っていたのだ。

それでも夕膳はいつもより豪華だった。酒のもてなしも少しはあった。重戸も同席した。彼女は、みなと法会へ赴くのを楽しみにしていた父の不憫を語った。犬士たちは夏行を心配しつつ盃を置いた。重戸に懇ろに礼を言って別れを告げた。有種は別れを惜しみ続けた。

翌朝になると、夏行の病状が悪化した。有種はその傍らを離れられなかった。犬士たちは改めて別れを告げず、騒がしくなった屋敷からそっと立ち去った。すぐに世智介と小才二が喘ぎながら追ってきた。有種が遣わしたようで、二、三十町ほど見送られた。

東の空が白み始め、有明の月が遠山の陰に入った。

十章 出世素藤（もとふじ）

1 伊吹山の山賊

正長、永享から嘉吉まで、京、鎌倉で兵乱がやまず、将軍家の威光は衰えた。諸侯が割拠する戦国の世が訪れ、盗賊もまた各地にはびこった。

近江国伊吹山に、但鳥跖六業因なる残忍な暴れ者がひそんでいた。武芸、早業、忍術を使いこなすこの山賊の頭領は、畿内に出張っては寺院を脅し、富豪を殺し、金銀財宝を奪った。何千何百と罪を重ねながら、侍所はその出没をつかめなかった。

但鳥業因は凄まじく傲慢になり、どんな美食や珍味にも満足できなくなっていった。

あるとき、だれかがそそのかした。

「胎内にいる赤子を煮て酒の肴にすれば、その味わいは計り知れぬ。試してみなされ」

業因は手下に妊婦をさらってこさせ、生きながらにして腹を裂き、引きずり出した胎児を蒸して喰った。炙って肴にした。その味を気に入り、それからも妊婦を略取しては殺した。この大悪事は世に知られ、伊吹山の鬼跖六として疫鬼のように恐れられた。

ある年の六月半ば、ついに積悪の報いを受けた。

業因は、祇園会を見るべく手下三、四人と京の都を訪れていた。小商人に扮して民家の軒下にたたずみ、山鉾が通るのを見ていた。そのとき、腹から声がした。いぶかる間もなく、業因が行ってきた悪事について喋りだした。腹の声は辺り一帯に轟きわたり、腹を押しても胸を打っても止まらず、ますます大声で罵った。手下たちは狼狽し、心配もしたが助けようがない。見物の人混みのなか、だれもが横目で業因を見た。

室町将軍家の市正に、高梨六郎左衛門尉職徳という武士がいた。都の治安を守る役人で、祇園会の間は特に警戒し、五、六十人の兵を従えて馬上から叱咤した。業因らは、町衆に割竹を曳かせて巡回する高梨職徳を避けて人混みに紛れたが、腹の虫は激しい口調で悪事を暴き立てた。高梨職徳は大声のほうへ目を向け、小商人の恰好ながら曲者めいた面構えの数名に気づいた。みずから名乗って悪事をつまびらかにしているのだ。

「かねて聞こえた強盗、但鳥跖六だ。者ども逃がすな、あれを搦め捕れ！」

数十人の兵が人混みをかき分け、主命だ、と叫んで賊をとり囲んだ。山鉾が渡る際の鳴り物が響いていた。道端では大捕り物が始まった。業因は逃げるが、腹の声のせいですぐに見つかる。業因は、引き抜いた手すりの丸太を当たるに任せて振り回した。多勢の捕り手は物ともせず、前後左右から攻め立てた。ついに業因はねじ伏せられて縄を掛けられた。手下三人も捕まり、逃げられたのはひとりだけだった。

高梨職徳は業因と三人の手下を連行し、尋問した。業因が偽りを述べようとも、腹の声が長年の悪事を述べ立てた。手下たちも争いかね、自白した。業因は伊吹山を根城とし、他にも手下が大勢いた。人殺しも強盗も数知れず、胎児を喰ったことも白状した。腹のなかからカカと笑われ、声は絶えた。職徳は業因を睨み、この鬼畜め、と罵った。業因は怯えもせず嘲笑った。

「商人に化けたせいで刀を持たなかった。刀があれば、お前を殺すのは容易かった」

職徳はもう山賊に喋らせず、手下もろとも獄舎につないだ。業因の罪状と件の怪異を三管領に報告した。「伊吹山に仲間が数多います。大勢の討手を差し向けねば撲滅は難しいでしょう。如何なさいますか」そう尋ねると、三管領は協議した。

「但鳥業因は、都でも知られた大悪人だ。討手は六角家へ仰せつけ、観音寺城から遣わす。棟梁を搦め捕ったのは職徳の大手柄だ。胎児を喰らう前代未聞の大悪人は通常の刑をもってすべからず。八つ裂きの極刑に処し、同類三名とともに晒し首とせよ」

業因は生きながら八つ裂きにされ、首を斬られた。手下も処刑され、賀茂河原に晒された。

② 但馬源金太素藤

但馬業因には、源金太素藤という息子がいた。膂力、武芸とも親に劣らなかった。二十一歳だったが知恵も働き、祇園祭を見に行くと言う父を真っ先に諌めた。伊吹山の隠れ家で業因の手下百五、六十人とともに暮らしていたが、山賊どもは他国他郷を徘徊して荒稼ぎを行うため、砦に残るのは百人ほどだった。

業因に従って都へ行った手下のうち、逃れたのは卒八だけだった。馬面男と呼ばれるほど顔が長く、歯が斜めに反っていた。反歯のせいで卒八とも呼ばれた。馬面卒八は、源金太素藤と親しく、山へ逃げ帰るとまず素藤に凶変を告げた。

素藤は顔色を変えた。「では、遠からず多勢が押し寄せるぞ。百人ばかりでは勝ち目がない。逃げる他ないが」と卒八を見つめ、声をひそめた。「全員で砦を捨てれば、追っ手に見つかる。追われれば後難を避けがたい。敵が賊を滅ぼしたと満足すれば追っ手はつかん。凶変を隠し、俺とお前だけで逃げよう。騒いで人に疑われるな」

卒八は卑しく微笑み、「妙策です。言われた通りに」と、旅路の用意にかかった。

親の有り金を出すと、千五、六百金あった。素藤は千金を十包みに分けて腹巻きに納め、残りは荷に詰めて卒八に担わせた。旅支度が整うと、古株の礪時願八と平田張盆作を呼んだ。

「京へ来いと父が卒八をよこした。よほど祇園会が面白いらしい。河原の納涼も快いから祭に間に合わずとも宿へ来い、親を待たせるな、と強引だ。留守はおまえたちに任せておく」

彼らは合点し、「羨ましい限りですな。真昼は暑さが耐えがたかろうが、夜道を進めばまもなく京に着きましょう。留守は我らに任せて急がれよ」と、出立を見送った。

素藤は行く先も定めず、遮二無二伊吹山を離れた。ほどなく美濃路へ出た。卒八が話し相手となり、退屈しなかった。砦を発ったのが未の刻（午後二時）ごろで、山路は日の陰りも早く、三里ほど行くともう七つ下がりだった。卒八が後方から呼びかけた。

「若頭領、しばらく寒村続きです。ここらにマトモな旅籠屋もありますまい。僕が先へ行き、よい宿をとって出迎えましょう。一本道ですので行き違いにはなりません。後からゆっくり参られよ」

「よう気配りした。行け行け」

素藤が急かし、卒八は東へ走った。黄昏ごろ、素藤は侶奈之という村に着いた。その村を巡回したが卒八(そつはち)は一向に出迎えず、軒に笠を吊(つ)るすなどの目印もなかった。仕方なく一軒ずつ訪ねてかような旅人が来なかったかと尋ねて回ったが、見当たらなかった。

素藤(もとふじ)は夜の道端に立ち尽くし、後悔した。地団駄さえ踏んだ。卒八(そつはち)に騙されたのだ。

……荷の六百金に気づいて、逐電(ちくでん)しやがった。付き合いも長く、あれほど忠心ありげに見えたものを。今回の変事も真っ先に俺に告げにきたから疑いもせなんだ。だが幸い、まだ千金ある。ここで夜を明かし、明日捜索しよう。

素藤(もとふじ)は村はずれの村人の家に泊まり、一膳二碗の貧しい飯で飢えを癒(いや)して寝床に就いた。腹立たしくて眠れなかった。

「まだ伊吹(いぶき)山からそう遠くない。卒八(そつはち)も用心して、まずは街道を目指すだろう」

素藤(もとふじ)はそう考え、翌日村を出ると垂井(たるい)へ向かった。枝道が多く、行きつ戻りつして卒八(そつはち)を捜した。暑さをこらえて垂井(たるい)に着くと、日が暮れかけていた。それでも、さらに一里余り進み、赤阪の宿駅までできた。投宿したのは五つ時（午後八時）だった。

　昨夜の侶奈之(ともなし)村と違い、旅籠(はたご)屋が軒を連ねていた。遊女も出歩く夜のほうがにぎわった。素藤(もとふじ)が泊まったのは木偶舞(でくわし)屋という屋号の大きな旅籠(はたご)だった。女童(おんなわらべ)に小座敷へ案内されると、隣室にも客があり、遊女ばかりか二、三人の芸妓(げいこ)に歌わせ弾かせ笑い興じていた。素藤(もとふじ)は聞き覚えのある声だと思い、襖(ふすま)の隙間(すきま)から覗(のぞ)いてみた。やはり馬面(うまづら)だった。

怒りが込み上げてきた。素藤は腰に刀を差し大きく息を吐いてから、襖を蹴り倒した。
「盗人め！　覚悟せえ！」襲いかかると、目を剝いた卒八は盆を踏み砕き、蹴散らしながら庭へ逃げた。塀に飛びつき、乗り越えた。素藤も追って塀を飛び越える。遊女たちが人を呼ぶ甲高い声を背後で聞いた。

二十日の月が煌々として、卒八は夜陰に紛れられなかった。美江寺のほうへ向かった。行く手には杭瀬川が横たわっている。浅瀬を探して迷ううちに素藤が迫った。卒八は棒の一本も守り刀すら持たず、進退極まって川へ飛び込もうとした。そのとき、素藤が大喝一声、刃を閃かした。それが、卒八の見た最後の景となった。右肩から左腕まで斜めに斬り裂かれ、その身は川べりに倒れた。

素藤は深く息を吐き、血刀を納めて死骸を探った。六百金は布に包んで腹に巻きつけてあった。懐にあった小遣い銭も取り返した。だが殺したのは早計だったか。我が金ではあるが、申し開きは困難だった。幸い素藤は金をすべて身につけていた。旅包みは捨てても惜しくない。このまま川を渡って別の宿に泊まろうと、素藤は死骸を川へ蹴落とすと渡し舟を呼んだ。

美江寺の宿駅へ着いたのは子の刻（午前〇時）で、旅籠屋は深夜の客を泊めようとしなかった。なんとか言いこしらえ、宿銭を多めに払って短い夜を明かした。素藤は改めて千六百金をふたつに分け、半分を腰に、半分を肩にかけた。あくる日、木曾路を東へ向かった。

人生を独り占めした気持ちになった。気分だけなら無敵だった。筑摩温泉に到着すると、ぜいたくをして座敷に逗留した。毎日気ままに湯浴みしてすごした。旅人も多く退屈しなかった。居心地がよいので五、六十日も筑摩にいた。三伏の暑さも過ぎて肌寒くなってくると、旅人もだんだん去っていった。夏の終わりとともに急に寂しくなり、素藤も筑摩を発った。上野から武蔵を経て、鎌倉を目指すことにした。ある夕暮れ、熊谷と鴻巣の間の荒野を通りかかったときだった。

「おい旅人。路銀と衣を置いて消えろ。拒めば斬るぞ」

粗末な袷衣で裾も短い二人組が、茅萱の陰から現れた。行く手に立ちふさがって段平を抜いた。

素藤は騒がない。笠を脱ぎ捨てて嘲笑い、「ほざいたな、似非追い剝ぎめ。ひとり旅と侮ったか。虎の髭引く鼠がのこのこ首を捨てにきたか」

盗人たちは眼を怒らせ、「猛者気取りか。後悔するな。手並みを見せん」苛立たしげに怒鳴り、左右から打ちかかった。素藤は抜きざま刃を合わせ、さらに踏み込んだ。勢いに怖気づいたか、盗人たちは逃げ出した。素藤は追いかけたが、さほど走らぬうちに草むらに仕掛けられた鉤縄に足を取られ転倒した。茅萱の陰から別の盗人たちが走り出て、もがく素藤の腕をねじ曲げ、足をつかみ、何重にも縄で縛り上げた。逃げていた二人組が悠々と戻り、「これで殺すのは簡単だ」と、刃を振り上げた。

仲間が制し、「待て待て。殺せば骨折って罠にかけた甲斐がない。重い旅包みだ。獲物は多かろう。連れ帰って頭領たちに報告するぞ。野原で殺しても一文にもならん」

盗人四人は素藤を吊るし、西へと歩きだした。争うのは得策でないと素藤は口を閉ざし、生死を委ねた。……盗みをやめて半年足らず、追い剝ぎに殺されるとは皮肉なものだ。これが天運か。

廃寺へ連れてゆかれ、縁側の前に降ろされた。帰着を知らせる合図だろう、呼子の笛が吹かれた。ふたりの頭領が灯火と刀を持ち、半ば朽ちた縁側に並び立った。

「早いな。獲物があるのか」

全員ひざまずき、「いつもの罠を張って、旅人を生け捕りました。旅包みは重いし、身に纏うた路銀もあります。骨折って生け捕りましたので、殺さず連れてきました。新刀を試すにもよいでしょう。骨逞しうて肉多い」そう誇らしげに告げた。

頭領たちは満足げに、「さぞかし骨折ったのだろう。よう肥えた大男だ。試し斬りにちょうどよい」と近寄り、手燭を掲げてじっと目を凝らした。すると、ふたりともが驚いて声を上げた。

「あなたは伊吹の若頭領、源金太殿か」突如そう問われ、素藤も驚いて仰ぎ見た。

素藤　そう言う主らは。
願八　礪時願八、
盆作　平田張盆作にてございます。
願八　思いがけなき、
盆作　今宵の再会。

願八と盆作は慌てて縄をほどき、素藤に縁台へ登るよう請うた。手下たちは胆を冷やしていた。

「お前たちが知らぬのも無理はない。この人こそ、かねて噂した近江の若頭領だ」

四人は震えながらぬかずき、「わしらは比叡も伊吹も知らぬ田舎者で、たいへんな無礼を働きました。お許しくだされ」と詫びるのを、素藤はやめさせた。互いに命が残った幸せを喜び、遺恨も残さなかった。願八が酒の用意を言いつけ、「さ、若頭領はこちらへ」と、盆作ともども奥へ案内する。素藤に上座を勧め、願八は今日までの苦労話を始めた。

「ちょうどあなたが都へ赴かれた次の日でした。将軍家のご命令だとして、観音寺城から千五、六百人もの捕手が砦に乱入しました。慌てふためくばかりでとても防ぎきれず、峰を越えて美濃路へ逃れようとしましたが、仲間の多くは谷へ落とされて身を砕き、あるいは討たれ、あるいは搦め捕られました。逃げ延び得た者は稀でしょう。我らは桁渡旋風二郎、井栗苛九郎とともに窮地を逃れ、潜伏に潜伏を重ね、七月半ばにこの荒れ寺を見つけました。先住の盗人が五、六人歯向かうたが、我々に敗れると、住処を譲る代わり一緒に稼ぎたいと詫びまして。あなたを連れてきた四人がそうです。他に二人いて、いまは旋風二郎と苛九郎が連れて夜働きに出ています。頭領は腹が物言う奇病にかかって悪事が露見し、晒し首にされたと聞きました。その噂でもちきりでしたが、若頭領はご存じなかったですかね。そもそも、どうしてここらにいなさった」

素藤は嘆いてみせ、「親や伊吹のことは大津で聞いた。驚き恐れて都へは行かず、踵を返して美濃へ出て、信濃をさすらった。筑摩の温泉宿に逗留した折、卒八が我が荷を盗んで逐電した。路銀は少し懐にあったから、鎌倉で働き口でも探そうかとここまできたのだ。お前たちと会えたからには旧縁未だ尽きていないのだな。禍かえって福となり、喜ばしいことだ」

願八、盆作は素直に再会を喜んだ。酒も進み、やがて素藤が言った。

「山賊が生きるのは別世界だ。仕える領主もなく、助け合う同僚もない。富は王侯さながらであっても、一度露見すれば首を刎ねられ悪名を遺すのみだ。唐国では山賊が天子になる例もあると聞くが、我が国では伊予の純友、京の保輔、豊後の金山、ひとりたりとも国を手に入れ子孫に伝えた者はない。盗むにも道があるということだ。国を盗めば国主と言われ、城を盗めば城主となれる。道を実現した者はもはや盗賊とは呼ばれず、栄誉を子孫に伝えるだろう。この戦国の世に生まれ、智慧も武芸もありながら、山賊として朽ち果てるのは惜しいことだ。鎌倉行きもかような目論見あって企てた。一城の主になった暁には、お前たちを呼び寄せよう。そのときは俺に従うて武士になれ。荒れ寺で暮らすよりはマシだろう」

願八、盆作は苦笑した。「頼もしい話ですが、追い剝ぎは簡単でも、国を奪い城を取るのは及びがたい。そのような日がくれば必ず従いましょう。若頭領、きっと約束をお守りくだされよ」そう言って二人はどっと笑った。

素藤は酔ったまま寝床に入った。旅包みも刀も手元に置いた。熟睡したふりをし、折々鼾まで立てながら内外の気配をうかがっていた。

丑三つ時に足音が聞こえた。折戸を開けてだれかが入ってきた。井栗苛九郎と桁渡旋風二郎だろう。手下たちが忙しく縁側で出迎え、紙燭を掲げたようだった。

「早く帰られましたな。首尾はどうでしたか」

苛九郎も旋風二郎も不機嫌そうに「不猟だ。酒はあるか」と言い、縁台に上がった。

そのとき縁側の隅に置いた菅笠を見たらしく、「だれの笠だ。客か」

「客も酒もあります」手下は声をひそめて素藤のことを語った。

奥座敷では、願八と盆作がまだ呑んでいた。苛九郎たちをねぎらって酒を勧め、素藤との再会について語った。苛九郎はやはり不機嫌そうな声で、「源金太の口車に乗せられ、それを真実と思うたか知らんが、我らは納得せんぞ。頭領が祇園会へ行くと言われた折、源金太は賢しらに諫めた。その諫言を振りきって京へ行った頭領が、祇園会が面白いからと源金太を呼び出すのでは帳尻が合うまい。まして、源金太がそそくさと出かけたのも辻褄が合わん。あれは嘘だったのだ。逃げ帰った卒八が仲間に凶変を告げず、源金太のみに報せた。源金太は有り金を独り占めし、卒八を従えて逃げた。でなければ、多額の路銀を持つ理由がなかろう」

旋風二郎が応じ、「俺も井栗兄貴が正しかろうと思う。あいつは、有り金を分けたくのうて仲間百人を捨て殺しにしたのだ。己が逃げるために百余人の仲間を売った佞人だ。

恨みある奴を生け捕りながら、もてなすなど愚かの極みだ」と、呪詛を述べた。

苛九郎が嘆息し、「論ずる気はないぞ。武芸に長けようが膂力があろうが、酔わせたのならば好都合だ。殺して路銀も奪うたなら我らの腹立ちも癒えよう。さあ、立て」

願八と盆作は制した。「それは推量であって証拠はなかろう。古いよしみだ、間違うて殺すわけにもいかん。二、三日泊めて、胸の内を探れば明らかになろう。この件は我々に任せてくれ」懇ろにそうなだめると、苛九郎と旋風二郎も強いて争いはしなかった。茶碗酒を手酌で注ぐうちにやがて眠りこけ、呼んでも起きる気配がなさそうだった。願八と盆作は次の間に退いて眠りについた。

その奥座敷は素藤の寝床から遠くなかった。会話はあらかた聞こえていた。

「伊吹から逃げたことに気づけば、俺を仇と恨むのは当然だ。連中の意見が一致すれば、四人を相手せねばならなくなる。いまのうちに逃げるしかないが、盗み聞きして逃げ出したと笑われるのは癪にさわる」

素藤は身支度を整えた。旅包みを斜めに背負って胸の前で結んだ。一刀を腰に差し、足音を消して奥座敷へ近づいた。願八と盆作は寝室で眠っていた。苛九郎と旋風二郎は衣も脱がず酔いつぶれていた。灯火の光はかすかだった。運がいいと素藤はほくそ笑み、苛九郎の枕元にある徳利を拾った。まだ中身があった。茶碗に注いで二杯三杯と呑み尽くした。周りには、ふたりの山刀があった。抜くといずれも刃が美しかった。気に入ったほうを腰に差し添え、残った一刀を提げて灯を吹き消した。夜の帳が降りても素藤は闇に迷わず、苛九郎の胸元を押さえてぐさりと刺した。手探りで頭をつかみ、その首を斬り落とした。

　同じく旋風二郎も刺殺し、彼の生首を苛九郎の骸のほとりに置いた。また苛九郎の首を取って旋風二郎の枕元に置いた。意味のない無残な戯れだった。血刀は簀子に突き立てた。

　手探りで雨戸を開き、縁側で菅笠を見つけた。「これも俺のだ」と手に取って裏から出ようとしたとき、手下がひとり立ち小便をしていた。黎明の夜空を仰いで身震いしながら排尿を終え、寝床へ急ぎつつまぶたをこすった。出会い頭に素藤と鼻先を付き合わせ、ギョッとして二、三歩たたらを踏んだ。あ、と叫ぶ前に、素藤はその胴を斬った。大腸がこぼれ落ちた。吹き出した鮮血が空を染めたかのようだった。

黄金水

……目を醒ませば、願八と盆作は追ってくるだろう。

源金太素藤は道を選ばなかった。坂でも構わずにとにかく東へ走った。廃寺から一里余り遠ざかった頃、夜が明けた。鴻巣の宿駅に入ると、ようやく人心地ついた。……妖怪と盗人が跋扈するのは夜のうちだ。昼の市中は恐れることもない。素藤は店に入って飯を食い、酒を呑んで憩うた。日が高くなっても、願八らは追ってこなかった。素藤は鴻巣を発って先を急いだ。

次の日の黄昏には、武蔵国芝浜まできた。旅籠屋の主人に鎌倉の様子を尋ねた。

「近頃は山内の管領様も北条との戦が絶えず、神社仏閣は壊され、もう昔の鎌倉ではございませんな。藤沢にも腰越にも関所が建てられ、他郷の人は入れないと聞きます。鎌倉へ行かれても自由を得られますまい。まして仕事などありゃしません。生業をお探しなら、安房、上総がよいでしょう。里見殿が義兵を起こして山下定包を討たれて以来、安西、麻呂も滅んで、上総の城主たちをもみな従えなさった。武略だけではありません。

民を憐れまれて租税を重くせず、賢者を愛して俊傑を求めておられる。里見義実公は隠居なさり、いまは安房守義成様が治めておいでだが、ご嫡男もやはり賢君で仁政を布いておられます。いまや下総の半ばまで里見領となったと聞きます。この浦からは木更津への船が毎日出ています。明朝乗船なされば一日で着くでしょう」

素藤は考え込み、「教えてもらえてよかった。鎌倉がそれほど荒れているとは思わなんだ。では、舵を取り直して上総へ行ってみよう。その船を頼みたい」

翌朝、素藤は出船に乗った。順風に恵まれ十七、八里の海上を一日走り、夜には木更津に着いた。活気あふれる漁の景色に迎えられ、胸が踊った。そこで二日をすごした。

……さて、上総には知人もない。うかうかと旅寝していれば路銀も尽きよう。里見殿は賢を愛し、士を招くと聞いたが、城への伝手もやはりないしなあ。近江の山賊の子など、どうあがいても日陰者だ。俺は戦に出たこともない。なにを得意として売り込めようか。仕官が難しければ、上総の貧民に銭を貸し、利子を安うして恩を売ろうか。いやいや、銭貸しこそ信用商売だ。紹介者がなければ簡単には始められん。とにかく落ち着き先を決めねば友人もできぬか。

素藤は上総十一郡を巡り、先々を見据えながら住むに適した土地を探した。

十月上旬、素藤は夷隅郡館山城近くの布施村を訪れた。ここは昔、鎌倉将軍頼朝の功臣、上総介平広常の館があった土地だ。そのためいまも館山の地名が残り、殿台と呼ばれる場所もあった。殿台の東に宇佐八幡があった。これは上総広常が勧請したという神社だった。その西に正八幡の神社があり、こちらは広常が讒言に遭って誅殺された後、鎌倉幕府によって建立された。さらに南に諏訪神社があり、その社頭には巨大な楠がそびえていた。この楠は、上総国長柄郡上郷村の諏訪神社に立つ大楠と対だという。殿台の楠は根元が半ば石と化し、朽ちた幹に何人か座れるほどの洞ができていた。一丈（約三メートル）の高さで枝は六股に分かれ、その股に開いた穴が雨水を貯えていた。だから旱魃でも枯れないという。上郷村の楠が雄樹、布施村のほうは雌樹なのだそうだ。

館山の城主は小鞠谷主馬助如満といい、夷隅一郡の領主でもあった。数代続く旧家だが、如満は酒好き女好きで、課役、租税を重くし、民の困窮を顧みなかった。愛人の首飾りや衣装には千金を費やすが、神社仏閣を修復することはなかった。それを民が求めると、強訴だ淫祠だと訴訟人を厳しく罰し、しばしば神領、寺領を召し上げた。そのせいで八幡や諏訪の神主たちは逃げだし、祭祀も断絶し、神社は獣の棲家となっていた。果たして神が祟ったのか、この冬十月初めから小鞠谷の領内に流行病が蔓延し、百姓は病臥していた。上総は温暖で、特に小春日和の十月は疫病なしと言われてきたが、領主の悪政が招いた禍が、罪なき民に及んだと噂された。

素藤が布施村を訪れたときには、村人はみな病気だった。宿も借りられず困り果てた素藤は、野宿する場所を求めてそぞろ歩いて、殿台の諏訪神社に着いた。鳥居そばにそびえる楠は、驚くほど巨大だった。ぼんやり見上げるうち、気づけば日が暮れた。素藤は社壇で夜を明かすことにした。

壁も崩れた荒れ堂だった。元は由緒ある大社でも、いまでは軒は傾き、甍は落ち、柱は斜めに傾いて、簀子も朽ちていた。夜も更けると森は深々とし、月光も洩れない闇の底に陥った。寂寞とした堂は冷えきって眠れそうにない。丑三つ頃、遠くから声が聞こえてきた。

「玉面嬢、玉面嬢」と呼びかける声の具合から察するに、鳥居の先のようだった。

「だれが来なさったのか」と問いかける声はもう少し近い。おそらく楠の辺りだろう。

「疫鬼だ。我が輩はこの秋に生まれ、いまや勢い盛んになった。ここらを徘徊して大勢の百姓を病気にしてやった。次は安房へ行こうと思うが、嬢さんは近頃まで棲んでいて、国主の才覚、政治の良し悪し、大方知っていよう。聞いてから行くかどうか決めたい」

「安房国主には我も堪えがたい恨みがあるぞ。遺恨を返したいと考えもするが、里見の父子は智勇備えた名将で、賢者を愛し、民を憐れみ、酒や女遊びに耽りもせず、賄賂をとったりもせん。主君は清廉潔白で、家臣は忠義に厚い。それだから手が出せんでいる。

ご老人が赴いてもなにもできるまい。それに、ここらの民とて未だひとりも死んでいないではないか。やはり時期が合わんのか、病の勢いがどうにも緩(ゆる)いなあ」

「いやいや、これから十日と待たず、死人は領民の半数をすぎるだろう。如満(ゆきみつ)の非道に神は怒り、人は恨んで疫病(えきびょう)の禍(わざわい)が起こったが、なお神仏を信心する民は少なくない。例えば、この神社だ。祭礼などとっくに廃(すた)れ、社殿も壊れたのに神威はまだあるようだ。だから、わしは注連縄(しめなわ)を越えられん。これもまた、病の勢いが急速でない原因だが」

笑い声。「この楠(くすのき)の虚(うろ)には神水がある。一昼夜黄金を浸(ひた)したその水を飲ませれば、病気はたちどころに治る。この理(ことわり)を知る名医が出てきたら、老人よ、どうなさるね？」

「それを医師が知ったところで、厳しい領主の取り立てのせいで民は小判など一枚も持っていない。万が一そんなことが起きたなら、そのときはここを去るだけだ。変なことを言わんでくれ」

不快げに言ったのを最後に、妖(あやかし)たちの問答は絶えた。社殿の床下でコオロギがかすかに鳴いていた。素藤(もとふじ)は暗闇のなか、怪しみながらも考えた。

……訪れたのが世に言う疫鬼(えやみ)か。流行病(はやりやまい)の元凶だ。玉面嬢(ぎょくめんじょう)は木精(すだま)だろう。大楠(おおくすのき)の精霊に違いない。この時期外れな流行病(はやりやまい)の原因が城主小鞠谷如満(こまりやゆきみつ)の悪政非道にあるのなら、俺が病気から救うてみせれば、民は恩に感じ、俺の助けになることもあろう。人望が集まったなら、俺が如満を討って館山城主となることもあり得なくはない。ここが銭の使いどころだ。大利を得られる大きな機会だ。実によいことを聞いた。

素藤は早く夜が明けないかとうずうずした。二時ばかりして烏の鳴き声が聞こえると、旅包みから五、六百金すべてを取り出し、封を破って小風呂敷に包み直した。それを持って大楠によじ登った。一丈ばかり登って六股に分かれた枝の上に乗った。枝と枝の間にある虚に手を差し込み、深さを確かめた。水の冷たさで骨が疼いた。指先が底まで届くと安心し、風呂敷に包んできた金をぜんぶ沈ませた。


素藤は村人を待った。村中が病臥し、なかなか神社を詣でてこない。待ち続けて三日目の朝、病みさらばえた若者が竹の杖にすがって参詣にきた。掌を打ち鳴らし、ぬかずいて黙祷する。長いことそうしてから帰ろうとするのを、素藤は慌てて呼び止めた。

「どこの村からおいでになった？　病が癒えず歩行も難儀では見るに忍びない。わしは病から救うべく諸国を巡っている。仙人由来の良薬がある。あなたを救わせてくれ」

若者は素藤を見つめ、「僕はここから遠からぬ上布施村の百姓で、礫谷沙八の倅、褚九郎といいます。時期外れの流行病で、村ではほぼ全員が臥せっています。我が家でも両親と弟妹が大病に犯され、鍼灸も薬も効き目なく、もう助かるとは思えません。僕はまだ動けますから、親兄弟の病鬼退治を祈りにきました。あなたはどちらの方でしょうか。善行を積んでおいでなのか」

「公家浪人で、卜部某という。陰陽の術、医療の神方など先祖相伝の秘録がある。万人の災厄を救わんために遊歴し、この地へ参った。宿を求めようとした折、どの家も病み臥して引き受けてくだされなかった。やむを得ず神社で夜を明かしたところ、神が示現されたのだ。社頭の大楠の虚に神水がある。黄金を一昼夜浸したその水を飲めば、たちどころに病は癒えよう、と。幸いにも我が手には金があった。そのすべてを虚に沈ませ、村人の訪れを待つこと今日で三日目だ。神水を汲んでこよう。まず、あなたが飲まれよ。それから家に持ち帰って家族に勧めよ」

素藤は神酒徳利を社壇から取ってくると、楠の大枝によじ登って虚の水を汲んだ。小判を一枚拾い上げて木を降り、褚九郎の前に戻った。

「神水に浸していた金だ。水とともにあなたに授けよう。貧しき者は水とともに金をも取るべし。ただし、一人につき一枚だけだ。このことも村中に伝えなさい」

そう教え諭して徳利を渡し、神水を飲ませた。まもなく褚九郎の心地は涼やかになり、さっきまで熱に浮かされていたのが嘘のようだった。杖を手放し、小躍りしだした。褚九郎はハッとして、素藤を神と拝み始めた。涙が止まらなかった。しゃくり上げつつ声を絞り出した。

「広大な慈悲に救われました。薬水ばかりか、惜しげもなく小判まで貸してくださるとは。このようなご仁徳ある人は、世にあなただけです。小鞠谷（こまりや）殿による長年の取り立てで、領内に困窮せぬ百姓はない。あまつさえ流行病（はやりやまい）のせいで、いよいよ飢えに苦しんでいます。我が家も朝夕の煙が絶えかけていました。ご恩をお受けさせてもらいます。喜ばしい。かたじけない。黄金水はすぐに家族に飲ませます。近所の人にも分け与え、みなを連れてまた参ります」そうして徳利を胸に抱き、杖を忘れて家路についた。

一時（いっとき）ほどすると、病の癒（い）えた村人たちが樽や柄杓（ひしゃく）を携えてきた。まだ黄金水を飲んでいない者は杖の先に小徳利や竹筒を掛けてきた。褚九郎（ちょくろう）を先頭に続々と諏訪（すわ）神社に集まった。

素藤（もとふじ）は言った。「すでに病の癒（い）えた者は、樹に登って神水を汲（く）み、村中に分配せよ。飢えに苦しむ者には、虚（うろ）に沈めてある小判から一枚を貸し出す。多く取ろうとしたり、貯えがあるのに貧窮のフリをしたりする者は、神水の効き目が失われ、神罰を受けるであろう。神を恐れて慎（つつし）むがよい」

村人はひざまずいて誓いを立てた。縄梯子（なわばしご）を大枝に投げかけ、何人かが登ってゆく。樹の下で待つ病人がその水を飲み、たちどころに病が癒（い）える。寝たきりの病人のために、家族や隣人は桶や筒徳利を抱えて家路を急ぐ。約束通り、貧民には小判一枚が貸し出される。その評判は村を越え、やがて陸続と諏訪（すわ）神社に人が訪れるようになった。二、三日の間、昼も夜も汲（く）み出されたが、神水は尽きなかった。ついに夷隅（いすみ）一郡の民みな回復し、今日食う飯さえなかった貧民も救われた。

この大恩にどう報いるべきか、百姓たちは相談した。素藤（もとふじ）を村長（むらおさ）屋敷へ招き、毎日、饗膳（きょうぜん）を差し出した。「この地に留まられ、あなたの徳を郡内に施（ほどこ）してくだされ」そう請（こ）うてやまなかった。素藤（もとふじ）は渋り続け、何度も懇請（こんせい）されてようやく引き受けた。

「諏訪（すわ）社の神主になってもらえば神慮（しんりょ）に適（かな）うだろう」

みなで銭を集めて社地に屋敷を建て、素藤（もとふじ）を住ませることになった。諏訪（すわ）神社に帰依（きえ）する者は後を絶たなかった。だれもが素藤（もとふじ）の放つ言葉ひとつひとつを謹（つつし）んで聞いた。

その頃から、母方の名字をとって蟇田（ひきた）権頭（ごんのかみ）素藤（もとふじ）と名乗りだした。信じてなどいない神に仕えて加持祈祷（きとう）を行った。法術などひとつも知らないのに、極めて効験があると評判だった。いつしか神仙と称えられ、村人はなにかなすとき必ず素藤（もとふじ）にお伺いを立てた。

下人（げにん）を七、八人も召し使い、素藤（もとふじ）の暮らしに不自由さは微塵（みじん）もなかった。村人には五、六百金を貸していたが、まだ数百金の貯えがあり、乞（こ）う者がいれば快く貸した。

小鞠谷（こまりや）家の家臣にも、素藤（もとふじ）の加持祈祷（きとう）で難病が癒（い）えた者や、金を借りた者があった。

素藤は金儲けに関心を示さなかったが、武士にも百姓にも尊信されてよく贈り物を受けたし、借金も期限内に返済されたため、わずか一年で近郷一、二の富豪となっていた。

館山城主小鞠谷主馬助如満は、世間をにぎわす蟇田素藤のことを伝え聞くと、尋常でなく怒り狂った。老臣の兎巷幸弥太遠親を呼び寄せ、息巻いて命じた。

「近頃、蟇田権頭素藤と名乗る曲者が我が領分に跋扈しているそうではないか。愚民を惑わす怪しげな言葉を広め、神を借り、鬼に託した邪術を行うと聞いた。勝手に諏訪神社の神職と称して社地を占有し、不義の富をひけらかして領主を譏るそうだ。民の惑いを醒まさねば禍が起きるぞ。汝が行って搦め捕ってこい。その首を晒して妖言の根を断つのだ。妨げる愚民がいれば容赦せず縄にかけよ。兵は大勢連れてゆけ。手に余れば斬り捨てても構わん。急ぎ用意せよ」

遠親は承って隊を整えたが、彼もまた子供が難病で命を失いかけたとき、素藤の祈祷で回復させてもらった。それ以来、素藤を崇拝していた。付き合いは浅くなく、他の借金の埋め合わせに五十金を借りもした。この捕縛命令は遠親を憂鬱にさせた。諫めて聞く主君ではない。村長に報せて素藤を先に逃がそうと、密書を布施村へ送った。

村長は驚き、ただちに村人たちに伝えた。みな打ちそろって素藤屋敷に集った。彼らにとって最も大事なのは、素藤の生命だった。百姓が警護して村境まで送ると申し出たが、素藤は彼らを黙らせた。

「捕手頭の遠親とは親しい。彼と話してから進退を定めよう。心配は要らぬ。策はあるのだ」

素藤にそう言われると、だれもなにも言えなかった。


兎巷幸弥太遠親は兵四、五十人を率いて諏訪神社へ赴いた。取り囲んだとき、素藤屋敷に大勢がいると分かった。遠近は兵を待機させ、ひとり裏手から入った。素藤に案内され客間へ向かうと、村長はじめ屈強な若者百人ほどがいた。思わぬ光景に遠親は進みかねたが、素藤の態度は丁重で、上座も譲られた。素藤は声をひそめて話しだした。

「わしに罪があるとは思わんが、小鞠谷殿には憎まれたようだ。他郷へ逃げよと、あなたは教えてくださった。その友情には感謝するが、もはや身は惜しまぬ。憐れむのは村人たちのことだ。みな、某が逃げるならともに他郷へ走るという。民が離散すればだれが田を耕そうか。そうなれば、早晩、隣郡の城主に領地を取られるだろう。あなたとは交わりも深く、人柄もよく知っている。そこで提案だが、あなたこそ一郡一城の主にふさわしい人物ではないか。某も力を合わせたい。あなたが決断なさりさえすれば、たちどころに成就する話だ。これは、領民が望んでいることなのだ」

素藤から道理めかしてそそのかされ、遠親の心は激しく揺らいだ。やがて顔を上げ、

「先生のご教諭、まことに理のあることです。某に徳がなくとも、先生の助けさえあれば、必ず成就するでしょう。しかし謀叛を起こせば弑逆の罪人となります。それは如何なものでしょうか」

「周の武王は暴悪の紂王を滅ぼして民を救い、聖人と称えられた。小鞠谷如満を討ってだれが弑逆と言おうか。悪政を見て見ぬ振りし続けるほうが大きな罪ではないか。思い切って決断なさいませ」

遠親はそれ以上迷わず、素藤の意思に己を委ねた。素藤は村人たちに計略を示し、その場で合図も決めた。そうして全員が了承し、素藤を捕縛した。

遠親は陣に戻り、「素藤はすでに村人に搦め捕られていた。村人らにも証言させねばならんため、全員を城へ連れてゆく」と説明した。館山城に着いたのは黄昏時だった。

小鞠谷如満は、素藤の恩赦を請うべく村人たちが入城したと聞き、怒りをあらわにした。問注所では素藤を庭先に引きすえ、如満みずから罪を責め立てようとした。だが、村人たちが兵に紛れて侵入していたことで、ちょっとした騒ぎとなった。

遠親が縁側へ登り、主のそばへ赴いた。如満は老臣をねぎらい、村人をここまで引き入れた詳細を聞こうと身を乗り出した。そこで遠親は腰刀を抜き、すぐさま如満の首を

斬り落とした。

「幸弥太、乱心したか」役人たちは目を剝いた。「主君を弑せし大逆無道、そこを退け！」

遠親は声高々と、「まだ悟らぬのか。如満は長年にわたって暴悪なる苛政を布いてきた。その苦しみに耐えられず、民が叛いたのだ。我は里見家の意に従うて天誅を下した。濁りを去って清きにつけば、栄誉は子孫にまで伝わろう。疑う者は如満と同罪とする。者ども、降参せよ」と呼ばわり、罵りひしめく役人たちへ刃を向けた。

庭先でひざまずいていた素藤は、緩く掛けられていた縄をほどいた。村人に預けていた刀を取り、縁側から駈け上がろうとする。さえぎろうとした兵を斬り伏せた。たちまち乱戦となった。村人たちも決起し、鎌や短刀を振り回して加勢した。兵や役人が書院へ逃げてゆくと遠親は追い捨て、暴君の首級を素藤に見せるべく提げてきた。素藤は遠親に気づくと、手にした白刃を横ざまに閃かせた。誇らしげな遠親の顔が宙を舞った。

首なし死体が音を立てて倒れ、切り口からほとばしる血が杉戸の蔦を染めた。老臣や若党たちが謀叛人兎巷遠親を討ち取らんとして兵を率いて現れたところだった。手槍や捩り刺股を携えて広庭から詰めかけた武士たちを、素藤は落ち着いて出迎えた。遠親の首級を白刃の切っ先に刺して掲げた。

「館山城の諸士よ、これを見よ。兎巻遠親は謀叛を起こし、主君如満殿を弑した。弑逆の罪人への天誅は速やかに行われるべし。某が諸士に代わって遠親を討ち取った。夷隅郡の民は、我とともに城を守らんと欲している。しばらく某がこの城を預かり、各々と話し合いたい。お許し願えるか」

素藤の前後左右には、屈強な村人百人が鎌や短刀を手にし、多勢を恐れぬ面構えで身構えていた。館山城の士卒にも、親族を如満に手討ちにされた者、如満の愛人への出費と引き換えに俸禄が減った者は多かった。なにより、素藤を尊信する者が少なくなかった。

老臣の奥利本膳、浅木碗九郎がいち早く情勢を察して鉾を倒し、ひざまずいた。

「如満の暴虐は長きにわたりすぎた。逆臣に弑せられたいま、継ぐべき男女の子もなし。先生は逆臣遠親を誅する大功を挙げられた。いまより主君と仰いで力を尽くしたい」

老臣二人が帰順すると、後方に従う士卒たちは堰を切ったように喝采を挙げた。

反魂香

館山城主としての最初の仕事は、兎巷遠親の親族の誅戮だった。主殺しの罪を遠親に負わせ、蟇田素藤は賢者面して先代の悪政を改めた。民を撫で、家臣を愛し、施しを好んだ。小鞠谷如満の暴虐に苦しんできた民だけでなく、士卒たちも「賢君を得た」と喜んだ。

素藤は考える。他郷の浮浪人が夷隅郡の主になったことを上総の城主たちが妬もうと、一城の小敵ごときは恐るるに足らない。だが、里見家は侮れなかった。里見は上総を併呑しており、館山城も従属していた。かつて里見義実は結城から安房へ落ち延び、義兵を起こして逆臣定包を討ち、長狭郡を得た。俺が遠親を誅戮して夷隅郡を得たのも似たようなものだが、勢力は同じではない。俺には金碗八郎のような忠臣はなく、恩顧の老臣たる杉倉、堀内のような者もいない。里見に盾突いて独立を図れば大難を招くだろう。

そこで素藤は早々に、浅木碗九郎、奥利本膳に贈り物を持たせて安房へ遣わした。二人は、里見家の四家老と呼ばれる杉倉、堀内、東、荒川と対面し、館山の内乱について釈明した。

「館山城主小鞠谷主馬助如満が、城内にて家臣兎巻幸弥太遠親に討たれました。蟇田権頭素藤は、たまたまその場に居合わせました。殿台の諏訪明神の神職として、学問あり、武芸に長け、慈善の心厚く、これまでも領民の憂いを解消して参りました。その人が義のため主殺しを見るに堪えず、刃を振るうて逆賊を誅殺しました。その功は莫大であり、小鞠谷の家臣と夷隅の百姓一同が推し、素藤を主と奉って孤城を守っています。素藤が望んで一郡を奪うたのではありません。里見殿にも忠節を尽くすべく努めております。上総は残らず里見殿の配下ですが、なおも野心ある者がいます。素藤は里見殿へのご奉公の手始めに、上総の土豪たちの心根を探ってそれぞれの邪正をうかがい、叛逆の惑いある者は諫め、諭して従わぬならご征伐を請いまつって先鋒に立ちたいと願うております。浅木碗九郎嘉倶、奥利本膳盛衡、些少の土産を献上し、おん旨をうかがいに参りました。今後とも貢物は欠かしません。その証はここに」彼らが連署した起請文を差し出し、蟇田素藤の館山城相続の認可を請うた。

安房国主里見義成も、小鞠谷如満の暴虐は以前から聞き知っていた。真実なら罪を正し民を救わねばならぬと、忍びに探らせてもいたが、手を下す前に家臣に殺された。その家臣も蟇田素藤に成敗され、夷隅の民は安堵しているという。聞けば、素藤は流行病から夷隅を救い、民のほうから諏訪の神職に推されたという。今度は館山城主にしてほしいと請う使者の口上と起請文を、東六郎辰相が義成に渡した。義成は新旧三家老、杉倉木曾介氏元、堀内蔵人貞行、荒川兵庫助清澄も呼び集めて評議を行なった。

義成は素藤の素性の知れなさを問題にしたが、四家老は、先に浅木、奥利と接した印象からその警戒を解いていた。

「素藤には功績がございます。士卒や百姓の望みに任せるべきかと存じます。万が一野心を起こそうと、しょせん一郡一城です。上総下総の将兵だけでも征伐できましょう。むしろ功ある人に褒美をやらずに人心が離れることこそ問題です。賢慮を巡らされ、しかるべくお決めくだされ」

翌日、浅木と奥利は里見義成と面会し、素藤を館山城主と認める下知状を賜った。主君の恩を拝して退出した二人の、館山へ帰る道々の喜びようと言ったらなかった。

素藤は多くの家来を従え、安房国の稲村、瀧田両城へ参勤した。懇ろな式典が催された。義成、義実へ貢物を献上し、また引き出物を賜って、新城主の心得などを諭された。

国主の威風は辺りを払い、素藤は恐縮して頭を上げることさえできなかった。背中はずっと汗でびっしょり濡れていた。礼儀に慣れない乱暴者だけに、鸚鵡返しに承る以外なにも言えないのも情けなかった。初めての安房逗留は数日で終わり、館山に帰城した。素藤は里見の武威を改めて痛感し、目をかけてもらえるように努力し始めた。

上総には、未だ独立の志を隠さず、かたくなに安房へ参勤しない豪族たちがいた。庁南城主武田信隆、榎本城主千代丸豊俊、椎津城主真里谷信昭がそれだった。素藤は彼らと面会して利害を説き、里見家に従うように勧めた。粘り強く説得した結果、三城主は素藤と連れ立って稲村城へ参勤し、これまでの怠慢を詫びた。義成は大いに喜んだ。

「蟇田は当家に忠ある者である」と直々に褒められ、特別な贈り物を賜った。

里見家の寵愛を得るうち、素藤も少しずつ変わってきた。……当初の目論見は当たり、いまはなんの不自由もないが、いつまで賢者面をしていればよいのか。女にも酒にも手を出せなければ、一城の主となっても無意味ではないか。里見義実は政治に関わっていないと聞く。当主の義成は愚将ではないが、まだ若く、柔弱なところがある。これほどはばからねばならぬ相手だろうか。

徐々に驕りがもたげて自分に甘くなってくる。ついに素藤は酒や女遊びを始めた。小鞠谷如満の愛人に朝顔、夕顔という美女がいた。彼女たちを妾にした頃から、素藤の酒宴は贅沢になってきた。音曲、歌舞に長けた少女を京や鎌倉から呼び寄せた。宴の財源を確保するために増税を行った。

一度始めてしまうと、贅沢は止まらなかった。だが、民の期待を裏切れば、いつ安房へ告げ口されるか分からない。素藤はそれを恐れていた。

「この城にいるのは、すべて小鞠谷の旧臣どもだ。奴らは時勢に従うただけで、いつ敵に回るともしれない。本当に頼れる者が必要だ。山賊仲間だった礪時願八、平田張盆作は武勇に長け、旋風二郎、苛九郎と違うて俺に忠実だった。昔、約束した通り、二人を招いて助けとすべし」

素藤は麻墓愚助と呼ぶ愚直な若党に、密書と金を預けて熊谷近くの隠れ家へ遣わした。

ずっと以前、素藤を泊めた翌朝、礪時願八と平田張盆作は、仲間の死骸を発見した。隠れ家に素藤の姿はなく、外では手下がひとり死んでいた。

「素藤の仕業だろう」と察したが、追いかけるには時が経ちすぎていた。「旋風二郎と苛九郎が殺せと言うたのを聞かれたのだろう」願八らは手下に死骸を埋めさせ、素藤の行方は探さなかった。

二年三年とすぎる間に、手下のうち二人は殺され、三人は流行病で死んだ。願八と盆作はその後も追い剝ぎを続けた。ある日、熊谷の荒れ野で武家の飛脚らしい旅人を殺して三十金を盗んだ。その懐に、竹筒に収めた書簡があった。これが思わぬ内容だった。

素藤から願八、盆作へ送った密書だったのだ。上総の一城主になった顛末を記した後で、素藤はこう続けていた。

「当地へ参って我に仕えよ。路銀として三十金を贈る。その密使は麻墓愚助という愚直な若者だ。その口からお前たちの古巣が漏れては我がためにならぬ。斬り捨ててから来い」

願八と盆作はすでに殺した男を見下ろし、「本当に一城の主になるとは思わなんだな。昔、苛九郎と旋風二郎に同意せなんだから、この路銀を贈られたのか。勘繰って無視すれば後悔することになろう。山賊を続けるよりはマシだ。さっさと上総へ行こう」

こうして願八と盆作は、蟇田家の家宰となった。もとより主の欲深さは知っている。素藤はもうはばからず、贅沢にも拍車がかかった。花見月見にかこつけ、突然、建物の工事が始まる。民に労役を課し、その苦労を顧みない。あるときは田楽舞台を造らせるのに良材を選ばせた。珍しい形の石ばかりだったから莫大な費用がかかった。そのたびに租税は重くなったが、それでも足りず商人に押し借りした。村長が税の免除を請いにくると素藤は嘲笑い、

「本当なら夷隅の民は熱病で死んでいたのだぞ。だれが救うたと思うている。金を貸して貧困を救うてもやった。雨が上がれば笠を忘れるか。この痴れ者の首を刎ねよ。そう

せねば強訴はやむまい」

村長は獄舎につながれた。家族や村人は驚き嘆いて城に詰めかけた。願八と盆作が面会した。何度も贈り物をして恩赦を請うた。賄賂のおかげで村長は死を免れたが、村役を解かれ、田畑や屋敷、蔵まで没収され窮民になり果てた。憐れまぬ百姓はいなかった。

素藤の横暴も目に余るが、願八、盆作もまた勝手に私腹を肥やしていた。次第に、「小鞠谷殿の頃のほうがまだよかった」とぼやかれだした。だが、村長の一件があって以来、訴える者はいなかった。

里見家に対しては年始の参勤、寒中、暑中見舞いを怠らず、贈り物も欠かさなかった。悪政の風聞は領内に留まり、里見家への叛意や野心は見えなかった。そのせいで、国主からは追及もされず何年も時が流れた。

文明十四年、夏――。

この年、素藤が寵愛した朝顔、夕顔が流行病に冒された。素藤は落ち込み、「あの神社の水に黄金を浸せば即効があるだろう。例の楠から水を汲み取らせてこい」と諏訪神社へ遣わしたが、使者に立った医師と小者はなにも持たずに帰ってきた。

「枝の股の虚は朽ち果て、幹の虚とひとつになっていました。神水は一滴もございません」

素藤は信用せず、昔を知る近習を走らせたが、ないものはなかった。近習は、代わりに御手洗井の水を汲んできた。素藤はその水に黄金を入れ、次の日、女たちに飲ませたが、効果はなかった。朝顔は明け方を待たず、夕顔も夏の日陰で息絶えた。素藤はもだえ、胸を掻きむしって慟哭した。酔いつぶれても憂いは払えず、歌舞も音曲も慰めにならなかった。秋風が涼しく吹き始めても、鬱々として一向に気は晴れなかった。

気散じのつもりで、近習を連れて物見櫓に登った。城下を眺めていると、人々が一斉に走りだした。素藤はいぶかって「なにごとか」と尋ねた。

「名高い八百比丘尼を迎えに行ったのでしょう」近習が答えた。

素藤は眉を寄せ、「どんな尼だ?」

「若狭国にいたという老いた尼です。四十歳余りの見た目ですが、年齢を問うと、八百余歳と答えます。そのため、姿は若狭の八百比丘尼と呼ばれたとか。長年山籠りしていましたが、近頃は迷える衆生を導こうと諸国を遍歴なさっているそうで、庶民は渇仰しています。比丘尼を迎えた土地には福が訪れると言われ、雨を乞うても晴れを祈っても霊験あらたか。病久しく死なんとする者も念仏を受ければ回復する。治りがたい病ならば、苦しみを忘れて成仏させてくれる。ひときわ奇異なのは、死に別れた妻や夫と、たとえ歳月が経っていようと、強い愛慕の思いでもう一度見たいと比丘尼に乞えば、煙のなかにその亡魂を出現させてくれるとか申します。参られたなら駕籠で迎え、泊めた家も名誉となります。先日来、八百比丘尼が上総にお見えだと噂が流れていましたが、昨夜は布施村に、今日は館山本町へ参られると朝からものすごい騒ぎでした。さっきの人々は八百比丘尼を迎えに行ったのです」

素藤は眼下に目を凝らし、「奇しきことだ。今宵、その比丘尼を城に招け。噂の虚実を確かめる。役人どもにそう伝えよ。急げ！」

生き仏を迎えようと詰めかけた町人たちは、「ただちに城内へ連れて参れ」との城主の厳命を聞いて呆れ返った。不平こそ漏れなかったがにぎわいはにわかに絶え、町は白けきった。

城内へ舁き入れられた駕籠は役人に渡された。浅木碗九郎、奥利本膳から雑兵、下人に至るまで、不思議な比丘尼を一目見ようとそろって出迎えた。比丘尼は客間へ通され、茶や菓子、それに料理を出してもてなされた。

素藤はひとり座敷で待ち構えていた。やがて腰元に連れられて比丘尼が訪れた。齢千歳に近いなど嘘八百か、顔白く身は痩せているが、それも雪を乗せた呉竹のような嫋やかさで、危うげではなかった。目元涼しげで眉は濃く、気取りがない。白綸子の袷、黒い紋紗の法衣、錦の袈裟。山籠りしていた尼法師がこうも晴れがましい装いなのも、施主から寄進を受けたものと思えば怪しくはなかった。客座についた比丘尼は会釈し、手にした数珠を指先で繰った。なにも言わなかった。

素藤から先に、「女菩薩よ。わしはこの城の主、素藤だ。仏の道には疎いが、御身の法験を耳にし、渇望やみがたく招待した。女仙なのか。観自在菩薩か。若狭の八百比丘尼と呼ばれているそうだな。羨ましいことだが、不老不死の仙術は学んですぐには得られまい。今年は豊作で雨乞いも要らぬ。わしが願うのは、世を去った女たちと再び会うことだ。その術は本当にあるのか」

比丘尼が答える。「人伝にみなご存知のご様子。我が法名は妙椿なれども、世の人が八百の名を負わせたのは、玉椿の寿命が長いからでしょう。妙椿とお呼びください。それはともかく、この世にない人を見せるのは方術で、仏の教えにはあらねども、深山にいました折に異人から伝授され、稀ですが人に施すこともございます。殿が見たいと仰せなのは、流行病で世を去った朝顔と夕顔でございましょう。今宵、お見せ奉るのは易しいことです」

素藤は驚き、喜んだ。「頼もしい。なにを用意すればよい。なんでも言うてくれ」

「さしたるものは使いません。奥まった一室に帳を垂れ込め、机に香炉をひとつ置いてください。夜が更けてから人払いをなさり、おひとりでその部屋へおわしませ。丑三つ頃、美女たちをお見せいたしましょう。深く信じなさることが肝要です」

「まだ時があるな。御身もくつろいでくれ」

素藤は別室に宴席を設けた。豪勢な饗膳を用意させたのだが、妙椿はあまり食べなかった。法衣を脱ぐと枕を請い、傍らに人がいるのも構わず熟睡した。


奥の小座敷を掃除させ、帳を垂らさせた。燭台、机、香炉も用意させた。比丘尼に夕膳を勧めるべく腰元を遣わしたが、なお熟睡して起きなかった。

夜が更ける。子の刻（午前〇時）をすぎると素藤も苛立ち、みずから起こそうと居室へ赴いた。ちょうど腰元に手を引かれて部屋を出た妙椿と出くわした。

「女菩薩、時刻になるぞ。いつまで待たせるのか」

「慌てなさるな。抜かりはございません。用意の一室へ案内してくだされ」妙椿が微笑を浮かべて言うから、素藤は怒りの矛先を見失った。

帳を下ろした一室に素藤は気ままに座った。妙椿は机の前に腰を下ろした。懐から香を一包み取り出し、香炉の火を掻き起こす。呪文を唱えつつ香を燻らせると、左右に立てた銀燭の火が消えた。室内が朦朧としてきた。馥郁たる香りとともに立ち昇る煙のなかに、忽然と美人が現れた。

現実の人と見紛う大きさだった。背は高からず低からず。細い腰に白い肌、はにかんだ表情をして、流し目からは愛嬌がこぼれた。嫋やかな仕草は、薄衣さえ重たく感じているかのようだった。

声は聞こえない。神か人か幻か。花をも恥じらわせ、月をも羞じらわせる可憐な年齢だった。十六歳の美少女——。

このとき、素藤は初めて知った。盛りの短い朝顔も、はかなく萎む夕顔も、宝玉の前ではまがい石だった。鳳凰の脇でさえずる雀でしかなかった。あれほど深く愛した二人を、いまの素藤は恥ずかしく思った。魂は浮かれ、心がとろける。身を寄せて抱きしめようとすると、煙とともに形は消えてなくなった。素藤は威儀を正した。もはや疑念など微塵も覚えず妙椿と向き合った。

「思うた以上の妙術であった。滅入っていた心が慰められたが、人が違うではないか。朝顔、夕顔を見せず、二人に増す美女を見せたのはどうしてだ。この世にあんな少女がいるならば、もう嘆きはすまい。たとえ朝顔、夕顔が生きていても暇をやり、いま見た少女を妻にしよう。あの美女を我がものにはできんのか。絵のなかの美女に胸を焦がすよりもはかないではないか。またわしを物思いに沈ませるのか。なぜ、このようなこと

をした」

妙椿は笑って、「お分かりになられぬか。昔、漢の武帝は愛した李夫人の早世後、愛慕の念やまず、いま一度見たいと嘆かれたため、方士李少翁が慰め申して反魂香を焚きました。煙のなかにしばらく李夫人が現れるのをご覧になると、武帝はいよいよ悲しまれ、いよいよ嘆かれた。死したる美人を幻に見ようと想いは増すばかりで、なんら益はございません。そこで亡き二人をお見せせず、生きている美女をお見せしました。妻になさることもできましょう」

素藤は夢から覚めた心地で何度もうなずき、「どこの娘なのか教えてくだされ」

「安房国主、里見義成殿の息女、浜路姫と呼ばれる方です。義成殿には娘御が多い。かの姫は五女ゆえ、五の君と称せられる。幼い頃に荒鷲にさらわれて行方知れずとなりましたが、昨年の冬にお帰りになり、いまは稲村城におわします。民間でお育ちなさっても立ち居振る舞いに品がある。顔も姉妹たちに優りなさると、我が千里眼で知りました。御身にお勧めしたくお見せしました。よき仲人もありましょう。ぜひ妻になさいませ」

素藤は小躍りした。「これは嬉しい。喜ばしい。めでたいことだ！　他ならぬ里見殿の娘だとは！　わしは国主に尽くしてきた。野心を抱えた城主たちを服従させたのも忘れてはおられまい。長年にわたって国主の信用を得、期待もされている。この縁談は必ず成就しよう。……だが、待て。わしはすでに四十路だ。歳が離れすぎて嫌がられはしまいか」

「夫婦の縁は結びの神が決めること、歳の離れた夫婦も多いではありませんか。まして殿はまだ若く、三十歳ほどに見えます。危ぶむことではありますまい」

そう慰められ、素藤はすっかり上機嫌になった。夜が明けるのも気づかず、妙椿と歓談に耽った。この幸せがいつまでも続くよう願い、素藤は妙椿を城の外に出さず、暮らしに不自由をさせなかった。

「婚姻が成就する日まで、女菩薩よ、わしの話し相手になってくれ」

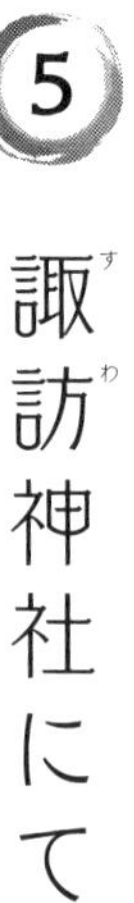

5 諏訪神社にて

長柄郡榎本の城主千代丸図書介豊俊が、重陽の挨拶のため安房へ参勤する途中、館山城に立ち寄った。素藤は盃を勧め、互いの無事を祝うついでに囁くように言った。

「不躾ではあるが、やみがたい志願があって協力を願いたい。引き受けてくださらんか」

豊俊は軽口のように、「何事か知らんが、某はあなたに取り持たれて里見殿に帰順した。独立心を捨てたおかげで心も軽くなり、領内もつつがなく経営できている。あなたとは長い付き合いだ。我が身にできることならもちろん承ろう」

「頼もしい限りだ。では、意中を語ろう。これまで妻を娶らなかったのは良縁がなかったからだが、ご存じであろうか、里見殿に浜路姫という息女がおられる。幼い頃、鷲にさらわれたのを民に救われ、民間で育てられたそうだ。いまは安房に戻られたが、かわいそうにずっと民とすごしたなら、大名家は娶られぬだろう。だが、わしは民の情に通じた妻をこそ得たいと願うている。仲人を務めてくださらんか」

豊俊は考え込んだ。「言われる向きは分かったが、これは弁舌でどうにかなることでもない。まして某は口が上手いほうでもない。ひとまず里見殿の四家老に話してみよう。だれか老臣を預けてもらえば便宜だ。返答を託して早く館山へ知らせられる」

「奥利本膳と浅木碗九郎は、里見殿へ見参したことがある。本膳を遣わそう」

豊俊は館山城に泊まることなく、その日のうちに安房へ旅立った。

素藤は礪時願八、平田張盆作、浅木碗九郎を集め、結婚の件を切り出した。みな大いに寿ぎ、座はにぎわった。

「国主のために手柄を立ててきた殿のご所望です。里見殿に異論はないでしょう。里見殿の婿になられれば、当家の繁盛は疑いなしですな。吉報が楽しみです」

それから素藤は、離れに住まわせた八百比丘尼を訪ねた。榎本城主千代丸豊俊に仲人を頼んだことを報告し、「里見は某に恩がある。仲人が当人だ。必ず成就するだろう」

しかし、妙椿が首を傾げた。「吉凶は知りがたいもの。上手くいかなくとも別の手段があります」淡々とした返答を受け、素藤は興が冷めてなにも言えなかった。

待ちに待った奥利本膳がついに帰った。

「ご所望の件、千代丸殿が骨折られましたが、整いませんでした。里見殿の仰せはこうでした」

――素藤と娘の結婚には支障が多い。婚姻は大礼であり、二度はしがたいものなれば、家柄と歳のほどをよく考えて選ばねばならぬ。蟇田は公家の人と言うが、家系がはっきりしない。我が家は清和源氏、大新田の嫡流である。加えて、素藤はすでに初老だ。浜路とは二、三十歳の差がある。また、浜路には四人の姉がある。姉を越えて人の妻にするのは、順逆の理を違える。以上のことから、素藤の求めには応じがたい。言いにくいことではあるが、言わずに拒めば余計にこじれよう。よろしく伝えられよ。

「千代丸殿も胸苦しく思われたようですが、かような首尾ですので思いは断ち切るように申せ、と某に暇を出されました。千代丸殿は今月下旬、榎本へ帰られます」

素藤は途中からほとんど聞いていなかった。しばらく黙り込んでいたが、突然声を荒らげ、「理不尽だぞ！」と怒鳴った。「人には時の運がある。盛衰がある。里見も初めは安西の食客であったのに、山下を討ち、麻呂、安西の所領を奪って国主を名乗った。わしも小鞠谷の賊臣遠親を討ち、民に推されて城主となったのだ。その義、その勇に優劣などつけられるか。確かに、領地の大小はあろう。勢力も同じではない。だからこそ、わしは里見の下風に立ち、庁南、椎津、榎本の三城主の野心をなだめて参勤を勧めもしたのだ。だれのおかげで上総が無事か分からんのか。手柄を賞せず、里見家だけが繁栄を謳歌し、わしをひどく辱めた。義成の放言が憎らしい。どうするか見ていろ」

本膳はおそるおそる諫めた。「言われる向きは理ですが、短慮は成功を妨げます。伝聞の間違いもあるかもしれません。怒りをお鎮めくだされ」

素藤は返事もせず、童小姓に刀を持たせて離れへ向かった。妙椿にことの顚末を告げ、ここでも里見を罵った。妙椿は素藤の罵声を押し留めて、

「罵り続けても讒言の元を作るだけです。こうしたことは世の常です。縁談が整わなければ、智をもって謀り本意を遂げればよい。左右の者を遠ざけてもらえますか」

言われるまま童小姓を追い出すと、「御身の教えは常に我が意に適うものだった。その計略とはなんでしょう」素藤は問いただした。

妙椿は声をひそめ、「里見義成の嫡子、太郎御曹司義通は、今年十歳になる。来年の正月には、鎧の着初めが行われます。殿台にある正八幡、宇佐八幡、諏訪の三社を修復なさいませ。工事を急がせて今年十二月に落成すれば、稲村へ報告し、御曹司の初参りを請われよ。安房にも八幡神社はありますが、殿台の両社と諏訪明神は、鎌倉将軍のときに勧請され、とりわけ源家との縁が深い。義成は喜んで我が子の社参にうべなうでしょう。幼い義通が領内に来たなら、伏兵を用いて生け捕られよ。童ですから四家老から一人二人供がつくでしょう。七十歳をすぎた杉倉木曾介は役を受けまいが、堀内、東、荒川はいずれも剛の者です。彼らに知られたなら計画を変更せねばなるまいが、この尼にも奇術があります。その手段は――」と詳しく説き示され、素藤は知らず知らず膝を

進めた。満面に笑みをたたえて何度もうなずいた。

「神出鬼没の妙策ですな。伏兵を用いるならば、諏訪神社の楠の虚が最適でしょう」

「まさしく」妙椿は目顔でうなずき、「あの虚がよい。先手に見つかれば使えぬが、これまた尼の手立てがあります。時が来れば分かるでしょう。さて、生け捕った義通を城に閉じ込めておけば、義成は怒って攻め寄せてきます。大軍相手の防戦は難儀だが、義通を櫓に上げて敵の目に晒せば、寄せ手は矢を放てず、弾も飛ばせますまい。攻撃不便となって、おめおめと和談に持ち込もうとするでしょう。そのとき、殿は殿の思うように相手に誓わせなされ。義通と引き換えに浜路姫を受け取れるなら十二分の利益、その日以降、里見の武威も衰えましょうから一挙に上総一国を劫掠なされ。いずれは安房をも下し、房総全域を手に入れる企てもございます。とにかく三神社の修復を急がれることです。期日に遅れれば台なしです」

次の日、素藤はさっそく、願八、盆作、本膳、碗九郎と三社修復の協議を行った。

「両八幡と諏訪の神社は頼朝以来の霊地であるにもかかわらず頽廃しきっている。村長たちに命じ、速やかに修復を行うのだ。特に諏訪神社は、神水の奇特で郡内を死から救うた神徳がある。正八幡は上下布施村の産土だから富める民に金を出させ、貧しい民は人足として扱き使え。力を合わせ、疲れを厭わせず、修復の功を果たさせるのだ。不平を言う者があれば、捕縛して首を刎ねよ。不平不満を戒める見せしめとせよ。願八と盆作を工事の頭領に任ずる。郡民にこの下知を伝えよ。期限は年内いっぱいだ。いい加減な気持ちで臨むな」

　領民は無謀な工期に驚いたが、処罰を恐れて異議を言い出せなかった。重税に疲弊した上、臨時の取り立てはなお苦しい。それでも命には変えられなかった。今回は領主の贅沢ではなく、古い神社の修復なのがせめてものことだ。怠ける者はいなかったが、監督する願八、盆作は自分たちに得がないのが不満で、なにかにつけて難癖をつけ、余計な仕事を増やした。民は難儀し、しばしば贈り物をすることで妨害をやめさせたが、そのため出費は当初の倍になり、この工事のせいで夷隅郡はひどく衰えた。

　その頃、妙椿は素藤に別れを告げた。「かの計略は、後々の手段まですべてお伝えしました。尼がいる必要はもうない。逗留を続ければ怪しむ人が出てきます。ここで暇を願いたい。時がくればまた御身を助け、十二分の勝利を約束しましょう。よく行われよ」そう囁くと、素藤が止めるのも聞かず飄然と立ち去り、それきり消息は絶えた。

　正八幡、宇佐八幡、諏訪明神の神主たちは、かつて小鞠谷如満に神領を没収され、他郷へ去っていた。長い歳月を経て、領主の沙汰で三社が修復され神事が再開されると風聞を聞き、殿台に帰ってきた。彼らは素藤に愁訴し、神職に戻りたいと請うた。素藤は神領を与えて復職させ、以前と変わらぬ祭礼を行うように命じた。

文明十四年十二月半ば、修復は完了した。赤土の玉垣と白木の鳥居が新築され、境内は光が増したようだった。素藤は神主と浅木碗九郎を安房へ派遣し、里見義成に告げた。

「殿台にある両八幡宮と諏訪明神は、昔、頼朝卿が創立された源家ゆかりの大社でございます。先代小鞠谷如満によって神領が没収され頽廃していましたが、素藤の志により再興を果たしました。三社は素藤領分ですが源家の氏神であり、国主にご参詣いただいて奉幣の儀を催せば、鎌倉将軍の先例にも適い、神慮があるかと存じます。三社神主が旧記を捧げて請い奉りますことも右に同じ。ご許容を願います」

続いて神主たちが前例を引き、里見家の社参を勧めた。義成は大いに喜んだ。

「件の三社は、かねてより聞き知っていた。宇佐八幡と諏訪の神社は、昔、上総広常が鎌倉殿のおんために建立した旧社である。後に頼朝の沙汰があり、同所に鶴岡正八幡を勧請したという。素藤の申す通り、里見家が最も尊信すべき神宮である。来年正月十一日は、嫡子太郎義通の鎧着初めが行われる。三社には義通を参詣させる。十五日を当日と定めて遣わそう。ただし童子であるから館山城へは立ち寄らせぬ。その日詣でてその日に帰る。社参の旅とし、饗応は必ず無用だ。これらの由、権頭素藤によく伝えよ」

明けて文明十五年（一四八三）一月十一日、稲村城で里見安房守義成嫡男、太郎御曹司義通の鎧着初めが催された。

　十三日の朝、上総の両八幡社と諏訪社へ奉幣すべく、御曹司を乗せた駕籠が稲村城を出発した。老臣堀内蔵人貞行と杉倉氏元の長男杉倉武者助直元、小森衛門篤宗、浦安兵馬乗勝、近習の田税力助逸友、苫屋八郎景能が供を務めた。侍三十名、兵二百五十名、長柄槍三十本、弓二十張、鉄炮二十挺、馬十疋、小荷駄三十疋、医師二名、運搬管理者十名の大行列は、華やかな出で立ちだった。上総は隣国であり、里見の領内だから安全だとは言え、義通が幼少のために屈強な老臣、若党が多く従った。布施まで十三、四里だが、道が険しく枝道も多い。なるべく山道を避け、やや遠回りし、七里ほど進んだところで投宿した。翌日には大楠村を通過し、参詣拠点と定めた新戸村に到着した。人馬を休ませると、「明日十五日早朝から三所へ社参する」との通達が広く行われた。

　その十四日未の下刻（午後三時）のことだった。大楠村の手前で、若い騎馬武者が行列に追いついた。稲村城の使者だという。後陣にいた堀内貞行と杉倉直元が対面した。

「昨日、若君ご出立の後、堀内殿の奥方、持病の癪がにわかに起こり、治療やむなくお亡くなりになりました。また、杉倉殿の奥方は、昨夜難産となりまして、幸いにも産婦は無事でしたが、赤子は死んでいました。以上のことにより、ご沙汰を申し上げます。――蔵人ならびに武者助には、死穢、産穢の障りがあるため、社参の供を解任する。小森衛門篤宗と浦安兵馬乗勝に委ねて帰参すべし。貞行妻の親族も同様である――おん下知でございます。承知なされませ」鮠内葉四郎と名乗った使者は、杉倉氏元、荒川清澄、東辰相が連署した奉書を手渡した。

堀内貞行はすぐに小森、浦安を呼んだ。小森たちは、大楠村の村長屋敷で休憩している御曹司義通とともにいたが、後陣まで駈けつけて奉書を見せられた。

「我々は不慮の物忌みがあり、帰参せよとの仰せだ。守護の大任は二人に委ねる。ご領内と言えども用心に越したことはない。よく心得、お役目を果たされよ」

貞行が言い、二人は承った。穢れをはばかり、御曹司には会わずに道を引き返した。

「我が妻は去年から病臥していたが、今日明日身罷るとは思いもせなんだ。折が悪い」

貞行が嘆くと、直元は憔悴した顔つきでため息を吐いた。「妻の臨月は二月の予定でしたのに、ひと月も早く生まれて死んだとは無念です。妻が助かったことだけがせめてものことですが……」そう言ったきり、帰路、彼らは口を閉ざした。

蟇田権頭素藤の計略は、進行中だった。一月十三日に義通が稲村城を発った後、一行の動静を探らせていた。十四日夕刻、忍びが戻った。「義通警固は二百四、五十人でしたが、供の老臣堀内貞行、杉倉直元に穢れが生じ、神事に従うべからずと呼び戻されました。貞行の妻の親族が従者にあり、大楠村で帰された者は六、七名になります」

素藤は妙椿の言葉を思い出した。里見の四家老が障害となれば奇術で退けると言った。その約束を果たしたのだ、と素藤は勇気づけられた。残るは、仕上げだけだった。今夜中に諏訪神社の大楠の虚に精兵をひそませ、明日、社参した義通を虜にする。あまり大勢を隠せば先手衆に見つかり、計画が破綻しかねない。とは言え、小勢で倒すのは難しい。素藤が思案を巡らすうち、黄昏になった。

館山城内を巡回していた雑兵が奇怪な訴えをもたらした。「東門の樹の下に洞穴が現れました。深さを目測しかねて潜ってみますと、そのまま諏訪の社木たる楠の虚まで続いておりました。城内から虚まで、地下道を通って行き来自由でございます。不思議でございます」

これも比丘尼の助けかと素藤は驚き、声を上げて笑った。みずから洞穴を検分すると、速やかに士卒を集めた。「地下道から百人、神社の外に三百余人、内外から攻め寄せ、義通の従者をひとり残らず討ち取れ。わしも地下道から社頭に赴き、この手で御曹司を奪い取る」

素藤は詳しく手順を聞かせた。願八、盆作、碗九郎はじめ士卒たちは勇んで用意を始めた。

十四日夕刻、御曹司義通は新戸村の村長屋敷に宿泊し、明日に備えた。小森篤宗は浦安乗勝と相談し、熟練の老兵を殿台の三神社へ派遣した。日暮れ後に老兵たちは戻り、

「三社の近くは樹々があるのみです。特に諏訪社には大人十人で囲めるほど太い楠がありました。枯れた幹のなかには数人が座れる広さの空洞があります」

小森は浦安と顔を見合わせ、「その樹の下には兵を立たせて非常に備えよう。ご領分ではあるが、館山城主は譜代ではない。いまの世は人心が計りにくい。用心に越したことはない。老樹の虚に毒蛇など隠れ住んでいるかもしれんから、これも気をつけよ」

しかし、若者たちはそんな命令を真面目には聞かなかった。長らく平穏だったこの国に、野心を持つ者はもういない。神社のほとりに毒蛇が棲むはずもなかった。突如役目に就かされた重責は分かるが小森らは用心しすぎだと、嘲り笑う者が多かった。

その夜、新戸村へ館山城の奥利本膳が遣わされ、立派な酒肴を贈った。奥利は小森篤宗と面会して御曹司の到着を祝した。

「御曹司がはるばる詣でてくださり、三社の再興が報われました。今宵、素藤みずから見参するつもりでしたが、折からの寒気で病臥し、失敬させていただきました。素藤が

申すには、某、奥利本膳をご旅館に留めて明日の案内に使うてくれとのこと。願わくば、帰りに館山城へお立ち寄りくだされば、いよいよ面目となります」

小森は懇ろに受け、「城主の好意はありがたいが、今回は社参のみです。御曹司を余所へ立ち寄らせるなとお館様の厳命でござる。道清めのことなども我らは多勢ですので加勢は無用。三社へは案内の者がすでにあり、労するに及びません。これは我々の一存でなく里見家のお命じである旨、主人へ伝えられよ。ご親切の返礼は後日また。今日はお帰りなされ」そう忙しげに促した。奥利本膳は従者を連れて夜道を帰っていった。

翌朝は快晴だった。里見義通は烏帽子装束も華やかに、駕籠に乗って新戸村を出発した。小森篤宗、浦安乗勝はじめ、侍や雑兵が二百余人、前後左右に従った。最初の目的地である正八幡神社への途上で、奥利本膳が何人かの兵とともに出迎え、道を警護していた。神社に近づくと、数百名の百姓が見物に出ていた。全員が蓑を着ていた。その人混みに礪時頗八と平田張盆作も混じっていたが、二人を見知った者は里見の一行にはいなかった。

一行は正八幡の社前に到着した。鳥居の傍らに下馬札がある。頼朝以来の旧制で、ここで人馬を停めて義通が駕籠を降りた。右に小森篤宗、左に浦安乗勝を、田税逸友は先に立って、苫屋景能は後ろで幼君の太刀を持った。童小姓十四、五人、兵五十人が整列して石階段を登ってゆく。

本宮で神主が出迎え、御幣を奉って武運長久の祝詞を述べた。浦安乗勝が駿馬一匹と刀一振り、白銀三十挺の献上目録を渡した。義通は内陣で拝礼し、禰宜が田舎神楽を奏した。

次に、宇佐八幡神社を詣でた。作法は同じだが、献上品が違った。ここでは白銀三十挺のみを参らせ、馬と刀に代えた。源氏の氏神ではないからだった。

そして、諏訪神社へ向かった。すでに楠のそばには、小森篤宗の指示で十名ほど兵が配置してあった。警護は他にも立て、みな棒を手にして非常に備えた。御曹司の到着が伝わると警護兵は棒を傍らに置き、ひざまずいた。

例によって義通は鳥居前で駕籠を出、老臣近臣に守られながら参詣に赴いた。本殿までは一町（約一〇九メートル）余り。石畳の左右に松柏が並び立っていた。どれも大樹だが、なかでも楠は目を惹いた。無数に広がった枝に驚き、みな遠くから見上げたが、御曹司は脇目も振らなかった。案内に立っていた奥利本膳が「神主が遅い」とつぶやき、本殿へ走りだした。途中で鼻緒が切れたようで、片足を脱ぎ捨てて樹蔭へ姿を消した。

義通が楠のそばを通過しようとしたときだった。

楠の虚から鉄炮音が響いた。左右に従う小森篤宗、浦安乗勝が撃たれて息絶えた。異変に胸をつぶした田税逸友、苫屋景能や小姓たちが集まり、幼君の盾となって立て続けに撃たれた。

　楠のそばにひざまずいていた警護兵は、頭上を飛ぶ弾丸に驚くだけでなにもできず、撃たれる者あり、逃げ出す者あり、なんの役にも立たなかった。突如血の海となった社前へ、楠の虚から数多の賊兵が現れた。手槍、小薙刀を構えて里見勢に襲いかかる。御曹司の近習が立ちはだかって斬り結び、激しい小競り合いとなった。あちこちで雄叫びが飛び交うなか、奥利本膳が警護と偽って連れていた二、三十人の兵がどっとわめき、里見勢を横から突き崩した。御曹司の警護がなくなると、賊が一人走りかかってきた。義通は小太刀を振り切り、相手の右手を斬り落とした。あ、と叫んで倒れた賊の脇から、別のひとりが駈け寄っていた。

　――素藤だった。

　背後から義通の利き手をつかみ、小太刀を叩き落とそうとする。義通は抵抗するが、十一歳の少年の力では乱暴極まる素藤に敵わず、刀をもぎ取られ、叫ぶ間もなく捕まって小脇に抱えられた。

　楠の虚へ入ってゆく素藤に、田税逸友、苫屋景能が気づいた。近くの賊を斬り捨てて追いかけたが、虚からまたも轟音が響いた。逸友も景能も真正面から鉄炮に撃たれて倒れた。

素藤は義通の生け捕りに成功し、悠々と地下道を通って城の洞口へ出た。留守を委ねていた碗九郎に自慢しながら、義通を一室に閉じ込めた。

諏訪神社の鳥居前では、御曹司の下向を待つ大勢の従者が控えていた。鉄炮音と数多の叫び声に騒ぎ立ち、「社頭で異変だ。安否を問え」と弓矢、鉄炮を抱え、槍の鞘を外させて駈け入ろうとした。その後方から、素藤の伏兵二、三百人が忽然と現れた。率いるのは、礪時願八と平田張盆作だった。

折り敷いた数十挺の鉄炮でつるべ撃ちし、百千の雷が落ちたような轟音に天地が震えた。里見勢は数十人が一挙に倒れた。願八、盆作は号令し、賊徒は叫びながら槍で打ちかかった。多くの里見勢が討たれ、なお踏みとどまって戦う残党も、社前で義通の老臣近習を討ち果たした奥利本膳率いる一隊に寄せられ、挟み撃ちに遭って皆殺しにされた。

願八と盆作は、素藤が義通を虜にした顛末を本膳から聞くと、「戦利品だ」と、敵の馬や武具一切を残らず雑兵に奪わせた後、地上を歩いて堂々と凱旋した。奥利本膳は己の兵をまとめて楠の虚に入り、地下道を通って館山城へ帰った。

開戦

諏訪神社の神主、梶野葉門は真面目な男だった。国主の嫡男が参詣すれば神社の栄誉になると大喜びしていた。氏子百姓を雇い入れて用意に余念もなく、当日を指折り数えて待っていた。

思いがけない血戦が起こり、里見勢が皆殺しにされた。御曹司は連れ去られた。想像もしなかった出来事に恐れおののき、雇った百姓とともに隠れて様子をうかがっていた。賊将は、領主の蟇田素藤ではないか。なぜこんなことをしでかしたのか。賊が去り、おそるおそる外へ出てみると、見るも無惨な光景だった。死骸が累々と社頭を埋めていた。葉門は震えが止まらなかった。

……謀叛の企みなど知る由もなかったが、蟇田が神社を修復したのは里見殿を欺き、義通君を虜にするためだったと人は言うだろう。国主の士卒が討たれたのは、諏訪神社参詣の折だ。俺もまた逆賊の一味と思われるだろう。一旦は蟇田が勝ちを得たが、しょせん一城の主にすぎぬ。房総二国の大軍が押し寄せれば滅亡は疑いなかった。早く稲村城へ報告し、あずかり知らぬことであったと弁明しておかねば、後難を避けがたい。

「それにしても」葉門は楠の前で立ち止まり、「蟇田殿はいつ手勢を置いたのだ」虚を覗くと大きな洞穴が続いていた。大勢が出入りしたらしい足跡もあった。「まさか館山城から地下道を掘って手勢を出し入れしたのか?」

雇い人たちが、その洞穴の不思議をあれこれ語りだす。葉門はそれを押しとどめ、

「要らぬ議論で時を無駄にするな。わしは安房へこのことを訴えてくる。だが、亡骸を捨て置いては社頭を穢す。お前たち、村人とともに野や山へ埋めてきてくれんか。徳を積むことになろう」

みな眉をひそめた。「村人は臨時の課役で館山城にいます。残った者があっても、里見勢の亡骸を埋めたと館山殿に知られれば、どんな罪を着せられるか分かりません。引き受ける者はいますまい」

葉門が説得していると、安房の方角から叢雲が棚引き、たちまち社頭を覆い尽くした。満天がにわかにかき曇り、雷鳴が響き、突風が吹きつけ、ものすごい雨足となった。またたく間に視界をさえぎられ、葉門も雇い人も本殿へ逃げ込み、神前に伏して祈った。生きた心地がしなかった。

雨風は吹き荒れ、おどろおどろしく物音が鳴りわたっていた。竜巻だろう。門扉、瑞

垣、孫庇の石も瓦も吹き払われ、天へと昇ってゆく。樹の折れるみしみしという音が響きわたり、天地がひっくり返ると恐れて葉門たちは身を寄せ合った。半時（一時間）ばかりしてようやく風が和らぎ、やがて雨も上がった。朗らかな陽光が射してくると、葉門は外へ出た。

　仰天した。

　累々としていた亡骸がひとつもなかった。すべて風にさらわれたのか。あちこち溜まりのできていた鮮血も、すっかり雨で洗い流された。葉門たちは困惑し、無言で辺りを見回した。楠の枝が風に折られ、樹の下が明るかった。虚の洞穴は雨風で埋もれたか崩れたかして、もう跡形もなかった。

「神業ではないか。叢雲が安房から訪れ、激しい風雨の間に奇特が起こった。安房に古跡ありと聞く役行者が使役する龍の仕業だろうか。かような霊験を見たからにはいよいよ猶予はない。安房へ赴き、里見殿にお伝えしよう。蟇田の怒りを買おうとも我が家族は他郷にいて心安い。お前たちは我が行先をだれにも知らせるな」

　宿所に戻って旅装を整えていると、雇いの百姓二人が供をすると言ってきた。他の者も途中まで見送ると言う。みなで神社を出ると、宇佐八幡の神主と出くわした。

　葉門が呼びかけた。「いましがた当社で奇しきことが起きた。そうでなくとも、蟇田の謀叛があって心苦しうて仕方ない。敵味方の亡骸が紛失したことを国主へお伝えせねばならない。そなたも安房へ行かれるのか」

「古今に例のない霊験ですな」宇佐八幡の神主は答えた。「我らも稲村殿へ注進に行くところだ。正八幡の神主は、御曹司から献上された馬に乗って、先に向かわれたと聞いた。馬には追いつけぬが、ごいっしょに稲村殿へ推参しよう」


十町も行かないところで、道端に並び立つ樹に無数の生首が掛かっているのを見た。葉門も宇佐八幡の神主主従も立ち止まった。そのとき、十一、二歳とおぼしい女の子が濡れた子犬を抱いて走ってきた。葉門は慌てて呼び止めた。

「のう女の子よ、この首級は蟇田殿が掛けさせたのか。御曹司の従者なのかどうか知らんか」

女の子は大きく頭を振り、「里見の従者でなく館山の城兵です。諏訪社で義通君の従者に討たれたのを神がお掛けなさったのです。風を起こし雨を降らせて敵味方の亡骸をさらったのは、安房の富山におわします神女の霊験です。託宣がありました。――今年、義通に災厄がある。天命にて免れがたい。八幡、諏訪の神力も効き目がなかろう。それでも命につつがないのは神の助けあればこそだ。里見殿が怒りにまかせて一挙に勝ちを取らんと欲せば、多くの士卒を失うばかりか、かえって敵の辱めに遭うでしょう。安房へ赴く者に伝えて、このことを国主に告げさせよ。神女はそう言われました。里見の殿様にお伝えください」

そう言って走り去った。葉門は問いただそうと振り返ったが、女の子の姿はなかった。またも神霊の奇異に遭遇し、みな呆然としたままだった。葉門はこれこそ託宣だと受け止め、もはや一刻の猶予もなく国主に告げねばと、険しい山道を選んで安房へ急いだ。

里見義通警護の頭領、堀内蔵人貞行と杉倉武者助直元は、それぞれの妻の死穢と産穢のために戻され、翌未の下刻（午後三時）に稲村城に着いた。帰着の報告を遣わして各々屋敷へ帰ると、堀内貞行の妻は無事で、杉倉直元の妻はいまも妊娠中だった。以前と違いはなかった。

氏元は息子が引き返したことに驚き、なにごとがあったのか尋ねた。直元は上総の大楠村手前で、鮠内葉四郎なる使者に告げられた内容を語り、己の過ちに気づいた。

「一生の不覚でございました。狐か狸の仕業でありましょうか、怪しきこと」

氏元は嘆息し、「お前だけならばまだしも、蔵人までが妖怪変化に騙されはすまいが……」言い終わらぬうちに、その堀内貞行が訪れて氏元に面会を請うた。

貞行は面目なげに、「不覚の顛末、屋敷へ帰って初めて知った。事情はご子息から聞かれただろう。昨日、大楠で受け取った下知状を見ると、信じられぬことに白紙であった。ご使者と名乗った鮠内も、当人でなく妖怪だったのだろう。いや、罪を恐れてここへ来たのではない。若君の身の上が案じられるからだ。我らはどうすればよかろう」

「いまも倅に言おうとしたが、鮠内葉四郎なら昨日も役所にいた。そなたたちを疑うのではない。もっと不可解なことが起きたのだからな」

氏元が改まって言い、貞行、直元はいぶかって身を乗り出した。

「今日の真昼のことだ。青空がにわかにかき曇り、激しい風が吹き荒れ、視界が閉ざされた。まもなく城の東門内に人が落ちてきた。百五、六十人が重なって気絶していた。直後に雲ははれ、風もやみ、陽光くまなく射すようになったから検分すると、全員が一昨日御曹司に従って上総へ赴いた者たちだった。小森篤宗、浦安乗勝、田税逸友、苫屋景能その他、痛手を負わぬ者はなかった。篤宗と乗勝、逸友は背、うなじ、胸、両手首に鉄炮傷があった。大怪我ではあるが、幸い脈はあった。身も冷えきっていないとの報告だ。医師をかき集め、現在、治療を尽くさせている。二十人ほどは急所の深手を負い、どうにもできなかった。篤宗、乗勝、逸友も一命こそ取り止めたが、わずかに呼吸が通うのみで口を利ける状態にはない。死んだ者は親族妻子に返し、懇ろに葬らせた。

いち早く気力の戻った苫屋景能らを問注所へ召し出し、なにごとが起きたか問うた」

だから氏元は、諏訪神社の凶変をすでに知っていた。篤宗たちは御曹司を守って撃たれた。賊将が御曹司を虜にして逃げた。伏兵を率いた将は蟇田の老臣奥利本膳に似ていた。気絶した景能に安房へ帰るまでの記憶はなく、ひたすら御曹司の身だけを案じていた。

「賊の大将は、館山城主蟇田権頭素藤だ」氏元は断言した。「榎本の千代丸豊俊を仲立ちにして浜路姫を娶りたいと請い、主君が許されなかった。それを恨んで謀叛をなしたのだろう。分からぬのは敵の侵入経路だ。それに、景能によれば確かに討たれたはずの味方勢が命をつなぎ、十数里離れた安房の城へたちまちにして帰ってきたことも不可解だ。前代未聞であり、後の世にもあり得ぬことだろう。それゆえ、そなたたちの不覚も常のようには論じがたい。とにかく我らも当惑している。我が君の心痛はなおさらだ。御曹司のお母上、姉妹の姫上たち、宮仕えの女房も悲しまれている。瀧田の大殿にもお報せした。殿台、館山へは忍びを遣わし、逆徒が素藤のみなのか、御曹司のご安否はどうであるか探らせている最中だ。すでに評議が行われたが、蟇田の仕業だという確証がないせいで、征伐に踏み切れずにいるのが現状だ」

貞行は威儀を改め、うやうやしく氏元に言った。「奇々怪々だが、従者が城へ帰されたのは神助であろう。御曹司も無事にご帰城なさるはずだ。面目ないのは我々だ。妖怪にたぶらかされて中途で退き、御曹司をお守りできなかった。一騎でも駈け入って敵城に死骸を晒したい。そうでなければ、みずから腹を掻っ切りたい。自殺をお許しくだされ」

「某も同意です。すでに覚悟はしています。迷いはありません」

直元にも詰め寄られ、氏元は嘆息した。「堀内殿は屋敷で下知を待て。倅も慎め。賞罰は主君がお決めになる。家臣たる者、罪があろうとも自殺を急ぐものではない」

厳しい口調でなだめ、氏元は評議に戻った。貞行はひっそりと屋敷へ退いた。

同日申の刻（午後四時）頃、正八幡の神主が稲村城を訪れた。蟇田素藤謀叛の一件を告げ、従者が討たれて義通が捕らわれた風聞に偽りのないことを詳しく訴えた。

これで、怨敵が素藤であることに疑いはなくなった。里見義成は速やかな報告を褒めさせ、上総からの続報を待った。子の刻（午前〇時）頃、城門を叩く者があり、諏訪の神主梶野葉門と宇佐八幡の神主某が、「火急の注進。お役人に見参を請う」と声を上げた。

夜更けにもかかわらず、葉門たちは問注所へ通された。対面した役人へ、素藤謀叛に始まり、諏訪神社から亡骸が消えたこと、大楠の虚にあった洞穴が埋められたこと、神社から十町ほど先の並木に無数の首級が晒されていたこと、その首は館山兵だと不思議な女の子に告げられたことを報告した。役人たちが戸惑いながら問いただし、葉門は実直に答えた。

「蟇田殿が三社を修造しました昨冬、某は神職に復帰しました。御曹司のご参詣は栄誉であり、かの人の逆心など露ほども存じませんでした。凶変が起こって心穏やかではありません。安房、上総、下総の者はみなお館様の民です。潔白を訴えるべく推参いたしました」

評議中だった杉倉、東、荒川の三家老の耳にも、葉門の証言は届けられた。義成もこれを聞き知って評議の場に姿を現した。事実であるかどうか三家老に問うた。

杉倉氏元、東辰相、荒川清澄は代わる代わる返答した。「葉門の訴えが事実であるとすれば、蟇田素藤は鬼神を使役する幻術に熟練した者でしょう」

「一夜のうちに地下道を掘って楠の虚から出入りできるなら、賊徒の晒し首も、葉門が出くわした怪しき小娘も素藤の幻術でしょう。謀略ではありますまいか」

「八幡、諏訪の神主が間者でないとも言えません。拷問すれば真実を語りましょう」

義成は三者を制し、「手荒く扱うことはない。三人の神主はしばらく獄舎につなぐが、乱暴な扱いはせず、よくいたわって、酒肉を与えるなりして慰めよ」

翌朝、逃げ延びていた義通の警護兵四、五十人が、負傷者を連れて稲村城へ帰った。彼らも凶変を語り、風雨、並木の晒し首、不思議な女の子と、神主たちと同じ証言を行った。これも三家老に報告され、義成の耳に入れられた。義成は三家老と聴取した役人を呼び寄せた。

「神主たちの訴えを聞き、怪談か敵の間者かと迷うたのは、つまらぬ疑心であった。もう疑いの霧も晴れたであろう。当家を守る神助があることも悟った。義通が虜になりはしたが、屈辱を晴らすのは容易い。三社の神主を獄舎から出して城に留め置け。今朝城へ戻った手負いの治療を急げ」

役人たちが退席すると、杉倉氏元が言った。「賊の首級を晒して味方を帰されたのは、伏姫上の冥助ではございますまいか。世にも稀な姫上です。ありがたいことでございましょう」

義成は険しい態度で、「それらは幽世のことだ。鬼神の出没もありと思えばあり、なしと思えばない。ゆえに聖人も怪力乱神を語らずという。この冥助が姉上の御霊か、当家をお守りくださる他の神の霊験か、考えてみても答えは得られぬ。危惧すべきは、神助を頼って守りを余所に預けてしまうことだ。これは大将たる者の本意ではない。味方に祥瑞があった以上、敵にも奇しきことはあり得る。現に素藤の伏兵は館山城内から地下道をくぐり、諏訪社の楠へ出没した。尋常では考えられぬことだ。素藤もまた幻術に長けていると見なし、けして侮るな」

荒川清澄が東辰相を一瞥してから、「素藤征伐にためらいはなしと存じますが、庁南の武田信隆、椎津の真里谷信昭、榎本の千代丸豊俊の三城主は、長年、素藤と親しい者どもです。特に千代丸は、素藤のために浜路姫上との縁談の申し出まで請け負いました。素藤が三城主を味方に引き入れたかどうかは重大です。再度密使を遣わし、動静を探られては如何でしょう」

義成はうなずき、「上総の諸城主に伝えよ。――蟇田素藤謀叛により義成みずから征伐を行う。謀叛人は一郡の孤城を持つのみであり、援軍は不要だ。己の城を堅く守って非常に備えよ。そう書状を回せば、豊俊ら三城主の野心も知れよう。十人ほどを上総へ送れ。我も日を置かずに出陣する。人馬の点検を急がせよ」

その次の日、館山へ遣わしていた忍びたちが帰った。「御曹司を襲撃した賊の首魁は、蟇田素藤に間違いございません。御曹司は館山城内に監禁されているとの風聞です。素藤は籠城の用意を行い、百姓を徴発し、兵糧を増やし、隣郡城主を味方につけるべく利害を説いて回っています。さらに、去る日館山勢の首が晒されたのを、諏訪社の神主の仕業と見て捕縛しようとしたところ、八幡両社の神主とともに逐電したことに怒り、近くの村人を搦め捕って拷問したそうです。村人が里見殿をお守りなさる神の御業だ、託宣もあると答えますと、素藤は信用せず、全員を死刑に処したそうです。いまや士卒も百姓も素藤を恐れ、城から逃げようと欲する者は少なくないと聞きます。館山城を攻めれば内応し、火を放って城を明け渡す動きも出てきましょう。ご勝利は疑いございません」

義成は三家老を召し出し、「出陣は明後日とする。賊将蟇田素藤の幻術を挫くため、獣の血、糞水、ニラとニンニクを注ぎかける。すべて用意しろ」さらに兵糧搬送の手分けなどを定めた後で、「明日は貞行とともに出仕せよ。氏元も同時刻に直元を連れて参れ。詳しくはその折に話す」と、念入りに命じた。

翌日、堀内蔵人貞行と杉倉武者助直元は、腹を切る覚悟で礼服を整えて出仕した。

「今度の奇事は前代未聞であり、味方を助ける神仏あれば、敵を助ける邪神もある。お前たちを引き返させたのは、熟練の老臣を討たせまいとした神の冥助であったかもしれぬ。我らに真相は分からぬが、お前たちが討死していれば味方の不利は甚大であった。妖怪にたぶらかされたのは不覚に見えるが、かえって主のためでもあった。よって罪には問わぬ。貞行妻の親族たちも同様だ。軍陣に加わって手柄を立て、恥辱を晴らすのが義通のためだ。心得たか」

貞行、直元だけでなく三家老も涙を流し、義成へ礼を述べた。人馬の用意が整ったと報告が入り、義成は老臣たちに出陣の日時を改めて知らせた。

稲村城の留守は五歳になる二男次丸を名代に立て、杉倉氏元と荒川清澄に任せた。先陣は杉倉直元、後陣は堀内貞行、義成は中軍にある。東辰相を遊軍として臨機応変に弱いところを助けられるように整えた。総勢およそ三千余騎だった。

文明十五年一月二十一日、里見勢による蟇田素藤征伐が始まった。


大軍勢が安房と上総の国境である市坂を越えた辺りで、上総の諸城主へ遣わしていた軍使十名のうち三名が戻って本陣に告げた。

「榎本、椎津、庁南の三城主に主命を伝えて様子をうかがいました。彼らはお館様のお疑いを恐れ、蟇田に味方したと思われます。異議なく応じてはいましたが歯切れ悪く、表情に不快の色が見えました。特に榎本城の千代丸豊俊は仲人の件もあり、逃れがたく思うたのでしょう。人馬を整え、籠城の用意をしているようです。急ぎ注進すべく我々のみ戻りました」

義成はしばらく行軍を止め、堀内貞行と杉倉直元を中軍に呼んだ。「お前たちに一千の精兵を委ねる。貞行は直元を副将とし、榎本城へ寄せて千代丸豊俊を討て。この城を抜けば庁南、椎津の二城を降伏させるのは容易い。手柄を取ってこい」

　さらに義成は、小森篤宗の一人息子、小森但一郎高宗と、浦安乗勝の弟の浦安牛助友勝を先手に据え、東六郎辰相を後陣に編成し直した。翌日、新戸村に着陣して人馬の足を休めた。

　明くる朝、いよいよ館山城へ攻め寄せた。

　先手の小森高宗、浦安友勝には父兄の恥を雪ぐ好機だった。兵の士気も高く、堀を埋めて塀際まで近づいたが、館山城は要害で攻めきれずにいた。

　義成はしばらく様子を見ていたが、「無謀な戦を挑めば、いたずらに兵を失う。戦は今日のみではない」と、血気盛んな高宗、友勝を制し、新戸へ退陣した。

　その次の日は、搦手へ東辰相率いる数百の精兵を差し向け、義成みずから一千余りを率いて表門から攻めた。城兵は狭間から矢や石をつるべ打ちにし、決死の防戦を繰り広げた。寄せ手も屈さず、撃たれる味方を乗り越えて早くも塀を破った。そのときだった。前門の櫓に武者四、五人が姿を見せ、声高らかに呼びかけたのは。

「里見殿に物申す。我らは蟇田権頭股肱の腹心、礪時願八業当、平田張盆作与冬である。我が主君権頭が国主へ反旗をひるがえしたのは、ご息女浜路姫上との婚姻を請うたのに対し、長年の功績を反故にして許されなかっただけでなく、傲慢にも誹謗中傷を行われた遺恨によるものだ。先非を悔いて浜路姫を送るなら、引き換えに義通を返す。できぬなら、目の前で義通を殺すことになる。我が主君の厳命である。答えが遅ければ、親子の別れとなるぞ」

　櫓の上には、縄で縛られ猿轡を嵌められた義通が、雑兵の手で柱にくくりつけられていた。段平の切っ先を幼子の胸に押し付けて「返答が遅いぞ！」と責め立てると、城兵が乱暴に弓を弾き、盾を鳴らしてどっと笑った。

　里見勢は塀を破った勢いを挫かれた。拳を握り歯を食いしばり、櫓を睨んで立ち尽くした。

　義成は怒り狂い、「汚ない賊徒め。幼い義通を人質にして辱めれば望みが叶うと思うたか。素藤を殺して我がはらわたを冷やさん。者ども、進め！　なにを猶予することがあるか。義通は謀叛人に殺させるより、我が遠矢にかけて射殺す！　わしは堪えはせんぞ！」

　鞍の前輪を打ち鳴らし、義成は「進め、進め！」と声を上げる。それから弓を取り直して櫓を見上げ、矢を引き絞ろうとし始めた。付き従う侍たちが慌てて止めた。

「御曹司を失えば、素藤を討ち果たそうと意味がございません。ご堪忍を願います」

義成は聞かず、頭を振った。「三軍の将がかような恥辱に遭うて退けば、父祖の名を穢すことになる。末代まで家の瑕瑾となる。止めるな。離さんか！」そう息巻いて振り払おうとするが、ひとりも退きはせず、ひたすら諫めて悶着が続いた。

搦手へ回っていた東辰相へも使いが入った。辰相は表門の状況を聞いて愕然とし、一騎駈けして本陣に着くと、鞍から降りて義成を諫めた。

「はばかりながら、某、瀧田の大殿からおん書状を賜り、ご教諭いただいたことがございます。御曹司もご無事のまま、お館様のおん恥辱にもならぬように取り計らう術でございます。しばらくこの場を某に任され、新戸でお休みくだされ。一旦退却なさいませ」

そうなだめ、辰相は強引に口縄を取って曳き巡らし、駿馬の尻を打った。馬はまっしぐらに駆け出し、前後に従う士卒も胸を撫で下ろして義成とともに新戸の陣所へ退却した。

7 伏姫神女

東辰相隊の先手を務めるのは、田税戸賀九郎逸時、登桐山八良于という若者たちだった。特に田税逸時は、諏訪神社で撃たれた田税逸友と従兄弟どうしだった。身内の恥辱を晴らすべく勇気十倍して戦に臨んでいた。搦手に配陣されてまもなく東辰相が表門の攻め口へ赴き、その際、逸時と良于が後を任された。

二人は逸る兵を一旦引き上げて辰相の帰りを待っていた。しばらくして大手の攻め口から味方が遣わされ、逸時、良于に下知を伝えた。

「お館様は退却なさった。各々方は隊を率いて大手へ回ってしんがりを務めよと、東殿のお指図である。急ぎ始められよ」と急かし、飛ぶように去っていった。

田税逸時は登桐良于に囁いた。「ここを守る奥利と浅木は臆病鬼に憑かれて追って来まいが、表門は違う。お館様の退陣を見た素藤は、必ず食い止めようとするだろう。そこで軍勢を二手に分け、そなたは東六郎翁に従え。某は密かに小道で兵を伏せて追っ手を襲撃する。そのとき、そなたも踵を返し前から攻めよ。挟み撃ちにして素藤を討ち取ろうではないか」

良于も賛成し、兵七百余の過半を率いて表門へ回ると、辰相に逸時の計略を告げた。

東辰相は馬に乗り、良于が率いてきた四百余人とともに退却を始めた。蟇田素藤はみずから櫓に上ってその光景をはるかに見ていた。

「義成め、吠えただけか。囲みを解いて新戸へ退くぞ。追って始末をつけろ！」

素藤はそう呼ばわって櫓を降り、みずから馬に乗ると槍を脇に挟んだ。主に劣らぬ気忙な兵四、五百人が鉦や太鼓を打ち鳴らし、雄叫びを上げた。城門が開かれ、跳ね橋を渡されると、猛々しく里見勢を追いかけた。

辰相と良于は敵を見返り、防戦しながら逃げ続けた。素藤は手勢を進めて攻勢を強めた。東隊が陣形を崩して散り散りに逃げ出すと、素藤は好機と見て五町も六町も深追いした。林の近くまできて走りすぎたと気づき、馬を止めた。

「逸るな。伏兵があれば危うい。退くぞ！」

叫び終わらぬうちに、樹蔭で待ち伏せしていた田税逸時率いる三百余人が鬨の声を上げ、蟇田隊を後方から包むようにして襲いかかった。同時に、逃げていた辰相、良于もあっさり隊を立て直し、踵を返して蟇田隊を前方から攻め立てた。

蟇田勢は狼狽しきって、まともに敵と打ち合おうとはしなかった。度を失ったまま無防備に多くが討たれた。素藤だけは辛くも一方を斬り開き、城へ向かって逃げ走った。辰相がそれを見つけ、拍車をかけて追いつつ矢をひょうと射た。狙い違わず、素藤の左肘に深々と突き刺さった。馬から落ちそうになる素藤を、左右の兵が馬上へ押し戻し、なんとか騎馬のまま逃げた。礪時願八、平田張盆作が二百余人を率いて出陣し、主を迎え入れて城へ逃げ込むと、橋を引き入れ、城門を閉じた。城に入りそこねた兵は門外で皆殺しとなった。

　辰相、逸時、良于の隊が討ち取った城兵は二百余人、里見方の死傷者は十五人だった。策は見事成功したが、素藤は討ち漏らした。それでも曾平瀬十郎、卒良井尻九郎という野武士上がりの二人の猛者を、逸時と良于が討ち取った。さらに侍首三十四級を、槍、薙刀の先に掲げて新戸の陣所へ帰るのを、多くの村人が目撃した。

　里見義成は東辰相の大勝を聞き、安んじて新戸村に入ったが、ほどなく歓呼の声で迎えられた辰相を呼びつけたときは不快げだった。来るのが遅いと、まず声高に叱責した。

「六郎！　義通を射殺して敵城を破らんとしたわしを粗忽と思うたか。どう諫められようと、名も恥も捨てて退却する気はなかった。まがりなりにも受け入れたのは、大殿の予見があると言うからだ。多少は勝利を得たらしいから咎めはせぬが、負けていれば恥の上塗りであった。大殿の前にも見参できなかったであろう。それで、書状にはなにが書いてあった。ご教訓を述べよ」

辰相は頭をもたげ、「はばかりあることながら、お館様の先のお怒りは激しく、諫め申そうともお聞き届けなさるまいと思い、やむなく偽りの謀をもってご鬱憤をお鎮めいたしました。大殿からご教諭を受けました事実はございません。お館様はご孝行におわしませば、大殿のお命じならば御意にまかせよと、長年仰せられて参りました。主を欺く拙策でしたが、ご退陣なさったことで、味方に三つの大利がございました。御曹司のお命つつがなく、今後も人質として館山城に置かれるでしょう。利のひとつです。退却戦における逆賊の死者は二百余人、味方の手負いは十五人です。素藤は御曹司を殺害し得ず、自身が矢傷を受けました。利のふたつです。素藤の士卒が討たれ、身に痛手を負うた以上は、今後その胆もすぼんで時を要さず誅滅できるでしょう。利の三つでございます。ご退却はご名誉であり、おん恥辱ではございません。しかしながら味方の奮闘あってのこと。特に逸時、良于の智計が大きうございました。某に手柄はなく、主君を欺いた罪があります。ご刑罰はお心のままに下したまえ。恨む心はございません」

辰相が堂々とのたまうのを義成は黙って聞いていた。やがて手にした扇で小膝を打ち、

「大殿のご内意あるのが嘘だとしても、我がためには親の仰せと同じであった。お前がそのように図らねば、わしは退却できなかっただろう。親の御心も辰相の諫言と同じ

ならぬ」

だったはずだ。義通を取り返して謀叛人を平らげることで、大殿の御心をお休めせねば

涙をこぼしながら辰相はぬかずいた。「諫めを受け入れなさることこそ困難でございましょうに、我らは果報者です」

次の日、義成は二千余の軍兵を編成し直し、未明から館山城へ押し寄せた。だが、遠巻きに陣を構えて攻め立てなかった。城から二町余りの場所に陣屋を連ね、雨を防ぐ用意を施した。夜は篝火を焚き続け、夜討ち朝駆けに対する用心を怠らない。討ち取った城兵の首級を晒して里見の武威を輝かせた。敵城の喉輪をつかんだまま、堅固な陣地を構え続けた。

だが、館山城内の兵糧、矢種、火薬は乏しくなく、士気は衰えなかった。素藤は治療の傍ら、「寄せ手の目を醒ましてやれ！」と太鼓を鳴らさせ鬨の声を上げさせ打って出る勢いがあることを示した。また義通を櫓に登らせ、士卒に大声で罵らせもした。

里見の陣まで声は届かないが、挑発は遠目にも見えた。里見勢にも我慢が利かず、攻めようと叫ぶ声は多かった。「軍令に背けば首を刎ねる」と義成は厳命した。

瀧田城の里見義実は、蜑崎十一郎照文に酒と乾魚を持たせて新戸村に送らせた。義

成はその翌日から遠巻きに陣を張り、長期戦の構えをとった。

二月下旬、館山の戦線が膠着して三十日が経過した。味方有利の報告は届かず、義通の生死も分からない。義実は大いに憂えた。かの犬士たちがいれば助けになろうものを。そう思わずにはいられなかった。彼らは穂北に滞在と聞いている。だが、たかが一城の敵のために呼び寄せては、里見の武徳衰えたと喧伝するようなものだった。この三十日の間、義実は義通の従者が蘇生したという奇特について考えてきた。我が娘、伏姫の冥助に他なるまい。烈女の魂は滅びず、霊験を示したのだ。

かつて伏姫が自殺した後、富山の川は十倍に水量を増やした。橋を渡しても押し流され、舟も筏も棹が届かず渡せなかった。木樵や牧童も登れなくなり、二十年以上入山が絶えた。義実も伏姫の墓を詣でることができなかった。毎年、命日ごとに大山寺へ参詣して菩提を弔った。寺へ詣でて冥助を祈れば、義成の武運もめでたくなり、十全の勝利を得られまいか。義実は一心に願い、蜑崎照文に告げて出立の用意をさせた。

未明に、義実は瀧田城を発った。領民に知られぬよう従者たちの身をやつさせた。照文の他は近習の東峯萌三、小水門目、蛸船貝六郎はじめ四、五十人の一団だった。

義実は走帆と名付けた若い黒馬に乗り、山麓の大山寺を詣でた。住職みずから出迎え、仏殿へと案内した。義実は礼服に着替えて本尊を拝み、伏姫の位牌に焼香して祈りを凝らした。元の野装束に着替えると、僧侶たちを客殿に集めて茶を参らせ、菓子を勧めた。住職がお布施の礼を述べるなどして四方山話をしたが、そのついでにこう語った。

「富山の裾の山川は深い淵をなして渡れませんでしたが、一昨日の暁から川の水がにわかに涸れ、底の砂礫まで見えるようになりました。子供でも歩けるほどですが、登山の後で水が戻れば帰ってこれませんから、里の者は危ぶんで未だ渡っていません。二十年余り淵をなした激流が、突然涸れるとはなんとも奇妙でございます」

義実は神妙な顔つきになり、「それは朗報だな。木樵や炭焼きの便宜となるだろう」と答え、暇乞いをした。

笠を深く被って馬に乗ろうとしたとき、義実はその風聞を照文や近習たちに囁き、

「これから富山に登り、伏姫の墓を見に行く。そう承知して供をせよ」と命じた。

馬を急がせ富山に到着した。あちこち見渡すと、確かに川が涸れていた。照文たちも思いがけない光景に驚愕し、「奇なり奇なり」と、しきりに言った。

馬から下りた義実は、床几に腰を下ろして照文に言った。

「供が多いのは道々わずらわしい。照文の親は、昔、八房に伴われた伏姫を追い、この川で禍に遭うた。不吉であろうから照文は麓に留まって帰りを待て。従うのは東峯萌三、

小水門目、蛸船貝六の三人でよい。他も、しばらくここで待機せよ」

照文は納得せず、「人跡絶えた高峰に登られるのに、わずかなお供では危のうございます。十人二十人はお連れなさらねば安心できません。せめて某はお供させてください。親が身罷った場所であれ、いまさら不吉とされるのは本意ではございません」

「富山に猛獣、毒蛇が出るとは昔から聞かぬ。久しく人跡絶えたとてはばかりはない。それに、伏姫の亡魂がこの山に留まって親の守りをなすかもしれん。これ以上、時を使わせるな。よく人馬をとりまとめて帰りを待つのがお前の役目だ」

義実は照文を諭すと川底へ降り、向こう岸まで歩いて渡った。裾も濡れなかった。近習を従えて山道を登ってゆくが、ふと東峰萌三を振り返った。「伏姫の墓に水を手向けるのに汲み取る道具がない。急いで戻り、馬柄杓を取ってこい。そのまま下人を連れて村で花を買うて、それも携えて後からこい」

遠くにある伏姫の墓を目指す。桜の花がそこかしこで咲き初め、その香りを運ぶ春風が吹き寄せた。谷の鶯が「珍しき、人くる」と鳴いた。蓮華草や仏の座が目につき、義実は導かれていると感じる。遠くに奇岩が突き出、眼下に白雲が沸き立っていた。

伏姫がいた洞穴はそろそろだっただろうかと一息吐いたとき、密生した樹の蔭で弦音が響いた。先に立っていた小水門目の腿に矢が刺さった。二の矢が後方に従う蛸船貝六の膝を射抜いた。二人とも仰け反って倒れた。

樹の間から四、五名が現れた。手にした竹槍をしごきながら、「里見義実！　昔年汝に亡ぼされた麻呂、安西、神余のため、恨みの穂先を返すぞ。受けてみよ！」と距離を詰めてくるが、義実は怯える気配を一切見せず、刀の鯉口を寛げて曲者たちを睨みつけた。

不意に、別の声がした。

「曲者ら、そこを動くな。無礼をすな。ここなるは、里見殿に宿縁ある八犬士のひとり――」

樹の間から走り出たのは、童子だった。少し上気した頬が薄紅に染まっていた。その肌白く、肉肥えて、骨逞しく、段々筋の山賤衣の下に錦の襦袢をつけ、六尺の樫棒を脇に挟み、腰には一振りの短刀を差していた。曲者たちが立ち止まって目を向けると、童子は額髪を振り乱して、

「――我こそが、犬江親兵衛仁なり！」と、名乗りを上げた。

本書は、曲亭馬琴の「南総里見八犬伝」を原作として、
現代の読者にわかりやすい言葉で小説化したものです。

松尾清貴（まつお・きよたか）

1976年福岡県生まれ。国立北九州工業高等専門学校中退後、ニューヨークに在住。帰国後、国内外を転々としながら小説を執筆。著書に『エルメスの手』『あやかしの小瓶』『ちえもん』「偏差値70の野球部」シリーズ「真田十勇士」シリーズなどがある。

南総里見八犬伝 4　南総騒乱

著者　松尾清貴

2020年10月6日　第1刷発行

発行者　松岡佑子
発行所　株式会社静山社
〒102-0073　東京都千代田区九段北1-15-15
電話・営業　03-5210-7221
https://www.sayzansha.com

装画・挿絵　大前壽生
装丁　岡本歌織（next door design）
組版　アジュール
印刷・製本　中央精版印刷株式会社

Published by Say-zan-sha Publications, Ltd.
ISBN978-4-86389-580-5 Printed in Japan

南総里見八犬伝

文・松尾清貴

（曲亭馬琴の原作による）

1 結城合戦始末

時は室町時代。戦乱の中で頭角をあらわした里見義実は、安房国の領主になった。しかし、城攻めの窮地に追い込まれたとき、飼い犬の八房にむけた一言が禍となり、伏姫の身にふりかかる。

2 犬士と非犬士

芳流閣の屋上から墜落した、犬塚信乃と犬飼見八は行徳村に流れ着いた。追われる信乃を、我が宿屋に匿ったのは、力自慢の大男、犬田小文吾だった。窮地に立たつ犬士たちを救う秘策とは？

3　美女と悪女

荒芽山の隠れ家を襲撃され、散り散りになった五犬士たち。犬田小文吾はひとりの道中、あらぬ嫌疑をかけられ、幽囚の身になってしまう。しかし、そこに美しい女田楽師が現れ……。犬士たちそれぞれの行く手には、不思議な巡り会いが待っていた。